Im Haus der Lügen

KBV

Originalausgabe

www.kbv-verlag.de
E-Mail: info@kbv-verlag.de
Telefon: 0 65 93 - 998 96-0
Fax: 0 65 93 - 998 96-20
Umschlaggestaltung: Ralf Kramp
unter Verwendung von © LIGHTFIELD STUDIOS und © tiena
beide Fotolia.de
Lektorat: Volker Maria Neumann, Köln
Druck: CPI books, Ebner & Spiegel GmbH, Ulm
Printed in Germany
ISBN 978-3-95441-454-3

Waltraud Sievert

Da war doch etwas! Waltraud Sievert schreckte aus dem Schlaf hoch. Irgendein Geräusch, das hier nicht hergehörte. Hatte sie vergessen, das Zimmer abzuschließen? Sie konnte sich nicht erinnern. Und jetzt – jetzt war es auf jeden Fall zu spät. Was immer es sein mochte, es war hier, bei ihr im Zimmer, ganz in der Nähe. Waltraud Sievert regte sich nicht. Auch ihr unheimlicher Besucher war jetzt ganz still. Hatte sie sich am Ende alles nur eingebildet?

Nein, da war es wieder. Ein ganz leises Scharren. Es kam vom Fußboden her. Und dann plötzlich ein lauter Schlag. Die Mausefalle war zugeschnappt.

Waltraud drehte den Lichtschalter. Sie zitterte am ganzen Körper. Ja, da war die Mausefalle, und da war die tote Maus, erschlagen, bevor sie noch das Stück Käse erreicht hatte. Sonst war niemand im Zimmer. Waltraud ging entschlossen zur Tür und drückte die Klinke herunter. Abgeschlossen. Alles in Ordnung. Die Tür war abgeschlossen.

Das Haus, in dem Waltraud Sievert wohnte, lag in Elmshorn, ganz am Ende der Ollnsstraße, eine halbe Stunde zu Fuß vom Stadtzentrum. Ein altes Haus, vor mehr als fünfzig Jahren gebaut. Die jetzigen Eigentümer, die Heines, hatten es vor dem Kriege gekauft.

Das Haus hatte drei Stockwerke. Im Erdgeschoss wohnte das Ehepaar Heine. Die oberen beiden Stockwerke hatten sie vermietet. Jetzt, nach Kriegsende, herrschte Wohnungsnot. Die Mieter wechselten rasch. Im ersten Stock wohnten unter anderem die Reumanns, die Witts, die Schneiders, aber mit denen hatte Waltraud Sievert nichts zu tun.

Im Dachgeschoss hatten John und Ruth Blaue eine kleine Wohnung bezogen. Ruth war die Tochter der Heines. In einer weiteren Dachkammer lebten zurzeit zwei junge Männer: Ernst Buchholz und Heinz Weinhold.

Waltraud Sievert, John Blaues Schwägerin, arbeitete für die Heines als Hausmädchen. Von irgendetwas musste sie ja leben. Sie war seit Kurzem geschieden. Hier bei den Heines hatte sie wenigstens Unterkunft und Verpflegung frei.

Es war schon spät. Waltraud Sievert schaltete das Licht aus. Doch bevor sie eingeschlafen war, gab es erneut ein Geräusch. Diesmal war es nicht bei ihr im Zimmer, sondern draußen auf der Treppe. Eine Tür schlug zu, und dann knarrten die Treppenstufen. Jemand fasste an ihre Türklinke, aber nichts geschah. Die Schritte entfernten sich.

Sie würde mit niemandem darüber reden. Sie würden behaupten, dass sie das alles nur geträumt habe. Alle wussten, dass sie Angst im Dunkeln hatte. Alle machten sich darüber lustig. John hatte sogar angeboten, mit ihr nachts in den dunklen Wald zu gehen, um ihr zu beweisen, dass es dort nichts gab, wovor man sich fürchten müsste. Sie hatte auch Angst vor John.

Wenn ihr jemand gesagt hätte, dass hier im Haus ein Mord passiere, sie wäre gestorben vor Angst.

Januar 1947

Kommissar Wilhelm Berger fror. Er war später als die meisten aus der Gefangenschaft heimgekehrt. Als er nach Hamburg zurückkam, war seine Stelle längst besetzt, und es hatte Monate gedauert, bis er wieder bei der Polizei arbeiten konnte. Das Gebäude am Karl-Muck-Platz war schlecht geheizt. Und dieser Winter war einer der kältesten seit Menschengedenken.

Es herrschte Frieden, und so, wie es aussah, gaben die Siegermächte allmählich einen Teil der Verantwortung für Deutschland an die Deutschen zurück. Die Bürgerschaftswahlen im Oktober 1946 hatten der SPD eine überwältigende Mehrheit gebracht. Dennoch hatte der neue Bürgermeister Max Brauer sich für eine Koalition mit den Freien Demokraten und den Kommunisten entschieden. In schweren Zeiten war es gut, wenn die Regierung eine breite Basis hatte.

Das neue Polizeipräsidium lag direkt gegenüber der Musikhalle. Das neunstöckige Gebäude hatte den Zweiten Weltkrieg ohne größere Beschädigungen überstanden. Die Unterbringung der Polizei in diesem Komplex war freilich ein Provisorium. Das Haus gehörte einer Versicherung, dem *Deutschen Ring*. Die Polizei war im neunten Stock untergebracht. Die dortigen Räumlichkeiten entsprachen nicht den Anforderungen an eine moderne Polizeibehörde, aber etwas Besseres war nicht zu haben. Sein Arbeitszimmer war kleiner als vor dem Krieg, und er musste es mit Pagels teilen. Pagels hatte dafür gesorgt, dass ein Foto des neuen Bürgermeisters die ansonsten kahlen Wände des Arbeitszimmers zierte.

Wilfried Pagels war der Einzige der Belegschaft, den Wilhelm Berger noch kannte. Ein kleiner, zäher Bursche, den sie 1939 als Ersatz für Fehlandt bekommen hatten. Ein Zyniker. Berger war es damals schwergefallen, sich an den neuen Mann zu gewöhnen, aber er hatte sehr rasch festgestellt, dass Pagels ein fähiger Kriminalist war. Außerdem war er jemand, der mit seiner Meinung nicht hinter dem Berg hielt, und wenn er mit irgendetwas nicht einverstanden war, dann machte er das sehr deutlich.

Bergers neuer Chef hieß Roeder. Er hatte zu Bergers Begrüßung eine Runde Kaffee spendiert, Muckefuck natürlich, etwas anderes gab es nicht. Er war deutlich jünger als er, aber im Gegensatz zu Berger war er inzwischen zum Oberkommissar befördert worden. Er wirkte etwas distanziert, aber wahrscheinlich war er kein schlechter Polizist. »Dann wünsche ich Ihnen jedenfalls, dass Sie sich rasch wieder eingewöhnen. Ich denke, wir werden gut zusammenarbeiten«, hatte er gesagt und sich anschließend in sein eigenes Zimmer zurückgezogen.

Als sich die Tür hinter ihm geschlossen hatte, zögerte Berger einen Moment lang. Dann fragte er: »War er in der Partei?«

»Später Mitläufer«, sagte Pagels. »Keine Probleme bei der Entnazifizierung. Aber die meisten anderen, die damals mit dabei waren, die sind entweder tot, oder sie mussten sich eine neue Arbeit suchen.«

»Was ist eigentlich aus Fehlandt geworden?«, wollte Berger wissen.

»Das weißt du nicht?«

»Ich habe keine Ahnung, Wilfried. Ich bin doch gerade erst wieder hier bei der Polizei gelandet. Das Letzte, was ich von Fehlandt gehört habe, war im Herbst 1939, da war er auf dem Wege der Besserung, jedenfalls hatte ich den Eindruck.«

Pagels zündete sich eine Zigarette an. Er sagte: »Auf dem Wege der Besserung – das ist eine Übertreibung. Es ist richtig, er fing wieder an, halbwegs normal zu funktionieren. Aber wer von der Gestapo gefoltert worden ist, der ist hinterher nie wieder vollkommen gesund geworden.«

»Das war eine verdammte Sauerei, was die Schweine mit ihm gemacht haben«, stellte Berger fest.

»Ja, Wilhelm, das war es.«

Das klang wie ein Vorwurf. Berger begriff, dass Pagels noch immer der Meinung war, dass er an Fehlandts Verhaftung nicht ganz unschuldig gewesen sei. »Und was macht er heute?«

»Er ist tot. Du weißt ja, dass sie ihn ins Archiv abgeschoben hatten. Und als die Bombenangriffe auf Hamburg im Ernst losgingen, da hat er sich freiwillig als Feuerwache gemeldet. Das habe ich selbst nicht miterlebt, ich war ja zu der Zeit längst bei der Luftwaffe, aber die anderen haben es mir berichtet. Bei jedem Angriff hat er auf dem Dach gestanden, mit ein paar Eimern voll Sand. Auch am 25. Juli 1943, als die Innenstadt abgebrannt ist. Es war von vornherein klar, dass die Lage für das Stadthaus aussichtslos war. Alles ringsumher brannte. Und Fehlandt, der stand als Letzter noch auf dem Dach, als einsamer Held, und er hat versucht, die Brandbomben, die er mit dem Sand nicht löschen konnte, herunterzuwerfen. Er war verloren. Am Ende war er selbst eine brennende Fackel. Das gesamte Stadthaus ist niedergebrannt. Alle Unterlagen vernichtet. Aus. Ende.«

»Es ging ihm um das Archiv«, mutmaßte Wilhelm Berger. »Er hat versucht, das Archiv zu retten.«

Pagels nickte. »Er hat geglaubt, er könnte nachweisen, dass der Anschlag auf den Gauleiter damals von Karl Kaufmann selbst inszeniert war. – Ich habe die Unterlagen gesehen, Wilhelm. Es waren Indizien, die er hatte, mehr nicht. Da hätte man ansetzen können, aber nach allem, was inzwischen passiert ist, würde das sowieso keiner mehr tun. Er ist umsonst gestorben. Wie so viele andere.«

»Und Kaufmann? Ich nehme an, den haben sie aufgehängt?«

Pagels lachte. »Sie haben ihn nicht einmal angeklagt, Wilhelm!«

»Was?«

»Wundert dich das? Er war doch immer beliebt bei den Hamburgern. Zum Prozess gegen die Hauptkriegsverbrecher in Nürnberg war er nur als Zeuge geladen. Er hat bei der Gelegenheit ausgesagt, dass er von der Reichskristallnacht gar nichts gewusst hat. Als man ihn schließlich ins Bild gesetzt hat, habe er, wie er sagt, den Unsinn bei sich in Hamburg sofort unterbunden. Im Krieg hat er dafür gesorgt, dass die armen, ausgebombten Hamburger neue Wohnungen gekriegt haben, indem er die Evakuierung der Juden beschleunigt hat. So hat er es genannt. Natürlich hatte er keine Ahnung, was dann mit den Juden passiert ist. Und Extra-Lebensmittelrationen nach den Bombennächten hat er auch durchgesetzt. Und schließlich hat er dafür gesorgt, dass Hamburg am Ende des Krieges kampflos übergeben wurde. Kurzum: Er war ein Wohltäter der Hamburger.«

»Das war er nicht«, widersprach Berger erregt. »Er war der oberste Nazi der Stadt, und alle Verbrechen, die die Nazis begangen haben, die gehen letzten Endes auf sein Konto.«

»Sagen wir so: Diejenigen, denen er genützt hat, die sind ihm heute noch dankbar. Und diejenigen, die die Nazis umgebracht haben, die beschweren sich nicht mehr. – Aber eigentlich wundere ich mich über dein hartes Urteil, Wilhelm. Bist du nicht auch ein Nutznießer deiner Beziehungen zum Gauleiter?«

»Wie kommst du darauf?« Wilhelm Berger war fassungslos. Er sah zu, wie Pagels einen Rauchring in die Luft blies. Schließlich sagte er: »Ich habe keine besonderen Beziehungen zu Karl Kaufmann. Mein Vater hat vor 1933 die Nazis finanziell unterstützt. Als sie schließlich an die Macht kamen, war mein alter Herr schon tot. Ich habe mit dem Gauleiter nichts zu tun gehabt.« Aber während er dies sagte, wurde ihm schlagartig bewusst, dass diese Darstellung seinem Wunschdenken entsprach. Wenn Karl Kaufmann nicht gewesen wäre, hätte er schon im Herbst 1933 den Polizeidienst quittieren müssen. Wenn Karl Kaufmann nicht gewesen wäre, hätte seine Tochter Susanne nicht nach Amerika auswandern können. Und wenn Karl Kaufmann nicht gewesen wäre, hätten Dagmar und Horst 1939 überhaupt gar nicht erst den Versuch unternehmen können, Deutschland zu verlassen.

Pagels lächelte. »Für einen Mann ohne Beziehungen bist du erstaunlich gut durchgekommen«, sagte er.

»Was meinst du damit?«

»Ich habe mich schon gewundert, als Fehlandt verhaftet worden ist, und als die Gestapo ihn gefoltert hat, dass du auf freiem Fuß geblieben bist. Fehlandt hat mir hinterher gesagt, dass du ursprünglich den Kommunisten in deinem Keller versteckt hattest. Aber vielleicht hast du ja einfach nur Glück gehabt.«

* * *

»Es geht nicht«, sagte Ernst Buchholz. Es war schon der zweite Morgen, an dem er vor Tau und Tag mit dem

Fahrrad unterwegs gewesen war, um einen passenden Platz für die Leiche zu finden. Ursprünglich hatten sie beabsichtigt, den Sack mit dem Toten knapp unterhalb von Elmshorn in die Krückau zu werfen. Aber sie hatten nicht bedacht, dass der Nebenfluss der Elbe gezeitenabhängig war und bei Niedrigwasser beinahe trockenfiel, sodass man den Sack sofort gefunden hätte.

»Was war in Lieth?«, fragte seine Partnerin. In Lieth gab es eine große Tongrube; dort musste es zahlreiche Möglichkeiten geben, eine Leiche loszuwerden.

Ernst setzte sich zu ihr auf die Bettkante. »Sie haben einen Hund«, sagte er. »Sowie ich mich der Grube genähert habe, hat das Viech angefangen zu kläffen und überhaupt nicht wieder aufgehört. Dabei bin ich schon von der Rückseite an die Grube herangefahren. Es geht nicht.«

»Es gibt bestimmt noch andere Möglichkeiten«, sagte seine Partnerin. Sie wirkte vollkommen ruhig. »Wir müssen einfach weitersuchen.«

Ja, etwas anderes blieb ihnen nicht übrig. Es wurde wirklich Zeit, dass die Leiche verschwand. Vielleicht bildete er es sich nur ein, aber er hatte das Gefühl, dass der Sack allmählich zu stinken begann. Er hatte die beiden Fenster im Schuppen geöffnet, aber das war auf die Dauer auch keine Lösung.

Waltraud hatte gefragt, warum er das Loch im Schuppen gegraben habe. Er hatte vereinbarungsgemäß geantwortet, dass er Kartoffeln einlagern wolle. Aber natürlich hatte er keine Kartoffeln, und er musste jetzt sehen, dass er die Grube so schnell wie möglich zuschaufelte. Das Wasser, das sich da angesammelt hatte, war inzwischen versickert. Die letzten Tage hatte es nicht geregnet.

»Es gibt eine alte Sandgrube«, sagte seine Freundin. »An der Straße nach Wedel. Auf der linken Seite, gar nicht weit von hier. Ich glaube, da wird nicht mehr abgebaut. Ich glaube, da gibt es auch einen Teich.«

Sie war sich sicher, dass es dort einen Teich gab. Sie hatte dort an einem der heißen Tage im letzten Sommer nackt gebadet, aber das wusste niemand außer ihr.

* * *

Wilhelm Berger fühlte sich müde und mutlos. Die Rückkehr nach Hause war anders verlaufen, als er es sich gedacht hatte. Dass Dagmar, seine Frau, sich umgebracht hatte, hatte in dem Brief gestanden, den das Rote Kreuz ihm ins Gefangenenlager geschickt hatte. Ihr gemeinsamer Sohn Horst war noch ein Kind gewesen, als er ihn zuletzt gesehen hatte. Im Krieg hatten die Nachbarn sich um ihn gekümmert. Jetzt war Horst siebzehn Jahre alt, ein erwachsener Mann. Das war zu schnell gegangen. Er hatte längst eine Freundin, lebte mit ihr zusammen in Harburg. Wilhelm Berger hatte mit einiger Mühe durchsetzen können, dass er selbst jedenfalls ein Zimmer in seinem Haus in Wandsbek beziehen konnte. Im Rest des Hauses waren Flüchtlinge untergebracht.

Jetzt war Berger auf den Weg nach Sinstorf. Sinstorf war ein Vorort von Harburg, und Harburg war ein Vorort von Hamburg.

Eine junge Frau öffnete die Tür. »Sie müssen Horsts Vater sein!«, sagte sie. »Herzlich willkommen!« Sie hatte einen festen Händedruck.

Horst erschien hinter ihr. »Das ist Monika«, sagte er. »Wir haben uns beim Tanzen kennengelernt.« Monika war größer als er und hatte lange, strohblonde Haare.

»Es freut mich, Sie kennenzulernen.« Dass sie älter sei als Horst, dachte Wilhelm Berger, und dass sie mindestens zwanzig sein müsse.

»Sie sind also der berühmte Mörderjäger«, sagte Monika. Sie hatte ein spitzbübisches Lächeln. Wilhelm Berger war sich nicht sicher, ob er das mochte.

»Mörderjäger und Pirat«, ergänzte Horst. »Pirat im Namen des Führers!«

Das mochte Wilhelm Berger schon gar nicht. Er hatte als Offizier auf dem Hilfskreuzer *Atlantis* gedient. Er sah sich nicht als Pirat, und schon gar nicht als Pirat im Namen des Führers. Aber er wollte keinen Streit vom Zaun brechen. Er sagte: »In den letzten Jahren bin ich weder Mörderjäger noch Pirat gewesen. In den letzten Jahren war ich schlicht und ergreifend Kriegsgefangener – wie viele andere Deutsche auch.«

»Darf ich dir widersprechen?«, sagte sein Sohn. »Die wenigsten unserer Landsleute hatten das Glück, die meiste Zeit des Krieges in einem tropischen Inselparadies zu verbringen.«

»Das schönste Paradies ist nichts wert, wenn man in einem Gefängnis sitzt«, konterte Wilhelm.

Das ließ Horst nicht gelten. »Ich denke, es ist im Krieg sehr viel wert, wenn man genügend zu essen hat und wenn man sich ganz sicher sein kann, dass in absehbarer Zeit niemand einen umbringen wird.«

»Was verstehst du davon?« Jetzt war Wilhelm Bergers Erwiderung doch schärfer ausgefallen, als er beabsichtigt hatte.

Horst konterte: »Ich habe den Krieg erlebt«, sagte er. »Ich habe erlebt, wie Hamburg bombardiert worden ist. Ich habe die letzten Jahre als Flakhelfer miterlebt, wie wir gar nichts machen konnten, um unsere Stadt zu schützen.« Horst Berger brach unvermittelt ab. Jetzt hätte er beinahe im Zorn angefangen, über Dinge zu sprechen, die er für immer für sich behalten wollte. Die schrecklichsten Erlebnisse seines Lebens.

»Entschuldige«, lenkte Wilhelm Berger ein. »Das war ungerecht von mir.«

»Wir sollten uns nicht streiten«, sagte Monika mit sanfter Zunge. Dabei war sie sich sehr wohl bewusst, dass sie diesen Streit mit ausgelöst hatte. »Ich habe ein kleines Abendessen für uns vorbereitet, und das sollten wir jetzt genießen.«

Sie genossen das Abendessen. Das Zimmer im Dachgeschoss eines älteren Hauses in Hamburg-Sinstorf enthielt all die Dinge, von denen Horst und Monika glaubten, dass sie sie zum Leben brauchten. Das war nicht allzu viel. Allzu viel durfte es auch nicht sein, denn das Zimmer war klein genug. Die beiden jungen Leute hatten nur zwei Stühle; Wilhelm Berger musste auf dem Bett sitzen. Für ihn war der Tisch zu hoch, sodass er eine sehr unbequeme Haltung einnehmen musste.

»Die Kartoffeln sind vom schwarzen Markt«, erläuterte Monika.

Wilhelm Berger nickte. Sie waren nicht so weich gekocht, wie er es von früher gewohnt war, und Monika hatte im Gegensatz zu Dagmar darauf verzichtet, sämtliche schwarzen Augen herauszuschneiden. Das Getränk, das Monika großzügig einschenkte, sah auf den ersten Blick aus wie Rotwein, aber es war doch nur Johannisbeersaft, saurer als der sauerste Wein, den Wilhelm Berger je getrunken hatte.

Das Bett, auf dem er saß, war ziemlich ausgeleiert. Außerdem war es sehr schmal. Wenn sie zu zweit darauf schliefen, und daran bestand kein Zweifel, dann würde es auf jeden Fall sehr, sehr eng sein.

»Wir wollen übrigens heiraten«, sagte Horst.

Das hatte Wilhelm befürchtet. »Und wovon wollt ihr leben?«, fragte er.

»Ich habe einen Aushilfsjob bei der Sparkasse«, sagte Monika. »Und wenn die Heimkehrer endlich alle versorgt sind, dann wird sicher auch Horst eine Stelle bekommen.«

In dem Herd brannte ein munteres Kohlefeuer. Nach der Wärme im Zimmer zu urteilen, musste es schon viele Stunden gebrannt haben.

Monika bemerkte Wilhelm Bergers Blick und sagte: »Die Kohlen sind natürlich geklaut.«

»Vorsicht!«, warf Horst ein. »Papa ist Polizist, vergiss das nicht!«

»Glaubst du, dass er mich jetzt festnehmen wird?«, fragte Monika in gespielter Besorgnis.

Horst sah seinen Vater kritisch an. »Nein, wahrscheinlich nicht. Wahrscheinlich traut er sich nicht, zwei Schwerverbrechern allein gegenüberzutreten. Und er kann keine Hilfe herbeitelefonieren, denn natürlich gibt es hier kein Telefon.«

Wilhelm Berger seufzte. »Das ist kein Witz«, sagte er. »Auch in schlechten Zeiten müssen die Gesetze eingehalten werden. Dazu sind sie da.«

Monika sah ihn ernst an. »Es ist kalt«, sagte sie. »Es ist der kälteste Winter seit vielen, vielen Jahren. Und ich bin schwanger. Du willst doch nicht, dass unser Baby erfriert, bevor es überhaupt geboren ist?«

* * *

Es war spät geworden. Die Lage hatte sich entspannt. Sie hatten über die Hochzeit gesprochen und über das Baby, das noch nicht da war. Monika schlief jetzt, in dicke Decken eingehüllt. Wilhelm und Horst Berger saßen vor dem Ofen.

Wilhelm erzählte von früher. »Im März ist das gewesen«, sagte er. »Im März 1940. Da sind wir ausgelaufen.«

»Ich weiß«, sagte Horst. »Wir haben euch gesehen.«

Davon wusste Wilhelm Berger nichts. Er hatte zwar Dagmar informiert, wann die Reise losgehen sollte; das war von Kiel aus noch möglich gewesen, obwohl es eigentlich verboten war. Er hatte nicht damit gerechnet, dass seine Frau kommen würde.

»Am 10. März ist das gewesen«, sagte Horst. Ich hätte eigentlich in der Schule sein sollen, aber Mama hat mich früher aufgeweckt als sonst. Ich war hundemüde, aber sie hat gesagt: ›Komm mit. Papa fährt jetzt in den Krieg. Wir wollen ihn wenigstens noch einmal sehen.‹ Wir sind dann mit der Bahn nach Rendsburg gefahren und vom Bahnhof aus endlos lange zu Fuß gegangen. Schließlich standen wir am Kaiser-Wilhelm-Kanal. Es war entsetzlich kalt, und auf dem Wasser war alles voller Eis.«

Wilhelm Berger nickte. Die *Atlantis* musste damals mithilfe von Schleppern in die Schleuse von Kiel-Holtenau manövriert werden, um die empfindliche Schraube nicht zu gefährden. Es war auch so noch schwierig genug gewesen.

»Wir haben gestanden und gestanden«, sagte Horst. »Es passierte nichts, und ich hatte schon gedacht, dass eure Abreise wahrscheinlich verschoben worden war, aber dann endlich kamen die Schiffe. Es war nicht nur die *Atlantis*. Es war eine regelrechte Flotte.«

Wilhelm erinnerte sich noch genau. An der Spitze war das alte Linienschiff *Hessen* gefahren, das eigentlich nur noch bei Schießübungen als Zielschiff diente. Aber der gepanzerte Riese war allein schon aufgrund seiner Form hervorragend geeignet, um Eis von beliebiger Dicke aufzubrechen. Direkt dahinter fuhr die *Widder*, anschließend die *Atlantis* und am Ende des Zuges die *Orion*.

»Mama hat natürlich gehofft, dass sie dich sehen würde. Aber wir haben dich nicht gesehen.«

»Ich war unter Deck«, sagte Wilhelm.

»Wir haben nicht einmal gewusst, welches der Schiffe denn nun die *Atlantis* ist. Mama hatte unser Fernglas dabei, aber das hat nichts genützt. Wir haben Leute gesehen, die auf der Brücke gestanden haben, aber natürlich konnten wir niemand erkennen. Es waren ja alle dick eingemummelt.«

»Bernhard Rogge hat auf der Brücke gestanden«, behauptete Wilhelm. »Unser Kommandant. Den hätte Dagmar wahrscheinlich erkannt, aber vielleicht habt ihr auf der falschen Seite gestanden.«

»Schon möglich«, sagte Horst.

Wilhelm Berger erinnerte sich sehr gut an die Fahrt durch den Kaiser-Wilhelm-Kanal. Es war ein riskantes Unternehmen, bei Tag zu fahren. In der Enge des Kanals gab es keine Ausweichmöglichkeiten. Ein Fliegerangriff hätte gleich drei Hilfskreuzer auf einmal ausschalten können. Aber so früh im Krieg, im März 1940, gab es nur selten Luftangriffe.

Horst dachte an die Kälte und an die Kolonne der namenlosen, grauen Schiffe, die an ihnen vorübergefahren waren. Er hätte gern seinem Papa noch einmal zugewunken. Mama auch. Sie hatte nicht gesagt, dass sie enttäuscht war, aber Horst hatte gesehen, dass sie sich Mühe gab, nicht zu weinen. Da hatte sie noch nicht gewusst, dass sie ihren Mann niemals wiedersehen würde.

* * *

In Wirklichkeit hatte Bernhard Rogge bei der Fahrt durch den Kaiser-Wilhelm-Kanal nicht auf der Brücke gestanden. Berger war überrascht gewesen, als er den Kommandanten stattdessen in seiner Kajüte antraf. Auf dem Tisch stand eine Flasche Rotwein, zu zwei Dritteln geleert.

»Oh«, sagte Berger. »Ich will nicht stören.«

»Du störst nicht«, erwiderte Rogge. »Komm rein und mach die Tür zu.«

Berger wusste nicht, was er sagen sollte.

Rogge war drei Jahre jünger als Berger. Wilhelm kannte ihn schon aus der Zeit vor dem Weltkrieg. Sein Vater war Pastor gewesen. Sie hatten nie darüber gesprochen, aber Wilhelm war sich ziemlich sicher, dass Bernhard tief religiös war.

»Setz dich.«

Wilhelm Berger nahm Platz.

»Du wunderst dich, dass du deinen Kommandanten hier in diesem Zustand antriffst«, sagte Rogge. Er sprach völlig normal, aber die fast geleerte Flasche belegte, dass er betrunken war. »Dies ist das erste Mal, Wilhelm, dass du mich besoffen siehst. Und es wird auch das letzte Mal sein. Ab morgen sind wir im Krieg, und dann müssen wir alles, was bisher gewesen ist, hinter uns lassen.«

»Ja.«

Rogge sah Wilhelm an: »Du denkst an deine Familie.«

Wilhelm nickte.

»Ihr Schicksal liegt in Gottes Hand«, sagte Rogge. »Ihres und unseres. Meines auch.«

»Die Marine setzt großes Vertrauen in dich«, sagte Berger.

»Die Marine, ja, aber die hat uns nicht schützen können. Meine Anneliese war Jüdin. Sie hat sich letztes Jahr umgebracht. Am 4. September, drei Tage nach Kriegsausbruch.«

»Mein Gott!«, sagte Berger erschrocken. »Das habe ich nicht gewusst. Das tut mir leid. Die Anneliese, die war so eine – eine liebenswerte Frau ...«

»Ja, Wilhelm, das war sie.«

»Diese Scheiß-Nazis!«, rief Berger. Er sah, dass sein Freund feuchte Augen hatte. »Und jetzt fahren wir auch noch für sie in den Krieg. Wie hältst du das aus, Bernhard?«

Rogge schüttelte den Kopf. »Wir fahren nicht für die Nazis in den Krieg«, sagte er. »Wir tun es für Deutschland. Wir tun es, weil das Vaterland es von uns verlangt. Weil der Anstand es von uns verlangt.«

»Der Anstand verlangt gar nichts von uns«, erwiderte Berger. »Wer selbst nicht anständig ist, wie diese Nazis, der kann von anderen auch keinen Anstand fordern.« Er überlegte, ob er seinem Freund vorschlagen sollte, statt in den Krieg zu ziehen einfach einen neutralen Hafen anzulaufen und das Schiff und seine Besatzung internieren zu lassen.

»Ich bin durch einen Eid gebunden, Wilhelm. So etwas nehme ich sehr ernst. Ich werde diesen Auftrag ausführen. – Und wie ich eben schon gesagt habe, bin ich der Kommandant auf diesem Schiff, und ich werde dafür sorgen, dass wir unseren Auftrag so gut und so menschlich wie möglich erledigen. Aber es gibt noch etwas anderes, was ich dir sagen muss: Wir haben jetzt beide etwas getan, was wir nicht tun dürfen. Ich habe mich betrunken, und du hast die Politik ins Spiel gebracht. Das geht nicht. Die Politik hat auf diesem Schiff nichts zu suchen. Für die Dauer unserer Reise ist es egal, ob jemand ein Nazi ist oder nicht. Von mir aus kann er auch Kommunist sein. Für die Dauer unserer Reise ist er einfach nur ein Mitglied der *Atlantis*-Familie, und in der gibt es keinen Streit. Wir halten zusammen, wir müssen zusammenhalten, koste was wolle, denn sonst sind wir verloren, sonst gehen wir alle unter.«

Wilhelm Berger nickte, aber seine Zweifel waren damit nicht ausgeräumt. ›Sonst gehen wir unter‹, hatte Rogge gesagt. Wilhelm fragte sich, ob sein Kommandant nach all dem, was er erlebt hatte, nicht genau diesen Untergang jetzt anstrebte.

Als Bergers Wache beendet war, war er todmüde. Eigentlich hätte er sich sofort in die Koje legen sollen, aber auf dem Weg dorthin kam er an der Schiffsbibliothek vorbei, und er warf einen Blick hinein. Was hatte Rogge für seine Besatzung zusammengestellt? Berger wusste, dass er alles selbst ausgesucht hatte. Nazi-Literatur fehlte. Aber verbotene Bücher gab es natürlich auch nicht.

Die Regale enthielten sehr viele Romane, teils war das romantischer Kitsch wie Ganghofers *Schloss Hubertus* und *Das Schweigen im Walde*, teils anspruchsvolle Literatur. Goethe, Schiller, Kleist. Kriegsbücher nahmen einen sehr geringen Raum ein, obwohl natürlich in Anbetracht ihres vorgesehenen Einsatzes Semsrotts *Der Durchbruch der Möwe* und das *Kaperschiff Möwe* nicht fehlen durften. Auch *Die glückhafte Emden* war vertreten; der zweite Band mit dem Titel *Kampf und Untergang der Emden* fehlte aus begreiflichen Gründen. Es gab zahlreiche Sachbücher, und offenbar hatte Rogge auch daran gedacht, dass etwaige gefangene, englische Seeleute etwas zu lesen haben mussten. Cronins *The Stars Look Down* und *The Citadel.* Kriminalromane von einer gewissen Dorothy Sayers, die Berger nicht kannte. Direkt daneben stand Lord Byrons *Cain. A Mystery*. Aber das war kein Kriminalroman; genau wie *The Corsair* kein Piratenbuch im eigentlichen Sinne war. Wilhelm Berger schlug die letzte Seite auf. Ja, da standen die Zeilen, an die er sich erinnerte:

He left a Corsair's name to other times,
Linked with one virtue and a thousand crimes.

Von dem Korsaren wird man lang noch sprechen
Von seiner einen Tugend und seinen tausend Verbrechen.

* * *

Die Hamburger Mordkommission befasste sich jetzt, Ende Februar 1947, ausschließlich mit dem Trümmermörder. Vier Menschen hatte er umgebracht, ihre Leichen auf Trümmergrundstücken in verschiedenen Stadtteilen zurückgelassen. Für Hinweise, die zu seiner Ergreifung führten, hatte die Polizei eine Belohnung von 5000 Reichsmark und tausend Zigaretten ausgesetzt. Die Zigaretten waren jetzt so wertvoll wie der Geldbetrag. 50.000 Fahndungsplakate waren gedruckt worden. Diese Plakate waren in allen vier Besatzungszonen geklebt worden, also auch in der russischen Zone. Es hatte sich niemand gemeldet, der Auskünfte über den Täter hätte geben können.

* * *

Ernst Buchholz war mit dem Fahrrad hinausgefahren nach Klein-Nordende. Er hatte es einfach nicht mehr ausgehalten. Seit Wochen schon herrschte strenger Frost, und er war sich sicher, dass der Kiessee mit einer dicken Eisschicht bedeckt war. Das bedeutete, dass man jetzt trockenen Fußes auf den See hinauslaufen konnte, und er war sich sicher, dass die Kinder nach der Schule auf dem Eis Schlittschuh laufen würden.

Jetzt war später Vormittag. Eigentlich hätte er sich, schon bevor es hell wurde, auf den Weg machen wollen, aber er hatte die Zeit verschlafen. Wahrscheinlich machte es nicht viel. Um diese Zeit waren die Kinder in der Schule, und sonst würde niemand unnötigerweise bei dieser Kälte draußen herumlaufen. Er würde die ehemalige Kiesgrube für sich allein haben.

Er stellte das Fahrrad beim Eingang ab und schlenderte hinunter in die Sandgrube. Aber schon als er um die Kurve ging, hörte er, dass Kinder auf dem Eis waren. Er zögerte einen Moment, aber nun gab es kein Zurück. Die Kinder unterbrachen ihr Eishockeyspiel; sie hatten ihn gesehen.

»Hallo«, sagte Ernst Buchholz. Er hob die Hand, um anzudeuten, dass er in freundlicher Absicht kam und nicht etwa vorhatte, sie von ihrem Spielplatz zu vertreiben. Zögernd ging er hinaus auf das Eis. Er hatte keine Schlittschuhe; er trug normale Straßenschuhe. Aber zum Glück war die Oberfläche nicht so glatt, wie er befürchtet hatte. Nur draußen, in der Mitte des Teiches, wo die Kinder ihr Eishockeyfeld markiert hatten, sah es anders aus. Dort hatten sie den Schnee weggefegt, und das blanke Eis lag an der Oberfläche.

Die Kinder starrten ihn an. »Müsstet ihr nicht eigentlich jetzt in der Schule sein?«, erkundigte sich Ernst Buchholz.

Einer der Jungen, offenbar der Anführer, schüttelte den Kopf: »Die Schule fällt aus«, sagte er. »Die ganze letzte Woche schon. Die Kohlen sind alle. Es kann nicht mehr geheizt werden.«

»Da habt ihr ja Glück gehabt«, sagte Buchholz. »Ist das Eis denn dick genug, um euch zu tragen?«

»Ja, natürlich.« Das war eine dumme Frage.

Die Kinder sahen verblüfft zu, wie Ernst Buchholz mit vorsichtigen Schritten über das Eis zur Mitte des Teiches ging, dort ein wenig hin und her lief, probeweise ein bisschen hopste, als wollte er testen, ob das Eis auch wirklich hielt. Das Eis rührte sich nicht. Und Ernst Buchholz sah, was er befürchtet hatte. Zwar konnte man selbst hier, wo die Oberfläche spiegelblank geputzt war, nicht gut durch das Eis hindurchsehen, aber eine Stelle sah doch anders aus als der Rest der Eisfläche. Kein Zweifel, da unten lag der Sack mit dem Toten. Aber konnte man das ahnen, wenn man nichts davon wusste?

Ernst Buchholz war sich ziemlich sicher, dass die Kinder nichts bemerkt hatten. »Denn man noch viel Spaß«, sagte er. Er machte sich auf den Heimweg. Auf halbem Wege nach Elmshorn bemerkte er, dass sein Hinterreifen schon wieder Luft verlor. Er würde ihn erneut flicken müssen. Eigentlich wäre längst ein neuer Schlauch fällig gewesen, aber neue Fahrradschläuche gab es nicht.

* * *

Als Ernst Buchholz zurückkam, lag Ruth noch immer im Bett. »Guck mal, was ich gefunden habe«, sagte sie. Es war eine kleine, norwegische Münze.

Ernst war uninteressiert. »Die wird John damals verloren haben«, sagte er.

Ruth schüttelte den Kopf. »Sie ist von 1946.«

Ernst zuckte mit den Achseln.

»Du hättest da nicht hingehen sollen«, sagte Ruth.

»Ich weiß. Aber ich habe es einfach nicht mehr ausgehalten, diese Unsicherheit.«

Seine Partnerin schüttelte den Kopf. »Du darfst dich nicht nervös machen lassen. Es wird alles gutgehen.«

Aber Ernst Buchholz war nervös. »Es waren so viele Kinder draußen auf dem Eis«, sagte er. »Bestimmt gehen die auch im Sommer zum Baden in diesen See. Und was dann passiert, das ist ja wohl klar.«

»Nichts wird passieren«, widersprach seine Partnerin. »Der Sack liegt tief am Grunde des Sees. Wenn wirklich jemand beim Baden mit dem Fuß dagegen stößt, dann denkt er: Das ist ein alter Sack. Hochheben kann er ihn nicht; dazu ist er zu schwer. Und warum sollte jemand einen dreckigen, alten Sack hochheben?«

Buchholz war nicht überzeugt. »Ich wünschte, wir würden einfach zur Polizei gehen«, sagte er.

Seine Partnerin richtete sich abrupt auf. »Willst du mich im Stich lassen?«

Er schüttelte den Kopf. »Ich lasse dich niemals im Stich«, sagte er. Aber es klang nicht kämpferisch, es klang eher verzweifelt.

Ruth fasste seine Hand. »Du bist ja ganz kalt«, sagte sie. »Du wirst dir eine Erkältung holen, wenn du so weitermachst. Komm zu mir ins Bett, ich wärme dich.«

* * *

Wilhelm Berger war erneut zu Besuch in Sinstorf. Monika hatte ihn im Präsidium angerufen, er müsse dringend kommen. Auf sein Läuten hin geschah zunächst gar nichts. Aus der Wohnung drang laute Schlagermusik. Berger läutete noch einmal.

Monika riss die Tür auf. »Ach, da bist du ja«, sagte sie. »Komm rein.«

Horst lag auf dem Sofa. »Es tut mir leid«, sagte er, »dass wir dich um Hilfe bitten müssen.« Er wies auf sein eingegipstes Bein.

»Soll ich das Radio leiser stellen?«, fragte Monika.

»Ja, bitte. Was ist das überhaupt für ein Zeugs, was ihr da hört?«

»BFN«, verkündete Monika. »Die deutschen Sender bringen ja nichts Vernünftiges.« Sie schaltete das Radio aus.

»Wie ist das passiert mit deinem Bein, Horst?«, wollte sein Vater wissen.

»Beim Kohlenklauen. Ich musste ja den Abhang runter, und der war verreist, und ehe ich mich versehen habe, lag ich schon im Dreck.«

»Als sie ihn gebracht haben, da habe ich gleich gesehen, dass da etwas nicht stimmt«, ergänzte Monika. »Sein linkes Bein sah irgendwie verdreht aus, und er konnte nicht von allein aufstehen. Zum Glück waren ja genügend andere Leute unterwegs. Marek, der wohnt nebenan, der hat Horst gesehen, und mit einem anderen Mann zusammen haben sie es dann geschafft, ihn den Berg hochzuschleppen und nach Hause zu bringen.«

Horst ergänzte: »Tja, und jetzt ist das Bein in Gips, und ich liege hier dumm herum und kann gar nichts machen. Und wir haben doch keine Kohlen mehr. Da ist Monika losgelaufen, zur Post, und hat dich angerufen.«

»Ich hoffe, du hast die Sache mit den Kohlen nicht erwähnt«, fragte Wilhelm Berger besorgt, »als du bei uns im Präsidium angerufen hast.«

»Ich bin doch nicht doof«, empörte sich Monika.

»Ich hatte neulich, als ich bei euch war, sowieso das Gefühl, dass ihr ein bisschen zu viel heizt«, sagte Wilhelm.

»Ist es dir so lieber?«, fragte Monika schnippisch. Es war empfindlich kalt in der Wohnung. Das Dachfenster war von Eisblumen bedeckt.

Wilhelm Berger schüttelte den Kopf. »Wenn ihr vorher etwas mehr gespart hättet …«

»Hättet!«, sagte Horst. »Haben wir aber nicht.«

»Tatsache ist«, sagte Monika, »dass diese unglaubliche Kälte immer noch weiter anhält, jedenfalls sagen sie das im Radio. Und wenn wir nicht heizen können, dann erfrieren wir.«

»So schlimm wird es nicht gleich kommen«, wandte Wilhelm ein. Aber natürlich war es vollkommen unmöglich, dass sein Sohn und seine Freundin hier in einer ungeheizten Wohnung hausten. »Könnt ihr nicht für ein paar Wochen zu Monikas Verwandten ziehen?«

»Ich komme aus Magdeburg«, sagte Monika. »Meine Verwandten sind noch drüben. Da können wir nicht hin. Und zu Freunden – das geht auch nicht. Mareks zum Beispiel, die sitzen mit acht Leuten in ihrer kleinen Wohnung. Im Stockwerk unter uns wohnt eine Pastorenfamilie. Zu denen haben wir gar keinen Kontakt. Und das Ehepaar, dem das Haus gehört, das hat nur noch Kammer und Küche im Erdgeschoss. Den Rest mussten sie abgeben.«

Wilhelm zögerte. Er registrierte, dass seine Hände kalt waren. Schließlich sagte er: »Ich mach das.«

»Ich habe gewusst, dass du uns nicht im Stich lässt«, sagte Monika. Es klang überzeugend.

Auch Horst sagte: »Wir haben gewusst, dass wir uns auf dich verlassen können.« Es klang weniger überzeugend.

Wilhelm sagte: »Wenn ich Leute verhaften soll, dann muss ich auch wissen, wie das aussieht, wenn man auf der anderen Seite steht. – Was muss ich tun?«

Horst sagte: »Du musst runter zum Güterbahnhof. Da stehen die Züge mit den Kohlen. Nicht immer, aber meistens. Das siehst du dann schon. Du kannst die Leute fragen, die dir entgegenkommen. Die wissen auch, ob die Luft rein ist. Wenn Polizei auftaucht, musst du abhauen.«

»Mich haben Sie mal erwischt«, sagte Monika. »Manche Waggons haben ja so ein Bremserhäuschen, weißt du? Und auf einmal hat jemand gerufen: ›Da hinten kommt einer mit einem Hund!‹ – ›Wo denn?‹, hab ich gesagt, aber da habe ich ihn auch schon kommen sehen. Da bin ich dann schnell rein in das Bremserhäuschen. Tür zu, ganz leise. Aber es hat gar nicht lange gedauert, da macht der Polizist plötzlich von außen die Tür auf und sagt: ›Guten Abend, junge Frau!‹ – Ich hab ihn nur angestarrt, so erschrocken war ich. – ›Jetzt gehen Sie am besten schnell nach Hause‹, hat er gesagt. – ›Ja‹, hab ich gesagt, und dann hab ich gemacht, dass ich wegkomme. An dem Abend hab ich keine Kohlen mehr geholt.«

Dass in einer solchen Situation eine junge Frau sicher bessere Karten hatte als ein Mann von sechzig Jahren, dachte Berger.

»Wir sind zu zweit gegangen damals«, ergänzte Horst. »Aber wir waren ja verschieden schnell. Deshalb waren wir nicht zusammen, als das mit dem Polizisten passiert ist. Zum Glück. Da musst du wirklich aufpassen. Die Bahnpolizei ist schon schlimm, aber die sind wenigstens unbewaffnet. Schlimmer sind die Engländer. Die machen auch gelegentliche Kontrollen. Und bei denen darfst du nicht weglaufen. Die schießen scharf.«

Wilhelm Berger schluckte. Das fehlte ja noch, dass er sich jetzt, zwei Jahre nach Kriegsende, von den Engländern totschießen ließ!

»Wird schon gutgehen«, sagte Monika. »Ich würde ja gern mitkommen, aber seit Horst weiß, dass ich schwanger bin, hat er mir das verboten.«

Ja, inzwischen konnte man wirklich sehen, dass Monika schwanger war.

* * *

Sie warteten zusammen in der Küche. Wilhelm wollte losgehen, als es dunkel wurde, aber Horst hielt ihn zurück: »Noch nicht. Nicht vor Mitternacht.«

Die Warterei schien Wilhelm endlos. Der Gesprächsstoff war ihnen rasch ausgegangen, und jetzt saßen sie nur noch da und warteten. Als es endlich 24:00 Uhr war, machte Wilhelm sich auf den Weg.

»Viel Glück!«, sagte Monika.

Der Himmel war bewölkt, aber es war draußen nicht vollständig dunkel. Überall lag Schnee. Wilhelm hatte den Mantel von Horst über seinen eigenen gezogen, und er trug Handschuhe, die Monika gestrickt hatte. Dennoch war es empfindlich kalt. Als Wilhelm das Wohngebiet verließ, spürte er auch den eisigen Wind. Er stapfte die Landstraße entlang durch die Felder, hielt den Kopf gesenkt und sah sich nur von Zeit zu Zeit um, aber es war nichts Verdächtiges zu sehen.

Zwei Männer mit Rucksäcken kamen ihm entgegen. Wilhelm fragte nach dem Weg.

»Hinten rum«, sagte einer der beiden. »Über die Brücke, das ist heute am besten. Da steht ein Zug mit Kohlen.«

Wilhelm bedankte sich. Er hatte nur eine ungefähre Vorstellung, wo diese Brücke sein mochte, aber nachdem er links abgebogen war und das Gelände mit den Schrebergärten durchquert hatte, sah er schon die Stahlkonstruktion vor sich. Ja, hier stand ein ganzer Güterzug voller Kohlen. Die Eisenbahner hatten ihn sicher nicht ohne Grund ans äußerste Ende des Güterbahnhofs geschoben, aber die Kohlendiebe hatten ihn doch gefunden. Von der Brücke her sah es aus, als hätte sich eine Schar schwarzer Ameisen über die Ladung hergemacht.

Berger stieg hinunter auf das Bahngelände. Er bemühte sich, die Gleise so leise wie möglich zu überqueren, aber ganz ohne Geräusch ging das nicht. Die Männer am Waggon warfen ihm ärgerliche Blicke zu. »Leise!«, fauchte einer. Berger registrierte, dass die meisten sich dicke Socken über die Stiefel gezogen hatten, um sich so geräuschlos wie möglich bewegen zu können.

Wilhelm Berger hatte Glück. Auf dem Waggon, auf den sich die Diebe konzentriert hatten, lagen sogenannte Eisenbahnerbriketts, immer vier aneinander. Die wurden von oben heruntergeworfen, und Berger brauchte sie nur in den Sack zu stecken. Wenn es stattdessen die kleinen Eierkohlen gewesen wären, hätte er selbst nach oben gemusst, um dort seinen Sack zu befüllen. Die ganze Aktion ging zügig voran, aber sie war auch mit Geräusch verbunden. Berger war froh, als nach wenigen Minuten sein Sack komplett gefüllt war.

»Danke!«, sagte er. Dann machte er sich auf den Heimweg.

Der Rückweg verlief ohne Zwischenfälle. Horst und Monika freuten sich sichtlich, dass alles so gut geklappt hatte. Horst sah auf die Uhr: »Es ist noch früh genug«, sagte er. »Du könntest noch ein zweites Mal gehen.«

»Dein Vater wird müde sein«, gab Monika zu bedenken.

»Ich bin nicht müde«, behauptete Wilhelm. Das war gelogen, aber er war sich sicher, dass er noch eine zweite Tour schaffen würde. »Habt ihr vielleicht ein paar dicke Socken, die ich über die Stiefel ziehen könnte?«

Horst gab ihm seine Socken. Die waren zwar nicht besonders dick und hatten mehrere Löcher, aber wahrscheinlich würden sie ausreichen, um den Lärm ein wenig zu dämpfen.

* * *

Der zweite Ausflug zum Güterbahnhof ging nicht ganz so glatt wie der erste. Von der Brücke aus bot sich jetzt ein anderes Bild als zuvor. Niemand war auf den Waggons; stattdessen schlenderten zahlreiche Menschen in beiden Richtungen am Rande des Bahngeländes entlang.

»Ist Bahnpolizei da?«, fragte Wilhelm Berger den ersten Spaziergänger, dem er begegnete.

Der Mann nickte. »Die wissen natürlich genau, warum wir hier sind, aber sie können nichts machen, solange wir nur spazieren gehen.«

Wilhelm reihte sich ein in die große Gruppe der Spaziergänger. Auf dem Bahngelände kamen ihm zwei Männer mit einem Hund entgegen. »Guten Abend«, sagte er.

Die Männer grüßten höflich zurück. Nur der Hund knurrte verärgert, aber der war angeleint.

»Was machen Sie denn so spät in der Nacht hier draußen?«, fragte einer der Polizisten.

»Spazieren gehen«, erwiderte Berger.

»Ausgerechnet hier auf dem Bahngelände?«, fragte der andere.

»Dies ist solch ein schöner Weg. Und außerdem bin ich außerhalb des Bahngeländes.« Berger war sich zwar nicht sicher, ob das stimmte, aber die Bahnpolizisten gaben sich mit seiner Antwort zufrieden.

Wilhelm Berger fühlte sich jetzt wesentlich sicherer. Er hatte den Eindruck gewonnen, dass es zwischen der Bahnpolizei und den Kohlendieben so eine Art stiller Übereinkunft gab, dass man sich gegenseitig nicht in die Quere kam. Er ging weiter in Richtung Harburg bis ans nordwestliche Ende des Güterbahnhofs und dann schließlich wieder zurück. Inzwischen waren kaum noch Menschen unterwegs. Wilhelm sah auf die Uhr. Ja, jetzt wurde es Zeit, entweder zum Kohlenzug zurückzugehen, oder die Aktion abzubrechen.

Er wollte nicht aufgeben. Horst und Monika brauchten die Kohlen, und er konnte schließlich nicht jede Nacht losziehen. Er musste sich beeilen. Er sah sich noch einmal um. Von der Bahnpolizei keine Spur.

Da vorn standen die Waggons. Wilhelm Berger überquerte die Gleise. Er war allein. Jetzt blieb ihm nichts anderes übrig, als nach oben zu klettern. Hier waren die Wollsocken von Nachteil. Er rutschte ab, schlug mit dem Knie gegen die Wand. Ein heftiger Schmerz, aber er hatte keine Zeit, sich darum zu kümmern. Er nahm Anlauf, sprang, bekam den Rand des offenen Güterwagens zu fassen, zog sich nach oben und schwang sich über die Kante.

Der Waggon war inzwischen deutlich leerer geworden. Rasch füllte Wilhelm Berger seinen Sack. Die Eisenbahnerbriketts waren zwar groß, aber auch sehr sperrig. Er brach einige davon auseinander, damit mehr in den Sack passten. Als er schließlich genug hatte, ließ er den Sack nach unten fallen. Er sprang hinterher und landete direkt vor den Füßen eines Bahnpolizisten. »Oh!«, sagte er.

»Das war jetzt etwas zu dreist«, sagte der Mann. »Leeren Sie den Sack aus, und dann kommen Sie mit zur Wache.«

Während Berger sich bückte und den Sack ergriff, sah er sich unauffällig um. Die Polizisten waren zu zweit, aber keiner von ihnen hielt eine Waffe in der Hand. Es waren ältere, eher gemütlich wirkende Beamte. Berger schmiss dem ihm am nächsten stehenden die Briketts vor die Füße und rannte los.

»Halt, stehen bleiben!«

Berger dachte nicht daran. Schon war er um den Güterwagen herum und außer Sicht. Er hatte es geschafft! – Den Hund bemerkte er erst, als der ihn an der Hose packte.

* * *

Wilfried Pagels und seine Familie wohnten in einer Nissenhütte in einem Lager an der Burgstraße, mitten zwischen den Trümmern.

»Mach die Tür zu«, war das Erste, was Pagels sagte. »Entschuldige, dass ich so direkt bin, aber du siehst ja, wie wir hier wohnen. Und dass es kalt ist, das spürst du ja selbst.«

Ja, das spürte Berger. Die Hütte hatte Wellblechwände, keine Isolierung. Geheizt wurde mit einem kleinen Kanonenofen. Und die Kohlen waren ganz offensichtlich knapp.

»Wilhelm, darf ich dir meine Frau vorstellen? Das ist Elke.«

»Angenehm.« Wilhelm Berger war vor dem Krieg niemals bei Pagels zu Hause gewesen. Elke war eine kleine, blasse Frau. Noch etwas kleiner als Pagels.

»Unser Sohn ist gerade nicht da«, sagte Pagels. »Er geht wieder zur Schule. Er hat übrigens diesen Windfang gebaut.« Er wies auf eine klapprige Holzkonstruktion vor der Eingangstür. »Seitdem ist es hier ganz schnuckelig warm. Solange niemand die Tür aufmacht.«

Als schnuckelig hätte Berger die Wärme nicht bezeichnet. Bei dem gegenwärtigen strengen Frost konnten es kaum mehr als zehn Grad sein. Pagels und seine Frau hatten ihre Mäntel an, und auch Wilhelm Berger fühlte keinerlei Neigung, seinen Wintermantel auszuziehen.

»Ich mache uns einen Tee«, sagte Elke Pagels. »Sie mögen doch Früchtetee, oder?«

Berger nickte. Er sah sich um. Hier lebten nun also zwei Familien auf vierzig Quadratmetern, getrennt lediglich durch einen Vorhang. Es gab ein Stockwerkbett, einen primitiven Schrank, Tisch und Stühle. An dem Schrank hing das Foto einer schönen Frau.

Pagels bemerkte Bergers Blick. »Das ist Hanne Mertens«, sagte er. »Oder vielmehr: Das war Hanne Mertens. Eine Schauspielerin. Eine Bekannte von uns. Unsere Hanne. Jetzt ist sie tot.«

Berger nickte. Viele der Menschen, die er gekannt hatte, waren jetzt auch tot. Seine Frau zum Beispiel.

»Was verschafft uns die Ehre deines Besuches?«, fragte Pagels. »Willst du einmal mit eigenen Augen sehen, wie es sich so lebt in einer Behelfsunterkunft?«

Berger schüttelte den Kopf. Ihm war nicht nach Scherzen zumute. »Wilfried«, sagte er, ich habe etwas Dummes gemacht.« Er schilderte dem Kollegen, was passiert war.

»Das musst du melden«, sagte Pagels. »Du musst mit Roeder sprechen. Sofort. Er wird dir schon nicht den Kopf abreißen.«

»Ich habe einen anderen Weg gewählt«, sagte Berger. »Ich habe mich an Karl Kaufmann gewandt. Er hat versprochen, zu helfen.«

Pagels schüttelte den Kopf. »Du Narr«, sagte er.

»Ja, ich weiß, dass es keine besonders glückliche Idee gewesen ist. Aber ich kann es mir einfach nicht leisten, meine Stellung zu verlieren. Und bei Roeder war ich mir nicht so sicher, ob er mir wirklich helfen würde. Nicht so sicher wie bei Kaufmann jedenfalls.«

»Wilhelm, du verkennst Roeder. Er ist ehrgeizig, er ist diensteifrig, er ist erzkonservativ und manchmal ist er erschreckend naiv, aber er ist kein schlechter Kerl. Er würde keinen von uns im Stich lassen.«

»Vielleicht hast du recht«, sagte Berger. »Vielleicht war es der falsche Weg. Aber ich musste schnell reagieren, und da habe ich diesen Weg genommen.«

»Ich verstehe dich nicht, Wilhelm. Hast du mir nicht gerade vor wenigen Tagen erklärt, dass du ohne eigenes Verschulden in immer neue Abhängigkeiten von dem Gauleiter hineingeschlittert bist? Und nun ist der ganze Zirkus vorbei, und du weißt nichts Besseres zu tun, als dich in neue Abhängigkeiten zu begeben?«

»Es ist geschehen«, sagte Berger kleinlaut.

»Du kannst dich immer noch an Roeder wenden und ihm alles beichten«, schlug Pagels vor.

»Das möchte ich lieber nicht.«

»Wahrscheinlich kommt es sowieso heraus.«

Elke Pagels schenkte den Tee ein. »Streitet euch nicht«, sagte sie leise.

»Es gibt hier übrigens kein fließendes Wasser«, sagte Pagels. »Und falls du mal zur Toilette musst: Wir haben hier nur ein Gemeinschaftsklo. Da drüben hinter dem Vorhang. Immer der Nase nach.«

Wilhelm Berger schüttelte den Kopf. Ihm wurde bewusst, wie gut er im Vergleich zu Pagels dran war mit seinem Haus, auch wenn ihm der größte Teil davon durch die Zwangseinquartierung nicht zur Verfügung stand. »Ich hoffe, dass ihr bald eine bessere Wohnung bekommt.«

»Ach, die Wohnung. Das ist nicht so schlimm. Hauptsache, ich hab Arbeit. Ich hab ja Glück gehabt, dass ich wieder bei der Polizei anfangen konnte«, sagte Pagels, »aber unser Kleiner …«

»Das sollst du nicht sagen«, mischte sich seine Frau ein. »Das mag er nicht hören. Er ist neunzehn Jahre alt. Er ist fast erwachsen.«

»Er glaubt, dass er erwachsen ist«, sagte Pagels. »Aber jedenfalls hat er es verdammt schwer. Es ist ja überhaupt keine Lehrstelle zu kriegen. Erst die Heimkehrer, heißt es, die Frontsoldaten. Er macht jetzt noch ein freiwilliges Jahr. Schule nach der Schule. – Na ja, so hat er jedenfalls was zu tun. Und irgendwann kommen sicher wieder bessere Zeiten.«

Wilhelm Berger gewann den Eindruck, dass die Pagels trotz aller Schwierigkeiten eine glückliche Familie waren.

* * *

»Der Winter nimmt überhaupt kein Ende«, sagte Martin. Der Schulunterricht hatte zwar inzwischen wieder begonnen, aber es war nach wie vor bitterkalt. In der letzten Nacht war das Thermometer wieder unter -10°C gefallen, und dabei hatten sie jetzt schon den 16. März.

»Freu dich doch«, sagte Andreas. »Wir können noch immer Eishockey spielen.«

Ja, das stimmte. Heute, am Sonntag, war es deutlich wärmer, und die Oberfläche des Eises war so blank wie noch nie zuvor. Während Andreas noch dabei war, sich die Schlittschuhe anzuziehen, sauste Martin bereits hinaus auf das Eis. »Guck mal«, rief er, »man kann durch das Eis hindurchsehen!«

In der Tat wirkte die Eisfläche wie eine große Glasscheibe. Allerdings war darunter nicht allzu viel zu erkennen, dazu war der Boden des Teiches zu modderig. Lediglich in der Mitte gab es eine Besonderheit. »Da hat jemand einen alten Sack in den Teich geschmissen!«, stellte Martin fest.

»Müll«, vermutete Andreas. Er war inzwischen ebenfalls herangekommen. »Es gibt immer wieder irgendwelche Idioten, die ihren Müll einfach irgendwo in der Landschaft abladen.«

»Da guckt was raus aus dem Sack«, sagte Martin. »Das sieht ja aus wie ein Kopf.«

»Quatsch! – Da sind auch schon die anderen. Komm, lass uns Eishockey spielen.«

Martin dachte nicht mehr an das, was aussah wie ein Kopf, der aus einem Sack herausschaute. Erst später, auf dem Nachhauseweg, fiel es ihm wieder ein. Er beschloss, am nächsten Tag noch einmal genau nachzusehen. Vielleicht konnte man ein Loch in das Eis hauen.

Aber jetzt setzte das Tauwetter ein, und die Jungen konnten nicht mehr auf das Eis. Und Martin vergaß, was er glaubte, gesehen zu haben.

* * *

»Schön, dass Sie gekommen sind.« Karl und Else Kaufmann begrüßten Wilhelm Berger an der Haustür. Der ehemalige Gauleiter wohnte jetzt in Poppenbüttel, einem der Hamburger Nobelvororte.

Berger zog sich die Stiefel aus.

»Das brauchen Sie nicht!«, sagte Kaufmann.

Wilhelm Berger hatte Karl Kaufmann noch nie zu Hause besucht. Jetzt ließ er sich zu Kaffee und Kuchen im Wohnzimmer dieses früher so mächtigen Mannes einladen.

»Ich möchte mich für Ihre Hilfe bedanken«, sagte Berger. »Das war eine ganz dumme Geschichte, und wenn Sie mir nicht geholfen hätten, hätte das Ganze für mich übel ausgehen können. Beim Kohlenklauen erwischt! Dabei bin ich ja bei der Polizei beschäftigt.«

»Machen Sie sich darüber keine Gedanken«, erwiderte Kaufmann. »Wir kennen uns seit so vielen Jahren, und wir helfen uns gegenseitig, wo wir können.«

Das ist das Problem, dachte Berger.

»In diesem Fall war die Geschichte ganz einfach. Ein Telefonat hat genügt, und dieser ärgerliche Vorgang war vom Tisch. Zum Glück ist die deutsche Justiz ja von den Säuberungen der Alliierten weitgehend verschont geblieben. So brauchte ich nur einen meiner Freunde bei der Staatsanwaltschaft anzurufen.« Zum Glück war die Anzeige bei einem von Kaufmanns früheren Parteifreunden gelandet, und der hatte sie dann schlicht und ergreifend in den Papierkorb befördert.

»Noch einmal, herzlichen Dank«, sagte Berger.

»Und wie hilft sich Ihr Sohn jetzt weiter?«, erkundigte sich Frau Kaufmann. »Er hat ja sein gebrochenes Bein, und, wenn ich die Lage richtig einschätze, dann werden Sie sich ja wohl kein zweites Mal in Gefahr begeben.«

»Seine Freundin hat sich einen Holzsammelschein besorgt«, sagte Berger. Das war nur eine Notlösung, denn die Wälder um Hamburg waren inzwischen leergesammelt, aber zum Glück verhieß der Wetterbericht für die nächste Zeit endlich eine deutliche Erwärmung.

»Nehmen Sie doch ein Stück Kuchen«, forderte ihn Frau Kaufmann auf.

»Danke.« Es war lange her, dass Wilhelm Berger Kuchen gegessen hatte.

»Sie wundern sich vielleicht«, sagte Karl Kaufmann, »dass es mir als Rentner so gut geht. Dabei ist das natürlich alles relativ. Von den Dingen, die ich früher besessen habe, werde ich nicht alle zurückbekommen. Das Duvenstedter Brook ist wahrscheinlich für immer verloren. Dabei habe ich das alles aufgebaut. Die Hirsche wären nicht dort, wenn ich sie nicht gekauft hätte. Und natürlich hätte auch Hamburg nicht dieses wunderschöne Stück Natur bekommen, sondern das Brook wäre stattdessen noch heute irgendein tristes Ödland jenseits der Landesgrenze.«

Dazu konnte Wilhelm Berger, der die Einzelheiten nicht kannte, keinen Kommentar abgeben. Dies wurde auch nicht erwartet. Er sollte seinen Kuchen essen und zuhören, wie Karl Kaufmann über seine Verdienste für Hamburg sprach.

»Meine Hamburger haben mich nicht vergessen«, behauptete er, »die wissen, was ich für sie getan habe. Erst durch mein Eingreifen ist Hamburg groß geworden. Durch die Eingemeindung der Vororte, die bis dahin zu Preußen gehört hatten, habe ich der Stadtplanung völlig neue Möglichkeiten eröffnet.«

»Das Großhamburg-Gesetz«, wusste Berger.

»Ich habe stets dafür gesorgt, dass in unserer Volksgemeinschaft niemand zu kurz kommt. Das Wort nationalsozialistisch setzt sich bekanntlich aus zwei Teilen zusammen: national und sozialistisch. Für mich war in diesem Zusammenhang immer die sozialistische Grundidee am wichtigsten. Das Wohlergehen der Arbeiterschaft. Meine Gegner haben das gelegentlich als ›braunen Bolschewismus‹ diffamiert. Mir hat das nichts ausgemacht. Und als der unselige Krieg unsere Stadt verwüstet hat, da habe ich Patenschaften für Kinder übernommen, die durch die Luftangriffe zu Vollwaisen geworden sind.«

Wilhelm Berger war die Naziherrschaft vor allem als ein System des Terrors in Erinnerung geblieben, und zu diesem System gehörte nun einmal Karl Kaufmann. Er war der oberste Nazi in Hamburg gewesen; er trug die Verantwortung für alles.

»Sie gucken so skeptisch«, bemerkte Kaufmann.

»Es hat auch den Terror gegeben«, stellte Berger fest.

Karl Kaufmann wischte diesen Einwand mit einer Handbewegung vom Tisch. »Ja, der Terror. Davon wird immer gern geredet, wenn man den Nationalsozialismus schlechtmachen will. Ich bestreite gar nicht, dass es gelegentliche Auswüchse gegeben hat. Wenn ich davon erfahren habe, dann habe ich diese Dinge abgestellt. Das ist die eine Seite. Andererseits müssen Sie natürlich bedenken, dass die NSDAP besonders in der Kampfzeit vor der Machtübernahme 1933 selbst in erheblichem Maße einem Terror von links ausgesetzt gewesen ist. Wir sind geschlagen worden, und wir haben zurückgeschlagen. Das bleibt bei solchen Auseinandersetzungen nicht aus. Aber ich war niemals ein Befürworter von Gewalt.«

»Und was ist mit den Juden?«

»Ich habe nichts gegen Juden. Um ehrlich zu sein: Ich habe die Juden in unserer Stadt beschützt, so gut ich konnte. Natürlich waren meine Möglichkeiten begrenzt. Sie wissen genauso gut wie ich, dass die Befehle für diese unglücklichen Maßnahmen gegen die Juden von ganz oben gekommen sind, und dass jeder Einspruch dagegen vergeblich war.«

»Wir sollten diese Dinge ruhen lassen«, sagte Else Kaufmann. »Es sind furchtbare Sachen passiert, aber die können wir jetzt nicht mehr ändern. Wir müssen nach vorn blicken.«

»Gleich, Else«, sagte Karl Kaufmann. »Nur einen Hinweis auf die Vergangenheit möchte ich noch anfügen. Herr Berger, Sie erinnern sich vielleicht, dass Sie wegen regierungsfeindlicher Äußerungen denunziert worden sind. Ich habe dafür gesorgt, dass das entsprechende Verfahren niedergeschlagen worden ist, und dass Sie weiter im Amt bleiben durften.«

Das war einer der peinlichsten Augenblicke in Wilhelm Bergers Leben gewesen.

»Sie sind ein zweites Mal zu mir gekommen und haben mich um Hilfe gebeten, damit Ihre Tochter – der Name ist mir leider entfallen – Deutschland verlassen konnte. Sie hielten das für notwendig, weil sie Halbjüdin war. Ich habe ihr selbstverständlich die entsprechenden Papiere besorgt.«

Berger nickte. Es waren gefälschte Papiere gewesen, aber sie hatten ihren Zweck erfüllt.

»Und Sie haben mich ein drittes Mal um Hilfe gebeten, als kurz vor Kriegsausbruch Ihre Frau und Ihr Sohn nach Indien auswandern wollten. Auch da habe ich selbstverständlich sofort geholfen, auch wenn ich seinerzeit nicht ganz verstanden habe, warum Sie sich in diesem Zusammenhang zuerst an den britischen Konsul gewandt haben und nicht an mich.«

»Der Konsul hat die entsprechenden Visa besorgt«, stellte Wilhelm Berger fest.

»Lieber Herr Berger, das hätte ich auch gekonnt. – Das mit Ihrer Frau tut mir übrigens herzlich leid. Erlauben Sie, dass ich Ihnen in diesem Zusammenhang noch einmal mein Beileid ausspreche.«

»Danke.« Für den Hauch eines Augenblickes hatte Berger den Eindruck, dass Karl Kaufmann über Dagmars Tod mehr wusste als er selber, aber das mochte ein Irrtum sein.

»Und jetzt komme ich zu dem eigentlichen Punkt, über den ich gern mit Ihnen sprechen wollte. Sie wissen natürlich, dass ich in Nürnberg nicht mit vor Gericht gestanden habe. Und auch in dem Curiohaus-Prozess bin ich lediglich als Zeuge vernommen worden. Aber natürlich ist es immer noch möglich, dass irgendwann Anklage gegen mich erhoben wird. Und wenn das geschehen sollte, dann wäre es mir lieb, wenn ich auf Sie zählen könnte. Wenn ich darauf zählen könnte, dass Sie bereit sind, vor Gericht auszusagen, dass ich Ihnen stets geholfen habe.«

»Ich werde sagen, wie es gewesen ist«, versprach Wilhelm Berger.

»Ich danke Ihnen«, erwiderte Kaufmann. Er sah auf die Uhr.

Damit war das Gespräch zu Ende. Kaufmann gab Berger zum Abschied die Hand und drückte sie kräftig. Berger fühlte sich unbehaglich. Er hatte das Gefühl, dass ein Teil seiner Vergangenheit in sein Leben zurückgekehrt war. Ein sehr unangenehmer Teil.

* * *

Das Gespräch mit Wilhelm Berger hatte länger gedauert, als Kaufmann erwartet hatte. Der ehemalige Gauleiter sah amüsiert zu, wie der Polizist auf sein Fahrrad stieg und davonradelte. Wenige Minuten später fuhr ein schwarzer Mercedes vor. Der Chauffeur öffnete die Beifahrertür, und ein gut gekleideter Herr entstieg dem Wagen.

»Herzlich willkommen«, sagte Kaufmann.

Ernst Achenbach, seinen Besucher, kannte er von früher; Achenbach war im Auswärtigen Dienst tätig gewesen, als enger Mitarbeiter des deutschen Botschafters in Paris.

»Herzlich willkommen und herzlichen Glückwunsch!«

»Danke.« Achenbach hatte bei der Befragung durch die US-amerikanischen Ermittler das Blaue vom Himmel gelogen. Er hatte erklärt, die deutsche Botschaft in Paris sei geradezu ein Hort der Verschwörung gegen Hitler gewesen, und von Judendeportationen und Geiselerschießungen und solchen Dingen habe er überhaupt nichts gewusst. Ob die Amerikaner das geglaubt hatten, war unwichtig. Entscheidend war, dass sie keine Anklage gegen ihn erhoben hatten.

»Lassen Sie uns über Deutschlands Zukunft sprechen«, sagte Achenbach.

* * *

»Er hat mir geholfen«, versicherte Wilhelm Berger. »Karl Kaufmann hat mir geholfen.«

»Das ist etwas, worauf ich nicht stolz wäre«, erwiderte Pagels. Er hatte seinen Kollegen zur Rede gestellt, als deutlich geworden war, dass der Kohlendiebstahl kein juristisches Nachspiel haben würde.

»Ich glaube, dass der Mann aus seinen Fehlern gelernt hat«, sagte Berger.

»Wenn er dir aus der Patsche geholfen hat, indem er seine alten Beziehungen eingesetzt hat, dann zeigt das, dass er nichts gelernt hat«, konterte Pagels. »Manchmal glaube ich, dass du nicht weißt, was du tust. Manchmal glaube ich, dass du nicht weißt, wer Karl Kaufmann wirklich ist und was er getan hat.«

Berger zuckte mit den Achseln. »Ich glaube, er ist nicht so schlimm gewesen, wie du denkst.«

»Also gut«, sagte Pagels, »du hast das Foto bei uns in der Nissenhütte gesehen. Das Foto von Hanne Mertens. Sie war eine Schauspielerin, recht erfolgreich, 1943 ist sie ans Thalia-Theater nach Hamburg gekommen. Sie war – wie so viele andere – im Mai 1933 der NSDAP beigetreten. Später stand sie dem Nazi-Regime eher kritisch gegenüber. Ich erzähle dir, was mit ihr passiert ist.«

Wilhelm Berger war sich nicht sicher, warum Pagels ihm diese Geschichte erzählen wollte, aber offenbar war es ihm wichtig.

»Im Januar 1945 hat sie auf einer Feier über die NSDAP und über Adolf Hitler gespottet. Vielleicht war sie betrunken, vielleicht war sie einfach nur übermütig, das weiß ich nicht. Jedenfalls hat sie *Es geht alles vorüber, es geht alles vorbei* gesungen, den Schlager von 1942, aber anstatt dann weiter zu singen: *Auf jeden November folgt wieder ein Mai,* hat sie gesungen: *Zuerst geht der Hitler und dann die Partei.*«

»Ein alberner Scherz«, stellte Berger fest.

»Ja, das sagst du. Aber bei der Feier war auch ein Gestapo-Mann anwesend, und er hat das ganz anders gesehen. Er hat den Vorfall schriftlich dokumentiert und ihn seinen Vorgesetzten gemeldet. Daraufhin wurde

Hanne Mertens am 5. Februar 1945 auf Veranlassung des Leiters der Hamburger Gestapo, Oberregierungsrat Hans Wilhelm Blomberg, wegen Wehrkraftzersetzung verhaftet und in das Frauengefängnis Fuhlsbüttel gebracht. Dort kam sie in Dunkelhaft und wurde misshandelt, so wie die anderen Gefangenen auch.« Pagels machte eine Pause.

Berger sagte nichts.

»Als die britischen Truppen Hamburg beinahe erreicht hatten, wurde die Schauspielerin am 20. April 1945 zusammen mit siebzig anderen Häftlingen aus dem Gefängnis in Fuhlsbüttel in das KZ Neuengamme verbracht. Dreizehn Frauen, achtundfünfzig Männer. Da kein Gerichtsverfahren gegen sie eingeleitet worden war, nahmen die Frauen an, dass sie demnächst entlassen würden. Es war ja ganz offensichtlich, dass der Krieg so gut wie zu Ende war. Die Engländer hatten Lüneburg erobert und stießen zur Elbe vor. In der Nacht vom 21. auf den 22. April wurden die dreizehn Frauen in den Arrestbunker gebracht, der als Hinrichtungsstätte diente. Hanne Mertens hatte sich zunächst unter der Holzpritsche in ihrer Zelle versteckt; sie wurde entdeckt und brutal an den Haaren herausgezogen. Die Frauen mussten sich nackt ausziehen. In dem Arrestbunker gab es sechs Haken an der Decke. Also konnten nur sechs Frauen gleichzeitig aufgehängt werden. Die anderen mussten zusehen und warten, bis die ersten tot waren. Die Henker ließen sich Zeit. Sie warteten dreißig Minuten. Dann kamen die nächsten an die Reihe. Für die dreizehnte Frau war kein Platz mehr an den Haken. Um die Geschichte abzukürzen, haben sie sie kurzerhand mit einem Stein erschlagen.«

»Unfassbar«, murmelte Berger.

»Wo kommt in dieser Geschichte Karl Kaufmann ins Spiel? Kaufmann hat zusammen mit dem SS-General Georg Henning Bassewitz-Behr und dem Lagerleiter Max Pauly – die kennst du vermutlich nicht – über die Räumung des KZ Neuengamme entschieden. Max Pauly haben die Engländer im Curiohaus-Prozess zum Tode verurteilt und aufgehängt. Georg Henning Bassewitz-Behr haben sie an die Russen ausgeliefert, und die haben ihn wegen seiner zahlreichen Verbrechen zu fünfundzwanzig Jahren Zwangsarbeit verurteilt. Die wird er hoffentlich nicht überleben. Nur einer ist bisher straffrei ausgegangen: dein Freund Karl Kaufmann.«

»Er ist nicht mein Freund«, widersprach Berger. »Und diese Morde, die kannst du Karl Kaufmann nicht direkt vorwerfen.«

»Doch«, beharrte Pagels. »Das kann ich. Die Morde werfe ich ihm vor. Er war der Gauleiter. Er war verantwortlich. – Natürlich will ich ihm nicht jeden einzelnen Mord ankreiden, der in den letzten Kriegstagen passiert ist. Ich weiß, dass viele SS-Leute, viele Soldaten, viele Mitglieder der Hitlerjugend vollkommen in Panik waren und im Grunde nicht mehr wussten, was sie taten. Aber nicht alle waren in Panik. Diejenigen, die die Evakuierung der Konzentrationslager organisiert haben, die haben sehr wohl gewusst, was sie taten. Und einer davon war Karl Kaufmann. Karl Kaufmann war zu diesem Zeitpunkt in Hamburg im wahrsten Sinn des Wortes Herr über Leben und Tod. Und im Fall der KZ-Insassen hat er sich für Tod entschieden. Genauso wie er die Überreste Hamburgs vor der endgültigen Zerstörung gerettet hat, so wäre es ihm möglich gewesen, auch die Insassen des KZ Neuengamme am Leben zu lassen. Stattdessen hat er sie auf Todesmärsche geschickt, auf Schiffen in der Ostsee einsperren lassen, ohne Nahrung, oder sie eben wie im Fall der Schauspielerin schlicht und ergreifend aufhängen lassen. Die Unterlagen des Konzentrationslagers sind anschließend natürlich vernichtet worden.«

Wilhelm Berger konnte nichts dazu sagen.

»Und wo kommt bei dieser Geschichte Wilhelm Berger ins Spiel?«, fragte Pagels. »Das weißt du sehr gut, aber ich will es dir für alle Fälle noch einmal ins Gedächtnis rufen. Dein Vater hat die NSDAP und Karl Kaufmann finanziell massiv unterstützt. Eine Folge davon war, dass Kaufmann dich unterstützt hat. Das war nicht ganz uneigennützig, aber letzten Endes ist dabei doch herausgekommen, dass du all das erreicht hast, was du erreichen wolltest. Und jetzt, nachdem der Krieg vorbei ist, nachdem Hamburg zerstört ist, und nachdem all das passiert ist, was ich dir eben geschildert habe, da hast du nichts Besseres zu tun, als Karl Kaufmann in seiner Wohnung in Poppenbüttel aufzusuchen?«

»Du bist mir nachgegangen«, stellte Berger fest.

»Ja, das bin ich«, gab Pagels zu.

»Woher hast du gewusst ...«

»Das spielt keine Rolle«, unterbrach ihn Pagels. »Besonders kurios finde ich in diesem Zusammenhang, dass du mich gefragt hast, ob Roeder seinen Posten durch Beziehungen zur NSDAP bekommen hat. Nein, hat er nicht. Wenn einer von uns, die wir heute in der Mordkommission arbeiten, von den Nazis profitiert hat, dann bist du das, Wilhelm Berger. Und wenn du dich fragst, warum es so lange gedauert hat, bis du nach deiner Rückkehr aus der Kriegsgefangenschaft wieder bei uns anfangen konntest, dann muss ich dir sagen, dass ich das gewesen bin, der dafür gesorgt hat. Ich habe meine Zweifel an deiner demokratischen Gesinnung geäußert. – So ist die Lage.«

Karl Kaufmann

Um das gleich vorweg zu sagen: Ich habe mir nichts zuschulden kommen lassen. Ich bin unschuldig. Und dementsprechend bin ich auch niemals wegen irgendwelcher Verbrechen zur Nazizeit vor Gericht gestellt worden. Wenn es während des Dritten Reiches in Hamburg zu irgendwelchen Unregelmäßigkeiten gekommen ist, so habe ich davon nichts gewusst. Was die Gestapo gemacht hat, das hat sie mir nicht erzählt. Und die SS, das war sowieso eine Sache für sich.

Was das Konzentrationslager in Neuengamme angeht, so war das ja kein Vernichtungslager, sondern in erster Linie ein Lager für Zwangsarbeiter. Die Leute wurden in der Rüstungsindustrie eingesetzt, und sie haben mitgeholfen, Ersatzbauten für den zerstörten Wohnraum zu schaffen. Und soweit ich informiert bin, haben sie ihre Pflicht in dieser Hinsicht im Großen und Ganzen erfüllt. Man hat mir erzählt, dass es allerlei Annehmlichkeiten für die Gefangenen gab. Eine Bibliothek zum Beispiel und auch ein Bordell. Heute heißt es, dass es in Neuengamme zu unvertretbaren Grausamkeiten gekommen sei, und dass Menschen wegen irgendwelcher Nichtigkeiten getötet worden seien. Angeblich Tausende von Menschen. Damit habe ich nicht gerechnet. Ich bin immer davon ausgegangen, dass auch dem primitivsten SS-Aufseher klar sein sollte, dass ein toter Gefangener schlechter arbeitet als ein lebender.

Das KZ war ja unter der Verwaltung der SS, und damit hatte ich nichts zu tun. Aber im April 1945, als der Zusammenbruch unaufhaltsam war, da habe ich die Verantwortlichen zu einer Besprechung gebeten, und wir haben uns darüber geeinigt, wie weiter verfahren werden sollte. Wir waren uns einig, dass das Lager aufgelöst und dass die Gefangenen in Lübeck auf Schiffe verbracht werden sollten. Und wer nicht marschfähig war, der sollte in das Erholungslager nach Bergen-Belsen gebracht werden. So haben sie das damals bei der SS genannt: Erholungslager. Dass das alles nicht so geklappt hat, wie geplant, das ist nicht meine Schuld. Dass die Amerikaner die Schiffe mit den Häftlingen versenkt haben, das war halt Pech. Die jungen Flieger wollten ihre neuen Raketen ausprobieren, und dass da Gefangene an Bord waren, das haben sie ja nicht gewusst. Da kann ihnen keiner einen Vorwurf machen.

Dass es noch Hinrichtungen gegeben hat in Neuengamme, das war gegen die Absprache. Die Herrschaften, mit denen ich damals gesprochen hatte, die könnten das bezeugen, wenn die Engländer sie nicht aufgehängt hätten. Vielleicht hätten sie es auch nicht bezeugt. Wenn es um Leben und Tod geht, wird natürlich viel gelogen.

Und dann die Sache mit den Kindern. Ich habe nicht gewusst, dass Kinder in Neuengamme waren. Dies war ein Arbeitslager, und Kinder hatten da nichts zu suchen. Dass diese verrückten Ärzte sich für ihre Experimente zwanzig Kinder aus Auschwitz haben kommen lassen, das konnte ich ja nicht ahnen. Bei Kindern, da kommen immer gleich Gefühle ins Spiel. Ich weiß, wovon ich rede, ich habe ja selber eine Tochter. Die Lagerleitung hat da einen Fehler gemacht. Das lässt sich jetzt nicht mehr ändern.

Jedenfalls habe ich dafür gesorgt, dass am Ende das Lager leer war, und dass alles ordentlich hinterlassen worden ist.

Die Baracken sind saubergemacht und neu gestrichen worden. Das haben die Engländer mir auch bestätigt, dass das alles tipptopp in Ordnung war.

Juni 1947

Hier habe ich eine Leiche für Sie«, sagte Roeder. »Das haben Sie doch immer gewollt. Einen Mord nur für sich allein. Kiesteich Klein-Nordende. Klären Sie das mal.«

Wilhelm Berger setzte zu einer Erwiderung an, aber sein Vorgesetzter hatte den Vorgang mit einem eleganten Schwung auf seinen Schreibtisch geworfen und war schon wieder auf dem Weg nach draußen. Berger seufzte. Er hatte überhaupt keinen Mord gewollt.

»Was sollen wir mit dem Fall?«, fragte er. »Klein-Nordende, das liegt doch in Schleswig-Holstein irgendwo. Die Kollegen werden es sicher nicht begrüßen, wenn wir ihnen ins Handwerk pfuschen!«

Pagels schüttelte den Kopf. »Soweit ich verstanden habe, hat Schleswig-Holstein uns um Hilfe gebeten. Sie vermuten einen Zusammenhang mit unseren Trümmermorden.«

»Ach!«, sagte Berger. Er hatte die Trümmermorde ausschließlich für eine Hamburger Angelegenheit gehalten. Er schlug die Akte auf und begann zu lesen.

Die Bearbeitung des Falles begann mit einer Kuriosität. Der Polizeimeister, der zuerst am Fundort der Leiche eingetroffen war, hatte vermerkt: »Nachdem ich dort erschienen war, stellte ich an der Leiche fest, dass ein Verbrechen vorlag, weil die Leiche in einem Seesack mit Draht und einem Strick verschnürt war.« Eine Schlussfolgerung, die an Scharfsinn kaum zu überbieten war.

Aber ansonsten war der Fall überhaupt nicht komisch. Berger wusste nur zu gut, dass es auch zwei Jahre nach Kriegsende noch immer zahlreiche Morde gab, die auf die eine oder andere Weise mit dem Sturz der Nazi-Herrschaft zu tun hatten. Es gab genügend alte Rechnungen zu begleichen. Und das Vertrauen in die Gerichte war gering. Viele mochten nicht glauben, dass die Juristen, die noch kurz zuvor jeden Wunsch von Hitler und seinen Gefolgsleuten in vorauseilendem Gehorsam erfüllt hatten, jetzt plötzlich zu Demokraten geworden waren.

Die weiteren Untersuchungen machten wenigstens einen professionellen Eindruck. Die verpackte Leiche und die ausgepackte Leiche waren ordnungsgemäß fotografiert worden.

Die Leiche wurde nunmehr vollkommen an Land genommen. Die verpackte Leiche wurde alsdann fotografiert. Nachdem mehrere Aufnahmen gemacht waren, wurde das Paket von uns geöffnet. Die äußere Hülle war ein Seesack, welcher schon sehr morsch war, darunter eine Art Wolldecke, um den Körper ein weißes Leinentuch. Nach der erfolgten Öffnung des Paketes wurde festgestellt, dass die Leiche am Kopf zwei Verletzungen hatte, die allem Anschein nach durch Beilhiebe verursacht worden sind.

Der nächste Textabschnitt beschrieb den Fortgang der Untersuchungen:

Es handelte sich um eine männliche Leiche. Diese war gänzlich unbekleidet. Der Schädel zeigte weitgehende Zertrümmerungen. Die Beine waren hochgezogen und mit einem Strick, der um den Hals verlief, an den Leib geschnürt. In dieser Stellung war die Leiche in einen halben Gummiumhang gewickelt und in einen Seesack gesteckt. Dieser war mit einem schwarzen Band zugebunden. Um diesen Seesack war nochmals eine

Wolldecke und um diese wiederum ein Stück einer Persenning gelegt und mit dünnem Draht mehrmals umwickelt und verschnürt. An diesem Draht sind dann Mauersteine befestigt gewesen und ein Bündel dünner Metallstäbe, wie sie zum elektrischen Schweißen benutzt werden. In diesem Zustand muss dann die Leiche ins Wasser geworfen worden sein. Der Tote ist unbekannt. Nach dem Zustand der Leiche und vor allem nach dem Zustand der Umhüllungen zu urteilen, muss die Leiche schon recht lange im Wasser gelegen haben. Der Fundort ist nicht der Tatort. Anhaltspunkte zur Identifizierung des Toten sind bisher nicht vorhanden.

Die gerichtsmedizinische Untersuchung hatte weitere Details ergeben. Der unbekannte Tote war 1,82 Meter groß und hatte dunkelblondes Haar. Im rechten Oberkiefer befand sich ein Goldzahn. Der Mann hatte schmale, kleine Hände. Der Mediziner hatte festgestellt: »Er dürfte demnach nicht dem Arbeiterstand angehören.«

Wilhelm Berger fragte sich, wo geschrieben stand, dass Arbeiter keine kleinen Hände haben dürften. Er fragte sich außerdem, wie der Mediziner zu dem Schluss gekommen war: »Es ist den Umständen nach anzunehmen, dass Raubmord vorliegt.« Wie kam der Mann darauf? Weil die Leiche nackt war, und weil der Täter ihr die Kleidung geraubt hatte? Eine absurde Idee. Aber auch bei den Trümmermorden hatte Roeder anfangs vermutet, dass es sich um Raubmorde handeln könnte. Wilhelm machte sich eine Notiz; er würde nachfragen müssen.

Auch der Obduktionsbericht lag inzwischen vor. Er war am 27. Juni erstellt worden, und er klärte zumindest die Todesursache:

Im Bereich der linken Scheitelhinterhauptgegend zeigen sich große Knochendefekte. So findet sich vom linken äußeren Augenbrauenwulst bis fast zur Vereinigung in der Pfeilnaht mit der Lambdanaht ein 18 cm langer, fast 2 cm weit klaffender Knochendefekt.

Roeder kam ins Zimmer. »Na, Berger, wie kommen Sie voran?«

»Es wäre besser gewesen, wenn ich von Anfang an eingeschaltet gewesen wäre«, sagte Wilhelm.

Roeder reagierte gereizt. »Ja, ich weiß. Es wäre besser gewesen, wenn ich Sie eingeschaltet hätte, bevor der Mord überhaupt passiert ist. Mein Gott, Berger, Sie wissen doch selbst, was hier los ist. Dies war eine alte Leiche, das war von Anfang an klar, und deshalb war es nicht erforderlich, dass jemand mit nach draußen gegangen ist.«

»Bei Mord?« Berger schüttelte den Kopf.

»Das haben wir doch gar nicht gewusst, dass das ein Mordfall ist. Zunächst ist nur der Fund einer Leiche in einem Teich gemeldet worden. Ich bin anfangs von einem Badeunfall ausgegangen …«

»Ein Badeunfall? Was haben Sie denn gedacht, wer das ist, der da in dem Sack steckt? Houdini vielleicht, der Entfesselungskünstler?«

»Von einem Sack war nicht die Rede. Leiche in einem Teich bei Elmshorn, mehr wussten wir nicht.«

Wilhelm Berger konzentrierte sich wieder auf den Text. Man brauchte nicht viel Fantasie, um sich vorzustellen, dass jemand mit einer solchen Verletzung keine Überlebenschance hatte. Es gab noch eine weitere derartige Verletzung parallel zur ersten, und der Mediziner beschrieb, dass sich die noch vorhandene Kopfschwarte im gesamten Bereich ganz leicht vom Knochen ablösen ließ. Er fuhr fort:

Die weitere Besichtigung zeigt vorerst keine zusätzliche Gewaltanwendung.

Weitere Gewaltanwendung war vermutlich nicht mehr nötig gewesen. Der Arzt fasste die Ergebnisse seiner Untersuchungen wie folgt zusammen:

1. *An der linken Scheitelgegend fanden sich fünf Hiebverletzungen mit ausgedehnter Schädeldachzertrümmerung.*

2. *An der hochgradig faulen Leiche war zwar eine Todesursache nicht festzustellen, doch ist nicht daran zu zweifeln, dass die ausgedehnten Hiebverletzungen durch Hirnzertrümmerung den Tod herbeigeführt haben müssen.*

3. *Das Alter des unbekannten Mannes ist auf etwa vierzig Jahre zu schätzen.*

4. *Nach dem hochgradigen Fäulnis-Zustand der Leiche dürfte dieselbe einige Monate im Wasser gelegen haben.*

Wilhelm Berger fragte sich, was es mit diesem Mann auf sich haben mochte. Vor allem aber, warum Roeder gerade ihm diesen Fall gegeben hatte. Ihm war sehr wohl bewusst, dass der sogenannte Trümmermörder, der im letzten Winter in Hamburg sein Unwesen getrieben hatte, noch immer nicht gefasst worden war. Auch er hatte seine Opfer nackt hinterlassen, allerdings in aller Offenheit und nicht in einem Seesack verschnürt. Glaubte Roeder, dass dieser Tote vielleicht das fünfte Opfer des Trümmermörders war? Und falls er das glaubte, hoffte er womöglich, dass Wilhelm Berger sich daran die Zähne ausbeißen würde?

Es war ganz egal, was Roeder dachte. Er würde diesen Mord bearbeiten, und er würde ihn aufklären, genau wie die meisten Fälle in seiner bisherigen Karriere. Er war zwar kriegsbedingt seit mehreren Jahren nicht mehr im Geschäft gewesen, aber das spielte keine Rolle. Er war voller Selbstvertrauen, und er ging davon aus, dass er auch diesen Fall lösen würde.

Der erste Schritt, der gemacht werden musste, war zweifellos die Feststellung, um wen es sich bei dem unbekannten Opfer handelte. In Abstimmung mit Roeder, den er natürlich fragen musste, würde er sich an die Presse und an den Rundfunk wenden. *Wer ist der unbekannte Tote*?

* * *

»Das ist alles richtig, was Sie gemacht haben«, sagte Roeder. »Die Plakataktion in allen Besatzungszonen. Aber ich glaube nicht, dass Sie viel Erfolg haben werden. Es ist wieder einmal dasselbe. Wir finden eine nackte Leiche. Niemand vermisst den Toten. Wir können nicht herausfinden, wer das ist oder warum er getötet worden ist. Das ist das Merkmal unseres Trümmermörders.«

»Wir werden allen Hinweisen nachgehen«, sagte Berger diplomatisch. Die Jagd nach dem sogenannten Trümmermörder hatte sich bei Roeder allmählich zu einer fixen Idee entwickelt. Der Tote aus Klein-Nordende hatte aber nicht nackt zwischen irgendwelchen Trümmern gelegen. Er hatte mit der Hamburger Mordserie aus dem Frühjahr 1947 nichts zu tun.

Der Tote hatte längere Zeit im Wasser gelegen. Was hieß das? Ein Anruf in der Rechtsmedizin ergab, dass mit »längere Zeit« ein Zeitraum von mehr als vier Monaten gemeint war. Demnach konnte der Tote nicht das letzte Opfer des Trümmermörders sein.

»Aber das erste Opfer?«, fragte Berger. »Könnte das sein? Könnte es sein, dass der Tote ungefähr ein halbes Jahr in dem Teich gelegen hat?«

»Das könnte sein«, erwiderte der Mediziner. »Aber wir müssen uns darüber im Klaren sein, dass genaue Angaben bei den besonderen Fundumständen der Leiche nicht möglich sind.«

»Wie sieht es aus mit Kampfspuren?«, wollte Berger wissen.

»Wenn wir einmal die tödlichen Schädelverletzungen außer Acht lassen, dann gibt es keine Kampfspuren. Das ist insofern bemerkenswert, als man normalerweise mitbekommt, wenn jemand mit einer Axt auf einen losgeht. Man versucht, sich zu wehren. Das Übliche ist dann, dass es Abwehrverletzungen an den Händen gibt. Das ist hier aber nicht der Fall. Irgendwelche Verletzungen an den Armen oder Händen habe ich nicht feststellen können.«

»Glauben Sie, dass der Mann im Schlaf überrascht worden ist?«, fragte Berger.

»Das ist die wahrscheinlichste Möglichkeit. Er könnte natürlich auch sturzbetrunken gewesen sein …«

In dem Augenblick platzte Pagels zur Tür herein. Er sah die Papiere, die Berger um sich herum ausgebreitet hatte, und sagte: »Oh, ich wollte nicht stören.«

»Du störst nicht«, sagte Berger.

»Es gibt eine interessante Entwicklung«, verkündete Pagels. »Bei mir im Zimmer sitzt eine Frau, die behauptet, dass der Tote aus dem Kiessee ihr verschwundener Mieter ist.«

* * *

»Das ist er«, sagte die Frau. Sie hatte eine durchdringende Stimme. »Das ist er. Als ich das Fahndungsplakat gesehen habe, habe ich gleich gedacht: Das ist er. Aber natürlich waren die Fotos auf dem Plakat nicht so gut wie die Abzüge, die Sie hier haben. Insofern blieb mir doch immer noch ein Rest Zweifel. Doch jetzt, wo ich diese Bilder gesehen habe, da sind alle Zweifel ausgeräumt. Dieser Mann ist mein Mieter.«

Frau Neubert machte einen resoluten Eindruck. Sie hatte sich die Fotografien des Toten aus dem Kiessee vorlegen lassen; Roeder, Berger und Pagels hatten gespannt zugesehen, wie die Frau mit großer Gründlichkeit jede einzelne der Aufnahmen studiert hatte.

Berger sagte: »Frau Neubert, das ist sehr schön, aber lassen Sie uns einmal die Geschichte von Anfang an durchgehen. Also Sie sind …«

»Elise Neubert«, fiel die Frau ihm ins Wort. »Geboren in Hamburg-Winterhude am 2. Oktober 1899. Das Haus in der Semperstraße, das hat schon meinen Eltern gehört. Und jetzt gehört es mir. Zum Glück hat es den Bombenkrieg einigermaßen unbeschädigt überstanden; nur das Dach musste erneuert werden, aber das war ja allgemein so. Jedenfalls wohne ich im Erdgeschoss, und die oberen Stockwerke sind vermietet. Leider musste ich auch ein Zimmer von meiner Wohnung abgeben; Sie wissen ja selber, wie knapp der Wohnraum heutzutage in Hamburg ist.«

»Ja, das wissen wir«, sagte Berger.

»Jedenfalls wohnt in diesem Zimmer seit Oktober 1945 dieser Herr Günther.«

»Ist das der Vor- oder Nachname?«, wollte Roeder wissen.

Es war der Nachname. »Hasso Günther«, erläuterte Frau Neubert. »Sein Alter weiß ich nicht genau, aber ich schätze ihn auf etwa 60 Jahre.«

»Haben Sie denn seinen Ausweis nicht gesehen?«, fragte Roeder. Es klang vorwurfsvoll.

»Junger Mann«, sagte Frau Neubert empört.

Pagels grinste; er war sich ziemlich sicher, dass Roeder älter war als die Dame.

»Junger Mann, selbstverständlich habe ich mir den Ausweis zeigen lassen. Aber Sie glauben doch nicht, dass ich mir all die Details gemerkt habe.«

»Das Alter stimmt also so ungefähr«, sagte Berger. »Und dieser Herr Günther ist nun verschwunden?«

Frau Neubert nickte. »Erst habe ich es ja gar nicht gemerkt. Es ist ja nicht so, dass ich neugierig bin und das Kommen und Gehen meiner Mieter ständig kontrolliere. Aber als sich dann die Post in seinem Briefkasten angehäuft hat, da habe ich doch angefangen, mir Sorgen zu machen. Und als ich dann noch dieses polizeiliche Plakat gesehen habe, da habe ich mich entschlossen, direkt ins Präsidium zu gehen und den Fall zu klären.«

»Das war sicher der richtige Schritt«, bestätigte Berger. Das erste Opfer des Trümmermörders war am 25. Februar gefunden worden. Inzwischen waren vier Monate vergangen. »Haben Sie eine ungefähre Vorstellung, wann Ihr Mieter verschwunden ist?«

Die Frau schüttelte den Kopf. »Wie gesagt, ich achte normalerweise nicht darauf, was meine Mieter machen. Wenn sie ihre Miete pünktlich zahlen, dann ist aus meiner Sicht alles in Ordnung.«

»Und dieser Herr Günther hat seine Miete pünktlich gezahlt?«

Frau Neubert nickte. »Bis zu seinem Verschwinden«, sagte sie.

»Was ist denn der Herr Günther von Beruf?«, wollte Pagels wissen.

Frau Neubert zuckte mit den Achseln. »Irgendwas Kaufmännisches, glaube ich. Aber was das nun genau ist, das kann ich Ihnen nicht sagen.«

»Hat es irgendetwas mit Schwarzhandel zu tun?«, setzte Pagels nach.

Diese Vorstellung fand Frau Neubert empörend. »So viel kann ich sagen«, sagte sie, »der Herr Günther ist ein anständiger Mensch. Der stiehlt nichts, und der betreibt auch keine illegalen Geschäfte.«

»Sehr nobel«, sagte Berger, der selbst erst kurz zuvor beim Kohlenklauen erwischt worden war. Natürlich ließ es sich nicht ausschließen, dass dieser Hasso Günther der Tote aus dem Kiessee in Klein-Nordende war. Aber es gab noch mehr Bewerber. Die Plakataktion hatte eine erstaunlich gute Resonanz gehabt.

* * *

»Das ist mein Heinrich«, sagte Waldemar Fründt. »Ganz klar, das ist mein Sohn Heinrich.« Er meinte den Toten aus Klein-Nordende.

»Sind Sie sich ganz sicher?« Wilhelm Berger fand nicht, dass die Sache besonders klar war. Der Rentner hatte sich aufgrund des Zeitungsartikels bei der Mordkommission gemeldet. Allerdings nur auf gut Glück, denn die Beschreibung des Toten hatte ja keine unveränderlichen Merkmale bieten können, und das Foto war nicht mit abgedruckt worden.

»Doch, das ist ganz sicher. Es hat sich doch sonst niemand bei Ihnen gemeldet, der jemanden vermisst, der so aussieht, oder?«

Es hatten sich viele gemeldet. Berger legte Herrn Fründt das Foto vor. Die Aufnahme war etwas unscharf, aber sie zeigte unverkennbar eine Wasserleiche, aufgedunsen und durch die Fäulnis verunstaltet. Wilhelm Berger bezweifelte, dass irgendjemand diese Person aufgrund des Fotos identifizieren konnte. »Hatte Ihr Sohn einen Goldzahn?«, wollte er wissen.

»Goldzahn?« Herr Fründt überlegte einen Augenblick lang. »Das weiß ich nicht genau«, entschied er schließlich.

»Und Ihr Sohn ist wie alt?«

»Er ist 1906 geboren. Am 2. Juni 1906. Genau an dem Tag, als in Hamburg das Bismarck-Denkmal eingeweiht worden ist. Das werde ich nie vergessen. Das ist ein gutes Zeichen, habe ich gleich gedacht. Dass er an diesem Tag geboren worden ist, das ist ein gutes Zeichen!«

»Und? War es ein gutes Zeichen?«, konnte sich Pagels nicht enthalten zu fragen.

»Ja, natürlich. Er war solch ein hübscher Junge, und in der Schule immer vornean. Unser ganzer Stolz.«

»Zurück zur Gegenwart«, verlangte Berger. Der Tote aus dem Kiessee war angeblich ungefähr vierzig Jahre alt. Das Alter konnte also stimmen. »Seit wann wird Ihr Sohn denn vermisst?«

»Das ist jetzt schon eine ganze Weile her«, sagte Waldemar Fründt.

Wilhelm Berger wartete auf weitere Erläuterungen, aber die kamen nicht. »Können Sie das bitte etwas genauer eingrenzen?«

»1944. Anfang Juli 1944. Danach habe ich nichts mehr von ihm gehört.«

»Und wo haben Sie ihn zuletzt gesehen?«, wollte Berger wissen. Pagels, der seitlich des Rentners saß, schüttelte den Kopf und gab mit der Hand Zeichen, dass er das Gespräch abbrechen sollte.

»Gesehen? – Das ist länger her. Das muss noch 1943 gewesen sein. Da hatte er zum letzten Mal Heimaturlaub.«

Jetzt hatte es auch Berger begriffen. »Er ist also aus dem Krieg nicht zurückgekehrt?«

Waldemar Fründt nickte. »Er hat geschrieben damals, irgendwo in der Gegend um Minsk ist das gewesen. Aber dann sind sie abgeschnitten worden. Die russischen Panzer waren zu schnell. Sie haben alles eingekesselt.«

Berger sagte: »Herr Fründt, ich glaube, dass Ihr Sohn tot ist. Aber er ist nicht der Tote aus dem Kiessee in Klein-Nordende. Wahrscheinlich liegt er irgendwo in Weißrussland begraben.«

* * *

»Wo wir schon bei den absurden Fällen sind – vielleicht sollte ich an dieser Stelle noch einmal den Schmied Franz Waldmeyer ins Spiel bringen«, sagte Pagels zögernd. »Ich weiß, wir haben schon einmal darüber gesprochen, vor dem Krieg, und du hattest damals nichts davon hören wollen, aber der Fall ist noch immer offen.«

»Hilf mir auf die Sprünge«, sagte Berger. An Franz Waldmeyer erinnerte er sich nicht.

»Am 23. März 1923 ist das gewesen. Waldmeyer war Österreicher, siebenundzwanzig Jahre alt; er wollte in Hamburg eine Schiffspassage nach Amerika buchen. Siebzehn Messerstiche in den Kopf hat er stattdessen gekriegt, und eine Wäscheleine um den Hals, der Waldmeyer, und seine Leiche schwamm im Brack an der Eichenallee in Wilhelmsburg. Täter unbekannt.«

»Vor dreiundzwanzig Jahren«, sagte Berger. Er glaubte nicht, dass der Schmied von demselben Täter ermordet worden war wie der Mann aus dem Teich in Klein-Nordende.

»Ich habe mir schon gedacht, dass du skeptisch sein würdest«, erwiderte Pagels. »Aber dieser Mord würde wunderschön zu unserem Toten aus Klein-Nordende passen. Die Kopfverletzungen, der Strick um den Hals, und das Ende im Teich.«

»Eine nette Idee«, gab Berger zu, »aber extrem unwahrscheinlich. Wenn wir unseren heutigen Täter haben, dann können wir ja mal sehen, ob es einen Zusammenhang zu der alten Geschichte gibt.«

»Wenn wir ihn haben«, bestätigte Pagels. »Und jetzt entschuldigt mich bitte, ich muss früher weg heute. Ich habe noch eine Verabredung.«

Wilhelm Berger zog die Augenbrauen hoch. Es musste schon etwas Wichtiges sein, weswegen sein Kollege sich vor dem Ende der eigentlichen Dienstzeit aus dem Staub machte. Wollte er am Ende den Fall auf eigene Faust lösen? Er hatte heute Vormittag mit einem Schrotthändler telefoniert, so viel hatte Berger mitbekommen. Worum es dabei genau gegangen war, hatte Pagels nicht erzählt.

Berger überlegte nicht lange. Er klopfte an Roeders Zimmertür. Keine Antwort. Roeder war nicht da. Wilhelm Berger ging an seinen Schreibtisch, nahm die FN-Pistole aus der Schublade und machte sich ebenfalls auf den Weg. Pagels hatte ihn neulich beschattet; das konnte er auch.

* * *

Ja, Wilfried Pagels wollte auf eigene Faust ermitteln. Er hatte sich geärgert. Erst zu Hause, wo es Streit gab, weil er ins Theater gegangen war, obwohl doch das Geld so knapp war. Dann hatte er sich geärgert, weil das Stück so schlecht war. *Das Teufels General* hatten sie gespielt im Schauspielhaus. Aber es war nicht wirklich ein Stück gegen die Nazis und gegen den Krieg, sondern Carl Zuckmayer hatte seinem Freund, dem General Udet, ein Denkmal setzen wollen, das war alles. Und in dem Zusammenhang war auch sein Ärger über Wilhelm Berger wieder hochgekommen. Warum konnte der Mann nicht begreifen, dass es falsch war, mit den Nazis in Kontakt zu bleiben?

Pagels hatte über einen ihm bekannten Einbrecher den Kontakt zu einem Mann hergestellt, der illegal mit Schrott handelte. Das Material stammte von den Wracks im Hamburger Hafen. Jetzt war Pagels auf dem Weg zum vereinbarten Treffpunkt. Er war mit der Hafenfähre auf die andere Elbseite gefahren, hatte an der beschriebenen Stelle das Loch im Zaun der Howaldtswerke gefunden, hatte das angrenzende Trümmergelände durchquert und war schließlich mit erheblicher Mühe über die riesigen Betonplatten das gesprengten U-Boot-Bunkers Elbe II hinweggeklettert. Schon stand er im Inneren der mächtigen Ruine. Aber hier war niemand.

»Herr Meier?«, rief er.

»Hier bin ich! Willkommen in meinem kleinen U-Bootladen«, sagte jemand, von dem Wilfried Pagels im Gegenlicht nur den Schattenriss erkennen konnte.

»Nach einem Laden sieht es nicht gerade aus«, stellte Pagels fest.

»Der erste Eindruck täuscht«, sagte Meier. »Wir stehen hier in der Westbox des U-Boot-Bunkers. Unter uns im Wasser liegen die Überreste von drei U-Booten. Alle so gut wie neu – bis auf die paar Kratzer, die du hier siehst.« Der Mann leuchtete mit einer starken Taschenlampe schräg nach unten, und Wilfried Pagels gewahrte die schlanken Rümpfe der Unterseeboote. Allerdings waren sie nicht mehr vollständig. Auf der Suche nach Kupfer und anderem verwertbaren Schrott hatten Unbekannte damit begonnen, die Außenhaut der Boote zu beseitigen. Was übriggeblieben war, sah aus wie die Überreste gestrandeter Wale, über deren Fleisch sich unbekannte Raubtiere hergemacht hatten.

»Diese Wracks sind nichts mehr wert«, sagte Pagels.

Der Mann widersprach. »Was hier gestohlen worden ist, ist ohne Bedeutung. Alle wesentlichen Teile der Boote liegen unter Wasser, und bis dahin sind die Schrottsucher in den ersten Monaten nach Kriegsende nicht vorgedrungen. Das war ihnen zu gefährlich. Es waren Amateure.«

Wilfried Pagels fragte sich, ob nicht überhaupt der Aufenthalt in dieser Ruine gefährlich sei. Er hatte das Gefühl, dass die riesigen Betonplatten der zerstörten Decke nur an wenigen, unheimlich dünnen Eisenstäben fixiert waren und jeden Moment herabstürzen konnten.

»Was du hier siehst, das ist sozusagen ein Querschnitt durch die modernsten Unterseeboote, die die Kriegsmarine je gebaut hat. Das Boot da hinten, das ist zerquetscht worden, als die Engländer im November 1945 den Bunker gesprengt haben. U-3004. Typ XXI. Das modernste Unterseeboot der Welt. Aufgrund seiner großen Akkus und der starken Elektromotoren kann es während des Einsatzes fast ständig unter Wasser bleiben. Seine Geschwindigkeit ist unter Wasser höher als über Wasser. Es ist damit sozusagen das erste echte Unterseeboot. Alles, was vorher als U-Boot bezeichnet worden ist, war im Grunde nichts anderes als ein Torpedoboot, das auch tauchen konnte.«

»Es hat nichts genützt«, stellte Pagels fest.

»Nein, es hat nichts genützt«, bestätigte der Mann. »Es ist nicht mehr zum Einsatz gekommen. Die Mannschaft hat es bei der Kapitulation selbst versenkt.«

»Und du bist, wenn ich das richtig verstanden habe, einer derjenigen, die dieses Wunderwerk der Technik auseinandernehmen und als Schrott verkaufen können«, sagte Pagels.

»Nicht nur als Schrott«, widersprach Meier. »Die Siegermächte, in diesem Fall also die Engländer, haben angefangen, alles aus den Wracks herauszuholen, was sie für wichtig hielten. Jedenfalls ...« Der Mann hielt inne.

Auch Pagels glaubte, ein Geräusch gehört zu haben, aber jetzt war wieder alles still.

Meier fuhr fort: »... jedenfalls alles, was davon noch da war. Die restlichen Batterien, die Kompressoren und auch die Kupferkabel. Aber davon gab es nicht mehr so viele. Ach ja, den Dieselmotor von U-3506 haben sie auch mitgenommen.«

»Und das fehlende Kupfer, das ist bei dir gelandet?«

Der Mann lachte. »Es ist verschwunden«, sagte er. »Einfach verschwunden. Genauso wie ein paar andere Teile, die entscheidend für die hohe Überlegenheit dieser Unterseeboote gewesen sind. Und es gibt Leute, die sich für diese Dinge interessieren. Man hat mir gesagt, einer davon bist du.«

Pagels schüttelte den Kopf. »Warum sollte ich mich für solches Gerümpel interessieren? Allzu viele Geheimnisse gibt es nicht mehr. Bei Kriegsende sind doch alle U-Boote, die noch einsatzfähig waren, an die Alliierten ausgeliefert worden.«

»An die Engländer«, sagte der Mann. »Und die Amerikaner haben natürlich was abgekriegt. Auch die Franzosen. Und vor allem natürlich die Russen. Aber alle anderen sind leer ausgegangen. Was glaubst du, was ein Original-Dieselmotor eines Unterseebootes vom Typ XXI auf dem schwarzen Markt wert ist?«

»Ein paar tausend Dollar«, mutmaßte Pagels.

Der Mann lachte.

»Ich bin gekommen, um Auskunft über etwas sehr viel Simpleres zu erhalten«, sagte Pagels. Er hatte einen der Drähte mitgebracht, mit denen der Seesack des Toten von Klein-Nordende beschwert worden war.

»Das ist ein Schweißdraht«, bekundete der Mann.

»Das weiß ich. Was ich aber nicht weiß, das ist, wo dieser Draht herkommt. Kann es sein, dass er aus einem dieser U-Boote stammt?«

Der Mann schüttelte den Kopf. »Das würde ich wissen«, sagte er. »Das würde ich auf jeden Fall wissen. So was gibt es hier nicht. Hat es auch nie gegeben. Bist du dir denn sicher, dass die Drähte von einem Schiff stammen?«

»Davon gehe ich aus«, behauptete Pagels. Das war gelogen. Er hatte lediglich die Verbindung zwischen dem Seesack und den Drähten gesehen.

»Ich weiß nicht«, sagte der Mann. »Wenn die wirklich von einem Schiff stammen, dann muss das irgendetwas Größeres gewesen sein. Die *Robert Ley* vielleicht, das Schwesterschiff der *Gustloff*, aber die ist ja nach einem Bombenangriff damals vollständig ausgebrannt. Ich weiß nicht, ob da noch viel zu holen gewesen ist.«

»Danke«, sagte Pagels. »Danke für die Auskunft.«

»Moment mal«, sagte der Mann, »jetzt habe ich auch noch ein paar Fragen. Aus dem Telefonat heute Morgen habe ich verstanden, dass du ein Schrotthändler bist. Aber du hast keine Ahnung von Schrott, und die einzige Frage, die du mir gestellt hast, die ist völlig bedeutungslos.«

»Ich bin von der Polizei«, sagte Pagels. »Wir arbeiten an der Aufklärung eines …«

Weiter kam er nicht. »Von der Polizei?«, unterbrach ihn der Unbekannte. »Von der Polizei halten wir gar nichts. Und wir lieben es überhaupt nicht, wenn Polizei hier herumschnüffelt.« Die Stimme des Mannes klang plötzlich bedrohlich, und Pagels gewahrte, dass der angebliche Meier jetzt eine Pistole in der Hand hielt.

»Ich bin unbewaffnet«, versicherte Pagels. Die Engländer hatten dafür gesorgt, dass die deutsche Polizei weitgehend entwaffnet worden war.

»Pech für dich!«, rief der Mann mit höhnischer Stimme.

Plötzlich fiel ein Schuss. Pagels warf sich zu Boden, verlor den Halt und stürzte hinunter in das Wasser. Er registrierte, dass es nicht der Schrotthändler gewesen war, der auf ihn geschossen hatte. Der hatte sich weggeduckt und hastete jetzt tiefer in den Bunker hinein. Pagels streckte sich und griff nach dem U-Boot. Er fasste in eines der Löcher, das die Schrottdiebe in die Hülle des Bootes geschweißt hatten, packte zu und zog sich nach oben. Dann bemerkte er eine Gestalt, die im Eingang des U-Boot Bunkers stand.

Wieder fiel ein Schuss. Der Mann im Eingang antwortete mit einer ganzen Serie von Schüssen. Nach den Geräuschen im Hintergrund zu urteilen, flüchtete der Schrotthändler. Offenbar gab es hinten im Bunker einen zweiten Ausgang. Pagels hörte, wie eine Tür zufiel, dann herrschte Ruhe.

»Wo steckst du, Wilfried?«, fragte der Mann am Eingang. Es war Wilhelm Berger.

»Ich bin hier!« Pagels kletterte vom Deck des Unterseebootes auf den Umlauf zurück, von dem aus er ins Wasser gestürzt war. Er registrierte, dass er blutete. An dem scharfkantigen Metall des U-Bootes hatte er sich die Hand aufgeschnitten.

»Was machst du für Sachen?«, sagte Berger.

»Es war eine Dummheit«, gestand Pagels. »Ich hätte nicht allein gehen sollen.«

* * *

Im Herbst 1947 ereigneten sich viele Dinge, die Wilhelm Berger persönlich betrafen. Horst und Monika heirateten im Oktober – gerade noch rechtzeitig, bevor einen Monat später ihr Sohn Michael geboren wurde. Wilhelm Berger hatte gedacht, dass er jetzt als Großvater stärker gefragt sei, aber das war nicht der Fall. Horst begann eine Ausbildung bei der Polizei in Delmenhorst und kam nur noch an den Wochenenden nach Hamburg, und Monika hatte wenig Interesse daran, sich mit dem Großvater ihres Kindes zu irgendwelchen gemeinsamen Unternehmungen zu verabreden.

Berger bereitete sich auf ein betrübliches Weihnachtsfest vor, aber dann kam doch alles anders, als er gedacht hatte. Am 24. Dezember spät am Nachmittag läutete es an seiner Tür. Draußen stand Pagels.

»Du?« Berger war überrascht. »Bist du denn gar nicht bei deiner Familie?«

»Lass mich rein«, sagte Pagels, »ich muss mich erst einmal aufwärmen.«

Sie gingen ins Wohnzimmer. Draußen war es nicht besonders kalt, und es herrschte, wie so oft zu Weihnachten, leichter Nieselregen. Es war ganz offensichtlich, dass der Kollege nicht vor der Kälte geflüchtet war.

Pagels hängte seinen Mantel an die Garderobe, dann öffnete er die Aktentasche: »Ich habe dir etwas mitgebracht«, sagte er. Er stellte eine Flasche algerischen Rotwein auf den Tisch. Den hatte Wilhelm Berger noch nie getrunken.

»Er ist ziemlich gut«, sagte Pagels. »Und billig. Es hat schon seine Vorteile, wenn man Kolonien hat.«

Dies habe auch Nachteile, dachte Berger, aber darüber wollte er jetzt nicht diskutieren. Er holte den Korkenzieher und zwei Gläser. »Ich bin gar nicht auf Besuch eingerichtet«, musste er gestehen. »Magst du ein Käsebrot?«

»Das ist mein Leibgericht«, behauptete Pagels ganz ernsthaft.

Berger holte Brot und Käse. »Butter habe ich nicht«, sagte er. Auch das Brot war knapp. Es war schon etwas Besonderes, dass er Käse hatte. Seine Mieter, die Gundlachs, hatten auf dem Schwarzmarkt verhältnismäßig günstig ein großes Stück Käse erworben und ihm etwas abgegeben. Es war eine festliche Mahlzeit.

»Ich muss mich bei dir entschuldigen«, sagte Pagels.

Wilhelm Berger schüttelte den Kopf. »Du hast schon recht mit den Vorwürfen«, sagte er. »In gewisser Weise hast du recht. Aber andererseits …«

»Außerdem muss ich mich bei dir bedanken. Du hast mir das Leben gerettet.«

»Das ist nicht der Rede wert«, erwiderte Berger. »Du hättest das Gleiche getan.«

Es war spät am Abend, als die Flasche leer war und der Käse aufgegessen. Wilfried Pagels machte sich auf den Weg zu seiner Familie. Er schwankte leicht, aber er war so glücklich wie lange nicht mehr. Wilhelm Berger sah ihm nach, bis er hinter der Straßenbiegung verschwunden war.

Vater Heine

Ich meine, es muss doch alles seine Ordnung haben. Wenn ein Mensch verschwindet, dann muss das doch gemeldet werden. Die Ruth hat zwar gesagt, dass das falsch sei, und dass ihr Mann das mit Sicherheit missbilligen werde, wenn er zurückkomme und feststellen müsste, dass er inzwischen von der Polizei gesucht werde. Aber er ist doch bisher nicht zurückgekommen, und deshalb habe ich nicht lockergelassen. Wenn wir das nicht melden, dann wird das am Ende irgendjemand anders melden, und wie sieht das dann aus? Da müsste man doch glauben, dass wir uns gar nicht um den Verbleib von Ruths Mann kümmern.

Am Anfang hat sich Ruth jede Einmischung in diese Angelegenheit strikt verboten. Sie ist manchmal etwas merkwürdig. Schon als Kind, wenn sie irgendetwas nicht tun wollte, dann hat sie es nicht getan. Aber es gibt Situationen im Leben, wo man nicht einfach mit dem Kopf durch die Wand gehen kann. Seit sechzehn Monaten ist John Blaue jetzt verschwunden. Das ist doch nicht normal.

Ruth hat das nicht hören wollen. Sie hat gesagt: »Doch, das ist völlig normal.« Er ist in die Ostzone gefahren und noch nicht zurückgekommen. Ein Bekannter hat gesagt, dass er ihn drüben in einem Gefangenenlager getroffen habe, dass sie ihn eingesperrt hätten, weil er illegale Geschäfte machen wolle. Aber ich meine, dass das trotzdem wichtig ist, dass man den

Behörden davon Meldung macht. Und dann kümmern die sich darum, dass alles wieder in Ordnung kommt.

Meine Frau hat nur mit dem Kopf geschüttelt. Sie hatte schon lange aufgegeben, unserer Ruth irgendwelche Vorschläge zu machen. »Sie hört nicht auf uns«, hat sie gesagt. »Sie hört sowieso nicht auf uns.« Aber das ist nicht wahr. Sie hört nicht auf ihre Mutter, aber auf mich hört sie schon. Und nun ist sie schließlich tatsächlich zur Polizei gegangen und hat die Vermisstenmeldung abgegeben.

März 1948

Noch eine Vermisstenanzeige«, hatte Roeder gesagt. »Aus Elmshorn diesmal. Berger, fahren Sie mal hin und gucken Sie nach, was da los ist. Das Vorgehen ist mit der örtlichen Polizei abgestimmt. Setzen Sie sich mit Danner in Itzehoe in Verbindung.«

Wilhelm Berger las den Text durch. Die Vermisstenanzeige war in Elmshorn aufgegeben worden. Eine Ruth Blaue teilte mit, dass ihr Ehemann John Blaue seit dem 15. November 1946 vermisst sei. Als mutmaßlichen Grund des Verschwindens hatte sie angegeben: *Wollte legal über die Zonengrenze und ist seitdem nicht mehr zurückgekehrt.* John Blaue war von schlanker, breitschultriger Gestalt. Er hatte dunkelblondes Haar.

Die Vermisstenmeldung war relativ vage gehalten. Der Vermisste war am 13. April 1913 in Hamburg geboren, etwa 1,80 Meter groß. Seine Statur hatte die Ehefrau als *normal* bezeichnet. Der Vermisste hatte kurze Haare und blaue Augen. Keinen Bart. Er trug keine Brille. Die Nase war geradlinig – also normal. Die Ohren waren normal, der Mund war normal, das Kinn war normal, Arme und Hände waren normal, Beine und Füße waren normal, und auch Gang und Haltung des Vermissten waren normal. Es gab keine besonderen Kennzeichen, keine Tätowierungen. Der Vermisste sprach Hochdeutsch. Über die Bekleidung hatte seine Ehefrau keine Angaben gemacht. Der Mann hatte angeblich am Freitag, den 15. November 1946, das Haus verlassen und war nicht zurückgekehrt.

»Ein ausgesprochener Durchschnittsbürger«, bemerkte Pagels.

»Ja.« Zumindest auf dem Papier. Aber Berger war sehr wohl bewusst, dass es solche sogenannten Durchschnittsbürger in Wirklichkeit nicht gab.

Wilhelm Berger fuhr mit dem Zug nach Elmshorn. Er hatte eine Fahrkarte dritter Klasse gelöst, und mit ihm im Abteil saß auch eine Mutter mit ihrer Tochter. Das kleine Mädchen zeigte mit dem Finger auf einen schottischen Soldaten, der gleichfalls im Abteil saß: »Mama, warum hat der Mann ein Kleid an?«

Die Mutter erklärte dem Mädchen, dass das kein Kleid sei, sondern ein Schottenrock, und dass in Schottland alle Männer Röcke trügen. Es war nicht erkennbar, ob der Soldat verstand, was gesagt wurde, aber er lächelte ganz leicht.

Ruth Blaue, die die Vermisstenanzeige aufgegeben hatte, wohnte in der Ollnsstraße 153. Sie hatte kein Telefon. Wilhelm Berger läutete an der angegebenen Adresse. Nichts rührte sich im Haus. Berger läutete noch einmal. Als sich noch immer nichts tat, fasste er schließlich die Türklinke an. Die Haustür war unverschlossen. Zögernd betrat er das Treppenhaus.

»Frau Blaue?«

Nichts.

»Hallo, Frau Blaue«, rief Berger noch einmal. Im ersten Stock öffnete sich eine Tür. Eine ältere Frau sagte:

»Frau Blaue ist nicht da. Tagsüber ist sie immer in ihrem Laden in der Innenstadt.«

Berger ließ sich den Weg beschreiben.

Die *Blaue-Stube,* die Ruth Blaue eingerichtet hatte, war ein sehr kleiner Laden mitten in Elmshorn, in dem man Bücher kaufen und ausleihen konnte. Berger studierte das Schaufenster.

»Gehen Sie ruhig rein«, sagte jemand neben ihm.

Berger drehte sich um. Da saß ein Krüppel an der Hauswand und bettelte. Seine Beine hatte er vermutlich im Krieg verloren. Berger nickte ihm freundlich zu und ging dann nach drinnen.

Das Innere der *Blauen Stube* sah ein bisschen aus wie ein Trödelladen. Ruth Blaue handelte offensichtlich nicht nur mit Büchern, sondern auch mit kunstgewerblichen Gegenständen. Beim näheren Hinsehen zeigte sich, dass die Skulpturen handwerklich perfekt waren. Auch die Auswahl der Bücher war ungewöhnlich.

»Was für ein interessantes Geschäft«, sagte Wilhelm Berger.

Ruth Blaue lächelte. Sie war eine ausgesprochen schöne Frau mit strahlend blauen Augen. Eine der Schnitzereien, eine Madonnenfigur, sah ihr ähnlich.

»Und von diesem Laden leben Sie?«, fragte er.

»Das ist mehr als ein Laden«, sagte Frau Blaue. »Zumindest soll es mehr sein. Ich bemühe mich, mit der *Blauen Stube* hier in Elmshorn eine Art kulturelles Zentrum zu schaffen. In den Jahren des Krieges ist die Kultur vollkommen auf der Strecke geblieben. Und auch jetzt, in der Nachkriegszeit, wo jeder in erster Linie dafür sorgen muss, dass er eine Unterkunft und etwas zu essen hat, da scheint es so, als würde die Kultur überhaupt keine Rolle spielen. Das darf nicht sein, habe ich mir gesagt. Deshalb habe ich diesen Laden aufgemacht.«

Die Frau, sie mochte gut dreißig Jahre alt sein, beeindruckte Wilhelm Berger. Es war ganz offensichtlich, dass sie mit Feuereifer bei der Sache war.

»Meine Kunden, das sind vor allen Dingen ehemalige Soldaten. Menschen, die völlig erschöpft aus dem Krieg heimgekehrt sind, und die jetzt danach drängen, etwas Neues, etwas Konstruktives zu leisten, und die gewillt sind, sich über die Zukunft Gedanken zu machen. Nicht nur über ihre eigene Zukunft, sondern über die Zukunft der ganzen Welt.«

Wilhelm Berger lächelte. »Ich bin eigentlich nicht gekommen, um mit Ihnen über die Zukunft der Welt zu sprechen, sondern über ihren vermissten Ehemann.«

»Gibt es eine Spur?«, fragte die Frau.

Berger schüttelte den Kopf.

»Ja, das ist eine üble Geschichte«, sagte Ruth Blaue. »Ich habe ja erst gar nicht gedacht, dass etwas passiert sein könnte. Aber als er dann überhaupt gar nicht zurückkam, da habe ich schließlich die Vermisstenanzeige aufgegeben.«

»Nach fast anderthalb Jahren«, sagte Berger. Er gab sich Mühe, dass das nicht wie ein Vorwurf klang.

»Ich habe ja gedacht, dass alles in Ordnung sei. Um ehrlich zu sein, das glaube ich auch heute noch. Ich bin der festen Überzeugung, dass mein Mann noch lebt.«

»Aber Sie müssen sich doch Sorgen gemacht haben?«

»Ja, schon. Aber nicht allzu sehr. Er war ja geschäftlich unterwegs. Und über seine geschäftlichen Dinge hat er kaum mit mir gesprochen.«

»Sie sagen, er war geschäftlich unterwegs?«

»Ja. Er war damit beschäftigt, sein Fuhrunternehmen wiederaufzubauen. Er war Fuhrunternehmer. Bis zum Krieg, bis dann die Wehrmacht seine Lastwagen beschlagnahmt hat. Er wollte einen Lastwagen besorgen. Das Geld dafür hatte er zusammen. Er wollte deswegen in die Ostzone rüber. Er hatte mir auch gesagt, dass das länger dauern könnte, und dass ich mir keine Sorgen machen sollte.«

Wilhelm Berger hob die Augenbrauen. »Länger? Sechzehn Monate – das ist doch nicht einfach nur länger?«

Die Frau zuckte mit den Achseln. »Ich konnte ja nicht wissen, was inzwischen passiert war. Wahrscheinlich war er illegal über die Grenze gegangen. Und wenn die Russen ihn geschnappt hatten, dann war's natürlich durchaus möglich, dass sie ihn längere Zeit festgehalten haben.«

»Sechzehn Monate?«, wiederholte Berger.

»Ja, natürlich, bei uns wäre so etwas nicht möglich. Aber da drüben bei den Russen? Ich glaube, da ist alles möglich. Und es ist nicht so, dass ich in der Zeit nun gar nichts getan hätte. Ich habe erst einmal bei unseren Bekannten in Hamburg herumgefragt, aber die wussten nichts. Seinen Bruder Oskar konnte ich zunächst nicht erreichen. Der war gerade auf See. Aber als ich ihn dann schließlich erwischt habe, da wusste er auch von nichts. Und allmählich habe ich angefangen, mir Sorgen zu machen.«

»Dass Ihrem Mann etwas zugestoßen ist?«

»Ja. Aber ich war mir natürlich nicht sicher. Es hätte doch schließlich auch sein können, dass er einfach davongelaufen ist. Mit dem vielen Geld und mit den Zigaretten, die ja auch so gut wie Geld waren, da hätte er doch leicht irgendein Mädchen finden können, das bereit gewesen wäre, diese Schätze mit ihm zusammen zu verbrauchen.«

»Halten Sie das für möglich, dass er einfach so davonläuft?«

»Nein, eigentlich nicht. Aber ausgeschlossen habe ich es auch nicht. Als er im Krieg in Norwegen stationiert war, da hatte er auch eine Freundin. Ich habe nichts davon gewusst, bis sie ein Kind von ihm gekriegt hat. Da hat er mir alles gebeichtet.«

»Und Sie haben das einfach so hingenommen? Es gibt Frauen, die das nicht täten.«

»Aber ich liebe ihn doch! – Natürlich konnte ich mir nicht sicher sein, ob sein Verschwinden jetzt nicht auch wieder aufgrund irgendeiner kurzfristigen Romanze war. Ich habe nicht gewollt, dass die Polizei erst eine große Suchaktion startet, und ein paar Wochen später kommt mein Mann dann ganz kleinlaut wieder bei mir an. Also habe ich abgewartet. Aber inzwischen glaube ich nicht mehr, dass das so gewesen ist.«

»Erzählen Sie mir etwas über Ihren Mann. Waren Sie schon lange verheiratet?«

»Nicht allzu lange. Wir haben 1940 geheiratet.«

»Ihr Mann war Spediteur?«

»Ja. – John und ich, wir haben uns 1936 kennengelernt. Ich habe damals als Stenotypistin und Kontoristin bei einem Makler gearbeitet. Dieser Beruf hat mich natürlich nicht voll ausgefüllt. Abends bin ich Tanzen gegangen, wann immer sich die Gelegenheit ergab, und dabei habe ich dann John Blaue kennengelernt. Als ich ihn kennengelernt habe, war er Seemann. Damals war er gerade dabei, sein Examen als Steuermann zu machen. Das hat er auch bestanden, wenn auch erst im zweiten Anlauf. Aber dann ist er an Land geblieben, hat eine kleine Spedition aufgebaut. Die hieß *Blaue-Blitz*. Vielleicht haben Sie damals einen unserer Lastwagen mal gesehen?«

Wilhelm Berger schüttelte den Kopf.

»Es war eine großartige Zeit. 1938 sind wir zusammengezogen, und 1940, im Mai war das, da haben wir geheiratet. Dann kam der Krieg. John wurde eingezogen, und ich habe zuerst bei den *Deutschen Werken* gearbeitet …«

»Bei den *Deutschen Werken*?« Das sagte Berger nichts.

»Auf der Werft. Es war eine angenehme Arbeit. Ich habe die Werksbibliothek geleitet. Später habe ich mich dann zur Flak gemeldet.«

»Als Frau?«, fragte Berger.

Ruth Blaue nickte. »Das war damals möglich«, sagte sie. »Ich bin erst in Hagenow ausgebildet worden. Später bin ich dann als Scheinwerferführerin nach Bremen gekommen. Das war eine verantwortungsvolle Aufgabe. Das können Sie sich sicher gut vorstellen; Sie sind ja wahrscheinlich auch im Krieg gewesen.«

»Ja«, sagte Berger, »ich bin im Krieg gewesen.«

»John Blaue war bei den Vorpostenbooten. Er war ja zur See gefahren, hatte also entsprechende Erfahrung. Er war erst in Wilhelmshaven, später dann auch an verschiedenen anderen Orten eingesetzt. Ja, und nach dem Krieg, da ist er dann wieder nach Hause gekommen. Die Lastwagen waren natürlich weg, die hatte die Wehrmacht beschlagnahmt, und wo die geblieben waren, das wusste kein Mensch. Ersatz gab es nicht, so musste er ganz von vorn anfangen. Erst hat er noch einige Monate für die Engländer gearbeitet, in Kiel war das, aber danach ist er dann wieder nach Hause gekommen.«

»Und wovon hat er gelebt?«, fragte Berger.

Frau Blaue zuckte mit den Achseln. »Mit der Seefahrt war es ja erst einmal vorbei. Es gab keine deutschen Schiffe mehr.«

Das war keine Antwort auf seine Frage. Wilhelm Berger sah Frau Blaue an.

Die zögerte, dann sagte sie: »Er hat Geschäfte gemacht.«

»Schwarzmarktgeschäfte?«

»Das weiß ich nicht. Um diese Dinge habe ich mich nicht gekümmert. Jedenfalls hatte er die Absicht, wieder ein Fuhrunternehmen zu gründen. Dafür brauchte er natürlich einen Lastwagen. Schließlich hatte er das Geld zusammen. Er hat mit verschiedenen Leuten gesprochen, und irgendjemand aus seinem Bekanntenkreis, der hat ihm dann geraten, doch in die russische Zone zu gehen. Dort könnte er den Wagen wesentlich billiger kriegen als hier bei uns.«

»Dieser Freund, der ihm den Tipp gegeben hat – wer war das?«

»Das weiß ich nicht. John hat ihn in Hamburg getroffen. Er war ja fast immer in Hamburg. Es waren wohl mehrere Leute beteiligt an diesem Projekt, so viel weiß ich, aber wer das genau gewesen ist, das hat er mir nicht gesagt. Tut mir leid.«

»Es gibt noch einen Punkt, den wir klären müssen: Sie haben ja wahrscheinlich davon gehört, dass vor knapp einem Jahr in einer Kiesgrube in Klein-Nordende ein Toter gefunden worden ist.«

»Ja, natürlich. Das stand ja in der Zeitung.«

»Und jetzt fragen wir uns, ob das möglicherweise ihr vermisster Ehemann sein könnte.«

»Das glaube ich nicht. Er wollte in die Ostzone, nicht nach Klein-Nordende.«

»Trotzdem möchte ich Sie bitten, einen Blick auf diese Fotos zu werfen. Bitte erschrecken Sie nicht, es sind keine schönen Bilder.« Er öffnete seine Aktentasche und legte die Aufnahmen auf den Tisch.

Ruth Blaue warf nur einen flüchtigen Blick auf die Fotos, dann schüttelte sie entschieden den Kopf. »Nein«, sagte sie, »das ist er nicht.«

»Sind Sie sich ganz sicher? Ein Toter, der viele Monate lang im Wasser gelegen hat, sieht anders aus als ein Lebender.«

»Nein, daran besteht überhaupt gar kein Zweifel. Das ist nicht John Blaue.«

Wilhelm Berger war sich diesbezüglich nicht so sicher. Er sagte: »Frau Blaue, die Beschreibung Ihres Mannes in der Vermisstenanzeige ist relativ vage. Können Sie mir noch ein paar weitere Details mitteilen, damit wir Ihren Mann gegebenenfalls identifizieren können?«

»Sie glauben also auch, dass er tot ist?«

»Man darf die Hoffnung nie aufgeben, aber wir müssen zumindest mit dieser Möglichkeit rechnen.«

»Also allzu viele Besonderheiten gibt es da nicht. Mein Mann ist ungefähr 1,80 Meter groß, vielleicht auch 1,82 Meter, so genau weiß ich das nicht. Er hat dunkelblondes Haar. Ach ja, da gibt es auch noch die Narbe von einer Blinddarmoperation, aber die ist sehr gut verheilt und kaum sichtbar.«

»Was ist mit seinen Zähnen?«

»Mit seinen Zähnen? Nichts Besonderes. Er hat gepflegte Zähne. Keine Zahnlücken oder irgend so etwas.«

»Keinen Zahnersatz?«

»Das glaube ich nicht. Ich habe jedenfalls nichts bemerkt.«

»Und auch keinen Goldzahn?«

»Nein.«

»Ich frage das, weil die Leiche aus dem Teich in Klein-Nordende im Oberkiefer rechts einen Goldzahn gehabt hat.«

Ruth Blaue schüttelte den Kopf. »Dann kann das nicht mein Mann sein. Ich weiß jedenfalls von keinem Goldzahn. Ich weiß nur, dass er ein sehr gutes Gebiss hat. Ich glaube, all die Jahre, die wir zusammen sind, ist er nur ein einziges Mal beim Zahnarzt gewesen, und das war, als er schon bei der Marine war. Und auch diese anderen Dinge, die damals in der Zeitung erwähnt worden sind, die kenne ich nicht. Er hat keinen Seesack. Und wenn er einen gehabt hätte, dann hätte er ihn ja wohl kaum auf die Fahrt in die russische Zone mitgenommen.«

»Nein, natürlich nicht.« Die Frau war wirklich ohne Arg. »Aber, was mir gerade einfällt: Wenn Ihr Mann zur See gefahren und außerdem im Krieg bei der Marine gewesen ist – hatte er vielleicht eine Tätowierung?«

»Gut, dass Sie das sagen. Das hätte ich jetzt glatt vergessen. Ja, er hat eine kleine Tätowierung. Einen Anker mit umwickeltem Tau. Aber die ist wirklich sehr klein, vielleicht drei bis vier Zentimeter, und außerdem ist sie fast gänzlich verblasst. Ich nehme an, dass die Farbe einfach nichts getaugt hat. Am Oberschenkel ist die. Am rechten Oberschenkel, außen.«

»Ein Anker mit Tau? Können Sie den für mich skizzieren?«

Ruth Blaue zögerte. »Ich kann es versuchen. Reicht das aus, wenn ich das hier auf dem Briefumschlag mache?«

»Ja, natürlich.«

Berger sah zu, wie die Frau einen Anker zeichnete. Dann zögerte sie. »Ob das Tau nun rechts oder links herumgewickelt ist, das weiß ich nicht so genau.«

»Zeichnen Sie es einfach so, wie Sie denken.«

Ruth Blaue konnte gut zeichnen. Sie zeichnete den Anker, ohne zu zögern.

Der Tote aus dem Teich hatte keine Tätowierung. Wenn diese Angaben stimmten, dann konnte der Mann im Seesack jedenfalls nicht John Blaue sein. Und jetzt? Jetzt hätte er sich eigentlich verabschieden müssen.

Ruth Blaue sagte: »Es ist nett, mit Ihnen zu plaudern. Wenn Sie wieder einmal nach Elmshorn kommen, schauen Sie doch einfach bei mir in meiner *Blauen Stube* vorbei.«

Wilhelm Berger versicherte, dass er das tun würde. »All diese wunderbaren Bücher, wo haben Sie die her? Stammen die aus Nachlässen?«

»Eine ganze Menge davon stammt aus der Bibliothek meines Vaters. Er hat diese Bücher früher gesammelt, aber heute liest er nicht mehr viel. Seine Augen. Deshalb hat er mir dies alles zur Verfügung gestellt.«

»Verleihen Sie die Bücher nur, oder verkaufen Sie sie auch?«

»Beides. – Möchten Sie ein Buch kaufen?«

Wilhelm Berger nickte. »Den Byron würde ich gern mitnehmen.«

»Den Byron? Warum ausgerechnet den?«

»Sie werden es nicht glauben, aber dies war eines der wenigen Bücher, die mir im Krieg zur Verfügung standen. Ich habe viel darin gelesen.«

Ruth Blaue sah ihn überrascht an. »Es gibt wenige Kunden, die gut genug Englisch können, um dieses Buch zu lesen.«

Wilhelm Berger lächelte bescheiden. »Vielleicht bin ich einer dieser wenigen.«

Ruth Blaue sagte unvermittelt:

»And wherefore lingerest thou? Dost thou not fear
To dwell with one who hath done this?«

Warum bleibst du allein bei mir zurück?
Graut dir denn nicht vom Täter dieser Tat?

Wilhelm Berger stutzte. »Cain sagt das«, stellte er fest. »Nachdem er Abel erschlagen hat«, fügte er hinzu.

Ruth Blaue nickte. »Byron ist einer meiner Lieblingsdichter. Dieses Buch habe ich von meinem Vater. Er hat es gekauft, obwohl er gar kein Englisch kann. Er hat es für mich gekauft, für seine kleine Prinzessin. So hat er mich damals genannt. Dieses Buch gebe ich nicht her.«

»Das verstehe ich«, sagte Berger.

Ruth Blaue warf ihm einen Blick zu, der zu bedeuten schien, dass er gar nichts verstehe. Aber dann sagte sie: »Ich habe ein anderes Buch für Sie; wenn Sie Byron mögen, wird Ihnen das gefallen. *Die große Flut* von Waldemar Augustiny. Kennen Sie das?«

Wilhelm Berger schüttelte den Kopf.

»Das sollten Sie lesen«, drängte ihn die Buchhändlerin. »Ich bin neugierig auf Ihr Urteil. Augustiny hat dieses Buch 1943 veröffentlicht, und es handelt vom Ende der Insel Strand und ihrer Menschen. Als er es geschrieben hat, das muss zu Beginn des Krieges gewesen sein, da hat er wahrscheinlich schon das Ende vorausgesehen. Es geht auch um unausweichliches Schicksal. Und um Schuld. Am Ende bleibt nur der Untergang.«

»Was kostet das?«, fragte Berger.

»Das können Sie so mitnehmen.«

Wilhelm Berger bestand darauf, das Buch zu bezahlen.

»Sie wundern sich wahrscheinlich«, sagte Ruth Blaue, »dass ich mich so stark für den Untergang interessiere. Das liegt daran, dass ich sozusagen prophetische Fähigkeiten habe. In meinen Träumen kann ich die Zukunft voraussehen. Und was ich darin sehe, das ist meistens schlecht.«

Sie hielt inne, als ob sie auf eine Antwort Bergers wartete, aber der wusste nicht, was er dazu sagen sollte.

Ruth Blaue fuhr fort: »Bei Kriegsausbruch, 1939, da habe ich ein großes Hitler-Horoskop erstellt. Ich habe alles vorausgesehen. Ich habe von Anfang an gewusst, dass Deutschland den Krieg verliert. Ich habe von Anfang an gewusst, dass Hitler wahnsinnig würde und am Ende sterben würde. Und ich habe gewusst, dass ganz, ganz schreckliche Dinge geschehen würden. Ich habe die Folterungen und die Konzentrationslager bereits bildlich vor mir gesehen.« Wieder hielt sie inne.

Berger fragte: »Und was haben Sie mit diesem Wissen gemacht?«

Sie zuckte mit den Schultern. »Nichts. – Was hätte ich tun sollen? Hitler das Horoskop zuschicken? Was hätte das geändert? Ich habe das Dritte Reich abgelehnt. Ich habe Verbindungen zu Gleichgesinnten gesucht, zu Oppositionellen ...«

»Waren Sie im Widerstand?«, fragte Berger.

»Nein, das kann ich nicht behaupten, dass ich im Widerstand gewesen bin. Dazu war ich zu schwach. Ich war dagegen, das ist alles.«

»Das ist schon eine ganze Menge«, sagte Berger.

»Ich habe auch meine eigene Zukunft vorausgesehen«, fuhr Ruth Blaue fort. »Ich stand im Traum auf einer großen, grünen Wiese. Ich wusste, dass das ein Traum war. Ich wusste, dass die Wiese nicht echt war, genauso wenig wie der tiefblaue Himmel. Alles waren nur Kulissen, aufgebaut für meinen Traum. Und plötzlich erschien vor mir eine Taube, und ich wusste gleich, dass das meine Taube ist, und ich habe die Hände ausgestreckt, um sie zu fangen. Und ich habe sie gefangen. – Verstehen Sie den Traum?«

Nein, Wilhelm Berger verstand den Traum nicht.

»Die Taube«, sagte Ruth Blaue, »das ist der Schlüssel. Taube heißt auf Hebräisch *iona*. Und Jona kennen Sie doch aus der Bibel, Jona im Bauch des Fisches. Jona war ein Seefahrer, und nach diesem Traum war ich mir ganz sicher, dass ich einen Seefahrer heiraten würde.«

Berger war verblüfft. Weniger wegen der ungewöhnlichen Interpretation dieses ungewöhnlichen Traumes als darüber, dass Ruth Blaue diese Geschichte ausgerechnet ihm erzählte. Er hatte mit keinem Wort angedeutet, dass er zur See gefahren war. Und ganz sicher hatte er ihr auch nicht andeutungsweise so etwas wie einen Heiratsantrag gemacht. Aber ganz offensichtlich war es ihr nicht entgangen, dass er sie sympathisch fand. Und wenn er sich nicht vollständig täuschte, dann galt umgekehrt das Gleiche.

Wilhelm Berger sagte: »Ich war im Krieg Offizier auf einem Hilfskreuzer. Auf der *Atlantis*.«

»Wie aufregend! Davon müssen Sie mir mehr erzählen!« Ruth Blaue stellte keine Verbindung zu ihrem Traum her. Wahrscheinlich bezog sich alles nur auf ihren Mann.

Berger war bewusst, dass er sich hatte ablenken lassen. Sinn dieser Befragung war es eigentlich, dass er die Fragen stellte und Ruth Blaue darauf antwortete. Aber die Dinge hatten sich anders entwickelt. Die ungewöhnliche Frau faszinierte ihn. Anstatt jetzt weitere Fragen über John Blaue zu stellen, sagte Wilhelm Berger: »Der Dienst auf der *Atlantis* war die einsamste Zeit meines Lebens.«

Zwei Stunden später hatten sie eine Kanne Tee leer getrunken, die Ruth Blaue aufgegossen hatte. Wilhelm

Berger hatte über den einsamen Dienst auf dem Schiff mitten im Ozean erzählt und über das trostloseste Weihnachtsfest, das er je erlebt hatte. Weihnachten 1940/41 auf den Kerguelen.

Ruth Blaue hatte von ihrer unbeschwerten Kindheit in Halberstadt erzählt. Dort gebe es eine Fabrikantenfamilie Heine, und mit diesen renommierten Wurstfabrikanten sei ihr Vater entfernt verwandt. Er sei selbstständiger Vertreter für Fleisch- und Wurstwaren gewesen. Aber inzwischen sei er natürlich längst im Ruhestand. Sie hätten sich ein sehr gutes Leben geleistet. Dass Ruth Blaue eine hervorragende Schülerin gewesen sei, daran hatte Wilhelm Berger keinen Zweifel. Ihre Eltern hätten sie auf das Lyzeum geschickt, erzählte sie. In Halberstadt sei das gewesen. Später seien sie dann nach Hamburg gezogen.

Während Ruth Blaue erzählte, sah Wilhelm Berger sie unverwandt an. Er war sich sicher, dass das, was sie über sich selbst berichtete, nur ein kleiner Teil dessen war, was ihr wirkliches Leben ausmachte. Aber so war das eben. Auch er selbst hatte nur die Anekdoten zum Besten gegeben, von denen er wusste, dass er damit niemandem zu nahetreten würde.

Die Unterhaltung endete damit, dass die beiden verabredeten, sich demnächst wieder zu treffen.

»Bis bald, Wilhelm«, sagte Ruth Blaue.

»Bis bald.« Berger konnte sich nicht dazu aufraffen, sie ebenfalls zu duzen. Schließlich wäre er als der wesentlich ältere eigentlich derjenige gewesen, der ihr das Du hätte anbieten müssen. Hätte er das tun sollen? Eigentlich sprach nicht viel dagegen. Es entsprach zwar nicht der üblichen kriminalpolizeilichen Praxis, aber bei jemandem, der bezüglich einer unbekannten Leiche keine neuen Erkenntnisse hatte beisteuern können, spielte es eigentlich keine Rolle.

Wilhelm Berger hatte von Einsamkeit geredet. Vielleicht hatte das in seinem Gesprächsbeitrag eine zu große Rolle gespielt. Aber dieses Thema hatte sich wie von selbst in den Vordergrund gedrängt. Der Grund dafür war natürlich, dass er sich in der Tat seit der Rückkehr aus dem Krieg und dem Tod seiner Frau ziemlich einsam fühlte. Und Ruth Blaue erinnerte ihn an seine Dagmar. Es war nicht das Aussehen, es war auch nicht die Entschlossenheit. Es war eine gewisse Hilflosigkeit, die er sowohl bei Dagmar als auch bei Ruth Blaue hinter der robusten Fassade geahnt hatte.

Draußen saß noch immer der Bettler. Wilhelm Berger warf ihm eine Mark in den Hut. Das wirkte großzügig, aber er kam sich dabei erbärmlich vor. Eine amerikanische Zigarette kostete sechs Reichsmark; die konnte er sich nicht leisten. Wilhelm Berger hatte das Rauchen eingestellt. Und für einen Dollar bekam man auf dem freien Markt 221 Reichsmark. Er dachte an Susanne. Ob seine Tochter wusste, wie die Verhältnisse in Deutschland waren? Warum meldete sie sich nicht?

* * *

»Die Frau hat dich ja mächtig beeindruckt«, sagte Pagels.

»Ja, das hat sie«, gab Berger zu. Eigentlich hatte er vorgehabt, sie gleich am nächsten Wochenende in Elmshorn zu besuchen. Aber daraus wurde nichts. In der Ehe von Horst und Monika kriselte es, und Wilhelm Berger fuhr nach Harburg und bemühte sich, die Risse zu kitten. Aber um den Kontakt nicht völlig abreißen zu lassen, schrieb Wilhelm Berger an Ruth Blaue einen Brief.

Es war ein sehr harmonisches Wochenende. Sie machten Ausflüge in den Harburger Stadtpark, und Wilhelm Berger schob den Kinderwagen mit dem kleinen Michael. Monika hatte Brotrinden mitgebracht, und sie fütterte damit die Enten und Schwäne. Sie schien in ausgelassener Stimmung. Wilhelm Berger registrierte, dass es dem jungen Paar offenbar inzwischen so gut ging, dass sie sich diesen Luxus leisten konnten.

Als er am Sonntagabend nach Hamburg zurückfuhr, hatte er von der Krise, die Horst am Telefon erwähnt hatte, nicht viel gespürt. Aber Horst wirkte ernster als sonst.

* * *

Am nächsten Sonnabend brauchte Wilhelm Berger nur bis zum Mittag zu arbeiten. Er fuhr mit dem Zug nach Elmshorn. Er war sich nicht sicher, ob Ruth Blaues kleiner Laden an einem Sonnabend geöffnet sei. Es regnete heftig. Berger hatte keinen Schirm dabei. Vom Bahnhof bis zur *Blauen Stube* waren es nur wenige hundert Meter. Wilhelm Berger marschierte die Königstraße entlang. Nein, wahrscheinlich würde er kein Glück haben. Die Läden hatten geschlossen. Er umrundete den imposanten Backsteinbau der Sankt Nikolaikirche, und da war das Haus. Geschlossen, wie er schon befürchtet hatte. Nein, nicht nur geschlossen. Der Laden war leer. Die *Blaue Stube* existierte nicht mehr.

»Ja, das ist ein Jammer«, sagte eine ältere Dame, die gesehen hatte, dass Berger zur *Blauen Stube* gewollt hatte. »Aus heiterem Himmel hat die Ruth Blaue den Laden verkauft.«

»Aus heiterem Himmel?«, erkundigte sich Berger.

»Aus heiterem Himmel«, bestätigte der Bettler, der auch heute wieder an der Hauswand saß. »Das heißt, vielleicht nicht ganz so überraschend. Besonders gut gelaufen ist das Geschäft wohl nicht.«

»Ist die Frau Blaue denn aus Elmshorn weggezogen?«, wollte Berger wissen.

»Das weiß ich nicht. Da müssen Sie vielleicht mal gucken, wo sie gewohnt hat. Hier hat sie ja nur den Laden gehabt. Aber wo sie wohnt, das weiß ich nicht. Irgendwo außerhalb, glaube ich.«

»Danke«, sagte Berger. »Ich weiß, wo sie wohnt.« Er zückte sein Portmonee. »Sitzen Sie eigentlich jeden Tag hier?«

»Ja, ich sitze hier jeden Tag. – Danke.« Wilhelm Berger hatte ihm wieder eine Mark gegeben. »Bei Sonne und Regen – ich bin immer hier. Irgendwo muss ich ja hin.«

»Haben Sie denn keine Familie?«

»Meine Kinder ekeln sich von mir«, sagte der Mann. Er sah Wilhelm Berger nicht an dabei. Es war ihm peinlich.

* * *

»Ja, die sind umgezogen«, sagte ein älterer Herr, der vor dem Haus in der Ollnsstraße 153 den Bürgersteig fegte.

»Die ganze Familie?«, fragte Berger.

Der Mann schüttelte den Kopf. »Nein, nur die Ruth und ihr Freund, der Bildhauer. Ihr Mann, der John, der ist ja noch immer vermisst, und allmählich glaubt sie wahrscheinlich nicht mehr, dass er irgendwann noch einmal lebend wieder zurückkommt. Wen die Russen erst einmal in den Fängen haben ...«

»Der Bildhauer – ist das der Künstler, dessen Plastiken die Ruth Blaue auch in ihrem Laden verkauft hat?«

»Ja, das ist er. Ein junger Mann, zehn Jahre jünger als sie selber, aber die beiden verstehen sich großartig. Und warum sollen sie nicht zusammen wohnen, denke ich. In der heutigen Zeit ...«

»Ja, natürlich.«

»Nach Buchholz sind sie gezogen ...«

»Buchholz in der Nordheide.« Berger nickte. Das kannte er.

»Nein, Buchholz in Dithmarschen.«

Das kannte Berger nicht.

»Das liegt sozusagen direkt am Nord-Ostsee-Kanal. Na ja, nicht ganz direkt. Also, etwa zwei Kilometer vom Kanal entfernt. Oder drei Kilometer. So genau weiß ich das nicht.«

»Danke«, sagte Berger. Kein Zweifel, er war zu spät gekommen.

* * *

Es war ein herrliches Frühlingswochenende. Es war erst der 9. Mai, und das Thermometer zeigte 24 Grad. Horst und Monika gingen in den Harburger Stadtpark, zum Außenmühlenteich. Horst mietete ein Ruderboot. Sie waren in ausgelassener Stimmung.

»Mit dem Baby müsst ihr aber aufpassen«, ermahnte sie der Mann beim Bootsverleih.

»Klar, wir passen auf«, sagte Monika leichthin. Michael würde nicht über Bord fallen. Und die schwerfälligen Ruderboote waren vermutlich unsinkbar.

»Macht keinen Unsinn. Und denkt dran, dass ihr hier im nördlichen Teil des Sees bleibt.«

»Ja, machen wir.«

»Der Süden ist für Ruderboote gesperrt.«

Es waren schon einige Boote draußen auf dem See. Horst und Monika hatten Glück gehabt, überhaupt noch eines zu bekommen. Es sah ein kleines bisschen ramponiert aus, aber das machte nichts. Horst stieß das Boot vom Steg ab und ruderte dann mit kräftigen Schlägen auf den See hinaus. Es war lange her, dass er in einem Ruderboot gesessen hatte. Aber er hatte nichts verlernt.

»Schneller!«, verlangte Monika.

Horst ruderte schneller. Aber der Kahn war kein Rennboot, und selbst mit äußerster Anstrengung bewegte er sich nur in gemächlichem Tempo.

»Lass mich mal!«, verlangte Monika.

Sie stand entschlossen auf. Das Boot schwankte erheblich, als sie den Platz mit Horst tauschte. Der kleine Michael quietschte vergnügt. Er lag auf einem Kissen am Boden des Bootes. Monika hatte ihm die Mütze so weit ins Gesicht gezogen, dass die Sonne ihn nicht blendete. Sie ruderte jetzt mit voller Kraft, aber auch bei ihr ging es nicht schneller. Schließlich ließ sie erschöpft die Ruder los. Das eine glitt ins Wasser; Horst konnte es gerade noch fassen, bevor es außer Reichweite war.

Horst ruderte jetzt, und das Boot fuhr rückwärts. Monika lachte. Sie passierten ein älteres Ehepaar, das missbilligend zu ihnen herübersah.

»Das finden die gar nicht gut«, sagte Monika. Sie zeigte mit dem Finger auf das Ehepaar.

»Das ist doch egal«, erwiderte Horst.

»Ich hätte Lust, sie ordentlich nasszuspritzen!«

»Ich nicht.« Horst wollte den Ausflug genießen und sich nicht mit irgendwelchen Leuten anlegen. Er sorgte dafür, dass sie in sicherer Entfernung an dem anderen Boot vorüberglitten.

Da vorn waren die Seerosen. Der südliche Teil des Sees, der mit den Seerosen, der war gesperrt. Sie hatten extra einen Zaun quer durch das Wasser gezogen, damit man da nicht hinfahren sollte. Aber genau dort wollte Monika hin. »Komm, wir rudern bis an den Zaun!«

Der Zaun bestand nur aus einem einzigen Draht, der an einer Reihe von Pfählen befestigt war. »Guck mal, man kann ihn anheben«, sagte Monika.

Ja, das stimmte. Aber man konnte den Draht nicht so weit hochheben, dass man einfach mit dem Boot darunter hindurchfahren konnte.

»Es geht nicht«, sagte Horst.

»Doch, natürlich geht das«, widersprach Monika. »Wir schieben das Boot drunter durch und steigen gleichzeitig drüber weg.«

Horst sah Monika zweifelnd an. »Das dürfen wir nicht«, sagte er.

Monika zog eine Schnute. »Wenn man immer nur das tut, was man darf, dann hat man überhaupt keinen Spaß im Leben. Dort drüben ist das Paradies!« Die ersten Seerosen blühten bereits. »Ich will rein in das Paradies! Fahr mich hin!«

Horst ruderte das Boot vorsichtig an den Zaun heran. Langsam glitt der Kahn unter der Absperrung hindurch. Horst stand auf, das Boot schwankte leicht, er trat über den Draht hinweg, und schon war er auf der anderen Seite. Alles gutgegangen. Monika wollte es ihm nachtun, aber in dem Augenblick blieb die Sitzbank des Bootes am Draht hängen. Es gab einen Ruck; Monika kreischte und fiel ins Wasser. Aber der Teich war ja nicht tief, und das Wasser war auch nicht kalt. Horst wollte sie wieder ins Boot ziehen, aber stattdessen packte sie zu, und er fiel ebenfalls über Bord.

»Michael!«, rief Monika plötzlich. »Pass auf, Horst!«

Das Baby war ins Wasser gefallen, aber Horst hatte den Kleinen schon gegriffen, bevor er ganz unterging. Er legte das schreiende Baby zurück in das Boot, und dann stiegen Monika und er ganz vorsichtig wieder in den Kahn zurück.

Monika beruhigte den Kleinen. »Das wird Ärger geben!«, sagte sie. Es klang so, als ob sie sich geradezu auf den Ärger freute. In der Tat konnte kein Zweifel bestehen, dass die anderen Ruderer ihren Unfall bemerkt hatten.

»Komm«, sagte Horst. »Jetzt, wo wir schon einmal hier sind, können wir die Sache auch zu Ende bringen.« Er ruderte und stakte das Boot weiter in die Blumen hinein, bis sie schließlich ganz in der Mitte des Seerosenfeldes waren. Dann hörte er auf zu rudern und begann, sich auszuziehen.

»Was machst du?«, fragte Monika.

»Das siehst du doch. – Mit den nassen Sachen können wir unmöglich zurück an Land gehen.«

»Nein, das können wir nicht.« Es war zwar unwahrscheinlich, dass sie ihr Zeug hier auf dem Ruderboot trocknen konnten, aber Monika zog sich ebenfalls aus.

Horst sah sich um. Es war klar, dass man sie vom Ufer aus sehen konnte, aber es war ebenfalls klar, dass man ein Fernglas brauchte, um genau zu erkennen, was sie hier taten. Wenig später waren sie beide nackt. Horst beugte sich über Bord und pflückte eine Seerose. Er legte Monika die Blüte auf den Schoß.

Monika sah ihn spöttisch an. »Da gehört eigentlich etwas anderes hin«, sagte sie.

Horst widersprach nicht. Das Boot schaukelte nur leicht. Der kleine Michael war inzwischen zufrieden eingeschlafen.

Später kamen Wolken auf. Monika und Horst zogen sich wieder an und ruderten langsam zum Bootsverleih zurück. »Jetzt kriegen wir Haue«, sagte Horst.

Monika nickte, aber sie war nicht beunruhigt.

Der Mann war außer sich. Er hatte alles vom Ufer aus beobachtet – zumindest behauptete er das. Es war so komisch, wie der Mann sich ereiferte. Monika lachte nur. Aber als er schließlich mit der Polizei drohte, sagte Horst Berger, dass es ihnen leidtue, dass es eine Dummheit gewesen sei und dass sie so etwas niemals wieder tun würden. Auch Monika hatte inzwischen aufgehört zu lachen; Michael war aufgewacht und fing an zu schreien. Ihnen allen war es inzwischen ziemlich kalt geworden in den feuchten Klamotten. Es wurde Zeit, dass sie nach Hause kamen.

* * *

Wilhelm Berger hatte zwar seinen privaten Telefonanschluss wieder, aber es gab nur wenig Anrufe. Deshalb war er überrascht, als Mitte Mai 1948 spät abends das Telefon klingelte.

Er nahm den Hörer ab. »Berger?«

»Herr Berger, das ist ja gut, dass ich Sie zu Hause antreffe …«

»Ja?« Die Stimme kam ihm bekannt vor, aber er konnte sie im Augenblick nicht zuordnen.

»Wir haben lange nichts voneinander gehört. Das letzte Mal haben wir, wenn ich mich recht entsinne, in einem Schnellzug von Berlin nach Hamburg miteinander gesprochen. Das ist jetzt schon fast zehn Jahre her …«

Hjalmar Schacht. Das war Hjalmar Schacht, der ehemalige Reichsbankpräsident und Minister, der dafür gesorgt hatte, dass Hitler seine Aufrüstung überhaupt finanzieren konnte. »Von wo sprechen Sie?«

»Von Berlin natürlich. Von Westberlin. Ich habe ja noch die alte Wohnung.«

»Und – ich meine, Sie waren doch Minister unter Hitler – wie ist es Ihnen denn nach dem Kriege ergangen?«

Das war jetzt eine ziemlich unverschämte Frage, aber Hjalmar Schacht machte das nichts aus. Berger hatte schon immer das Gefühl gehabt, dass dem Mann niemals irgendetwas peinlich war. »Da sind Sie falsch informiert«, sagte er gelassen. »Ich hatte anfänglich für kurze Zeit mit den Nazis sympathisiert, weil ich den Eindruck hatte, dass sie die einzigen waren, die Deutschland aus dem Chaos der Weimarer Republik herausführen konnten. Aber als ich dann gemerkt habe, dass der Herr Hitler völlig unvernünftige Vorstellungen hatte und in finanzpolitischer Hinsicht auch gänzlich unbelehrbar war, habe ich die einzig richtige Konsequenz gezogen und mich dem Widerstand angeschlossen.«

»Sie waren im Widerstand?«, fragte Berger ungläubig.

»Ja, das war ich. Ich hatte engen Kontakt zu den Verschwörern vom 20. Juli 1944, und nach dem gescheiterten Anschlag auf Hitler bin ich sofort verhaftet und ins KZ gesteckt worden.« Das war jetzt die offizielle Version, die Hjalmar Schacht verbreitet hatte. In Wahrheit war er nur festgenommen worden, weil er ganz lockere Kontakte zu einigen der Verschwörer gehabt hatte. Mit der Vorbereitung des Attentats hatte er selbst nichts zu tun gehabt.

»Man lernt nie aus«, sagte Berger.

»Das ist das Schöne am Leben«, bestätigte Schacht. »Man lernt ständig dazu. Wichtig ist, dass man bereit ist, alle Neuerungen aufzunehmen und zu verarbeiten.

Wer das nicht tut, der gehört zum alten Eisen, aber dazu gehören weder Sie noch ich.«

»Und was ist der Grund Ihres Anrufs?«, wollte Berger wissen.

»Herr Berger, Sie wissen ja, dass ich mit Ihrem Vater seit unserer gemeinsamen Schulzeit eng befreundet gewesen bin. Auf diese Weise fühle ich mich natürlich auch Ihnen als seinem Sohn verbunden. Ich habe regen Anteil an Ihrem persönlichen Geschick genommen. Ich habe Ihren Mut und Ihre Einsatzbereitschaft stets bewundert, und ich bedaure es, dass Ihre Arbeit nie entsprechend gewürdigt worden ist. In finanzieller Hinsicht, meine ich.«

»Als ich die Beamtenlaufbahn eingeschlagen habe«, sagte Berger, »da war mir sehr wohl bewusst, dass das nicht der Weg zum finanziellen Erfolg ist.«

»Deshalb rufe ich Sie an«, behauptete Schacht. »Ich habe hin und her überlegt, ob es nicht irgendeine Möglichkeit geben könnte, Ihre finanzielle Situation zu verbessern. Und dabei ist mir eingefallen, dass Sie doch noch dieses Haus in Düsseldorf haben. – Oder haben Sie das etwa inzwischen verkauft?«

»Das Haus ist nicht verkauft«, sagte Berger. »Es ist im Krieg schwer beschädigt worden. Es müsste im Grunde vollständig renoviert werden, aber dazu fehlen mir die finanziellen Möglichkeiten.«

»Das habe ich mir schon gedacht. – Herr Berger, wie wäre es, wenn Sie mir dieses Haus verkaufen?«

»Sie wollen eine Ruine kaufen?« Wilhelm Berger lachte.

»Ja, zugegeben, es ist kein besonders gutes Geschäft für mich, aber wie ich schon gesagt habe, für einen alten Freund wäre ich schon bereit, etwas auszugeben. Sind Sie daran interessiert?«

Berger brauchte nicht lange zu überlegen. »Ich bin interessiert«, sagte er.

»Das freut mich. Wenn es Ihnen recht ist, dann werde ich meinen Anwalt beauftragen, einen entsprechenden Kaufvertrag aufzusetzen. Der Mann wird sich dann in den nächsten Tagen bei Ihnen melden.«

»Das ist nett«, sagte Wilhelm Berger.

Nach ein paar weiteren Höflichkeitsfloskeln beendete Hjalmar Schacht das Gespräch. Er war hochzufrieden. Dieser Polizist hatte tatsächlich angebissen. Er hatte noch nicht mitbekommen, dass eine Währungsreform unmittelbar bevorstand. Der Mann hatte keine Ahnung, wie viel günstiger es war, unter diesen Bedingungen Grundbesitz zu haben. Wer dagegen Bargeld besaß oder sein Geld in die Sparkasse gebracht hatte, der würde zu den Verlierern gehören.

* * *

Wilhelm Berger hatte seine neuen Schätze vor sich ausgebreitet. Seit dem 20. Juni 1948 hatte die D-Mark die alte Reichsmark ersetzt. Die neuen Banknoten waren unter größter Geheimhaltung in den USA gedruckt und per Schiff nach Deutschland gebracht worden. Berger hatte jeweils ein Exemplar der kleineren Scheine vor sich liegen. Das waren Scheine zu zehn Mark, fünf Mark, zwei Mark, einer Mark und einer halben Mark. Die meisten waren kakelbunt und sahen aus, als ob es sich um Spielgeld für Kinder handelte. Lediglich der Zehnmarkschein wirkte seriöser. Die allegorischen Figuren auf der Vorderseite symbolisierten Arbeit, Gerechtigkeit und Aufbau – drei Dinge also, von denen es im Nachkriegsdeutschland bisher nicht genug gab.

Roeder kam herein, sah das Geld auf dem Schreibtisch. »Oh«, sagte er, »ist der Reichtum ausgebrochen?«

Berger ließ die Scheine hastig in seinem Portmonee verschwinden.

»Es gibt etwas Neues«, verkündete Roeder. »Kollege Danner aus Itzehoe hat angerufen. Er bittet um Rückruf.«

»Wir haben den Täter«, war das Erste, was Danner am Telefon sagte. »Den Mörder von Klein-Nordende. Wir haben ihn heute festgenommen. Es ist ein gewisser Sebastian Pankratz.«

»Hat er ein Geständnis abgelegt?«, wollte Berger wissen.

»Nein, bisher noch nicht. Aber die Beweise sind einfach erdrückend.«

»Was für Beweise?«, fragte Berger misstrauisch.

»Eine Zeugin. Eine Zeugin ist aufgetaucht, die gesehen hat, wie der Pankratz den Mann umgebracht hat. Bei ihm im Haus ist das gewesen. Und dieses Haus ist ganz in der Nähe des Teiches, in dem die Leiche gefunden worden ist.«

»Und das Motiv?«

»Geld«, sagte Danner. »Streit ums Geld. Jedenfalls vermutet unsere Zeugin das. Der Pankratz, der ist Schwarzhändler. Oder zumindest war er damals Schwarzhändler. Er hat einen ziemlich üblen Ruf.«

Das klang einleuchtend. Berger dachte sofort an den Schrotthändler aus dem U-Boot-Bunker, diesen angeblichen Meier. »Wie haben Sie die Zeugin aufgetrieben?«

»Wir haben einfach beharrlich weiter nachgefragt. Nachdem wir in Elmshorn und Umgebung niemand gefunden haben, haben wir das Suchgebiet ausgedehnt. Wir haben unsere Informationen an die überregionale Presse weitergegeben, und so haben wir am Ende Erfolg gehabt. Die Frau, die die Tat beobachtet hat, die lebt inzwischen nicht mehr in Norddeutschland. Sie wohnt jetzt in Ründeroth. Im Bergischen Land ist das.«

»Aha«, sagte Berger. Der Ortsname Ründeroth sagte ihm gar nichts, und er hatte nur eine sehr vage Vorstellung davon, wo das Bergische Land wohl liegen könnte. »Und wie geht es jetzt weiter?«

»Die Dame hat sich bereiterklärt, zu uns nach Elmshorn zu kommen. Dann machen wir eine Gegenüberstellung und eine Tatortbesichtigung, und dann werden wir schon sehen, was dabei herauskommt. Nehmen Sie daran teil?«

Berger überlegte nicht lange. Zwar hatte sich nun offensichtlich herausgestellt, dass die Hinzuziehung der Hamburger Kriminalpolizei überflüssig war, aber er wollte zumindest sicherstellen, dass die Kollegen in Itzehoe keinen Fehler machten. »Ich komme«, sagte er. »Wann ist der Termin?«

»Morgen Vormittag. Die Frau ist schon in Elmshorn. Wir können also gleich früh anfangen.«

»Neun Uhr«, schlug Berger vor. Kein Zweifel, Danner hatte ihm erst im letzten Moment Bescheid gegeben, um sicherzustellen, dass niemand aus Hamburg an dieser Aktion teilnahm. Jetzt machte Berger ihm einen Strich durch die Rechnung.

* * *

Wilhelm Berger kam zu früh. Als er in der Polizeiwache in Elmshorn eintraf, sagte sein Kollege: »Die Zeugin ist noch nicht da. – Mögen Sie einen Kaffee?«

»Gern«, sagte Berger.

»Leider nur Muckefuck«, sagte Danner bedauernd.

Berger hatte nichts anderes erwartet. Das Kilo Kaffee kostete inzwischen über 31 DM. In dieser Hinsicht hatte die Währungsreform jedenfalls keine Besserung gebracht.

Danner hatte die Zeitung vor sich ausgebreitet. Er sagte: »Der Prozess gegen Kaufmann verzögert sich.«

Wilhelm Berger wusste nichts von einem Prozess gegen den ehemaligen Gauleiter.

Oberkommissar Danner setzte ihn ins Bild: »Es geht um Verbrechen gegen die Menschlichkeit. Einer der wesentlichen Punkte, die auch bei den Kriegsverbrecher-Prozessen in Nürnberg eine Rolle gespielt haben. Die Anklageschrift ist seit April fertig, aber der Herr Gauleiter ist leider zurzeit nicht verhandlungsfähig. Daher geht es frühestens im Herbst weiter. Es ist ein Skandal.«

Berger nickte. Er wusste zwar, dass Karl Kaufmann 1945 bei einem Autounfall verletzt worden war, aber dass er deswegen nicht verhandlungsfähig war, konnte er sich nur schwer vorstellen. Als er im März 1947 mit ihm Kaffee getrunken hatte, schien er bei bester Gesundheit gewesen zu sein.

»Die hängen alle zusammen, diese alten Nazis«, sagte Danner. »Die Ärzte, die Richter, das sind ja noch immer dieselben Leute wie damals.«

Berger widersprach. »Die Verhältnisse ändern sich«, sagte er. »Heute führen Leute wie Sie und ich die Ermittlungen, und es gibt keine Funktionäre irgendeiner Partei, die uns da hereinreden. Es ist alles eine Frage der Zeit. Es ist zwar nicht gelungen, all die alten Nazis ins Gefängnis zu stecken, aber nach und nach sterben sie ganz einfach aus.«

»Sie sind ein Optimist«, sagte Danner.

* * *

Als die Zeugin und Pankratz endlich eingetroffen waren, fuhren sie gemeinsam nach Klein-Nordende. Das Haus, in dem Pankratz wohnte, war ein älteres Einfamilienhaus. Es machte einen heruntergekommenen Eindruck. Von dem Kiessee war es wirklich nicht allzu weit entfernt. Berger schätzte die Entfernung auf gut einen halben Kilometer. Die Zeugin Hildegard Brokstedt hatte zur fraglichen Zeit in dem Haus des Pankratz zur Miete gewohnt. Sie war eine sehr resolute Frau. Pankratz beäugte sie misstrauisch.

»Nun erzählen Sie mal«, sagte Danner, »wie ist das gewesen damals?«

»Das kann ich Ihnen ganz genau erzählen«, sagte Frau Brokstedt. »Ich war an dem Abend im Kino gewesen ...«

»Was hat es gegeben?«, wollte Berger wissen.

»Irgendeine amerikanische Komödie. Den Titel weiß ich nicht mehr. Deutsche Filme liefen damals ja noch nicht. Deutsche Filme, die nach dem Krieg gedreht worden sind, meine ich.«

»Sie kamen also aus dem Kino zurück«, sagte Danner. »Was geschah dann?«

Pankratz, der die Frau die ganze Zeit missbilligend angesehen hatte, sagte: »Immer ist sie ins Kino gegangen, immerzu! Unsereiner hatte nichts zu beißen, aber die gnädige Frau ist ins Kino gegangen!«

»Muss ich mir das gefallen lassen?«, fragte Frau Brokstedt scharf.

Danner schüttelte den Kopf. »Bitte fahren Sie fort.«

»Ich bin also nach Hause gekommen. Es war ja schon ziemlich spät, und ich hatte gedacht, bestimmt schlafen schon alle. Aber es schliefen noch nicht alle. In der Küche war noch Licht. Und da hatte ich gedacht: Guck doch mal rein, sicher ist der Pankratz noch auf, und wir können noch ein bisschen schwatzen. Obwohl der Pankratz ja nicht besonders redselig war. Aber man will ja höflich sein, nicht wahr?«

Pankratz murmelte irgendetwas Unverständliches.

»Aber die Tür war abgeschlossen. Das hat es noch nie gegeben, dass bei uns im Haus irgendjemand die Tür abgeschlossen hat. Schon gar nicht die Tür von der Küche. Ich hatte gar nicht gewusst, dass überhaupt ein Schlüssel für die Tür existierte. Der Schlüssel von der Klotür, der war ja auch weg. – Jedenfalls war da drinnen alles ruhig. Und da habe ich gedacht: Guck doch mal durchs Schlüsselloch. Ja, und da, da habe ich es dann gesehen.« Frau Brokstedt sah den Kommissar aus Itzehoe triumphierend an.

»Was haben Sie gesehen?«, fragte Danner.

»Ja, das möchte ich auch gern wissen«, polterte Pankratz. »Da gab es nämlich gar nichts zu sehen, und wenn es etwas gegeben hätte, dann hätte man es durch das Schlüsselloch sowieso nicht sehen können.«

»Ruhig, Herr Pankratz«, sagte Danner. »Sie haben nachher noch genug Gelegenheit, sich zu äußern. Im Augenblick ist jetzt erst einmal die Frau Brokstedt an der Reihe.«

»Danke«, sagte Frau Brokstedt. »Ich zeige es Ihnen.« Die Frau nahm einen der Küchenstühle und stellte ihn in die Mitte des Zimmers. »Hier ist das gewesen«, sagte sie. »Hier hat der Stuhl gestanden, und darauf hat der Mann gesessen, der verletzte Mann, und alles war voller Blut, und neben dem Stuhl stand dieser Seesack, und dort auf dem Fußboden, da lag das Beil, das sonst immer hinter der Stalltür hing.«

»Alles gelogen!«, rief Pankratz. »Die spinnt doch, die zänkische Alte!«

»Keine Beleidigungen«, sagte Danner.

»Ich kann Ihnen genau erklären, wie das gewesen ist. Ich hatte die Tür abgeschlossen, weil ich Kaninchen geschlachtet hatte …«, fuhr Pankratz aufgeregt fort.

»Hatten Sie eine Genehmigung?«, unterbrach ihn Danner.

»Schwarz natürlich, ohne Genehmigung.«

»Kaninchen?« Frau Brokstedt lachte hämisch.

»Mein Gott, es können auch Hühner gewesen sein. Oder Enten. So genau weiß ich das nicht mehr. Jedenfalls kam das Blut vom Schlachten, deshalb lag auch das Beil da. Und da war kein fremder Mann. Niemand ist an dem Abend bei mir gewesen. Niemand ist verletzt worden. Und ein Seesack ist auch da nicht gewesen. Ich habe keinen Seesack.«

»Ich hätte da eine Frage«, sagte Berger. »Wenn Sie schwarz geschlachtet haben, dann müssen Sie das Fleisch doch auch in irgendeiner Weise verkauft haben. Dann müssen Sie doch Kunden gehabt haben, die Ihnen die Hühner oder Kaninchen abgenommen haben.«

»Ja, natürlich.«

»Wäre es da nicht denkbar, dass an dem Abend ein Kunde gekommen ist?«

Pankratz schüttelte entschlossen den Kopf. »Da war niemand«, beharrte er.

»Das ist alles gelogen«, sagte die Brokstedt.

Danner sah ratlos von einem zum anderen.

Berger sagte: »Ich möchte gern wissen, ob das alles so gewesen sein kann, wie die Zeugin behauptet. Ich möchte, dass wir dieselbe Situation herstellen, wie sie an dem Abend geherrscht hat. Und dann will ich wissen, ob man all diese Dinge, die die Frau Brokstedt beschrieben hat, tatsächlich durch das Schlüsselloch sehen kann oder nicht.«

»Natürlich kann man das alles sehen«, sagte Frau Brokstedt.

»Blödsinn«, murmelte Pankratz. »Das ist alles Blödsinn.«

Der Stuhl wurde noch ein kleines Stückchen zur Seite gerückt. Mit Kreide wurden die Stellen auf dem Küchenfußboden markiert, wo der Seesack gestanden und wo das Beil gelegen haben sollte. Wilhelm Berger zog die Vorhänge zu, und Danner schaltete das Licht ein. Die Beleuchtungsverhältnisse waren jetzt so wie an dem fraglichen Abend. Pankratz setzte sich auf den Stuhl und sah sich herausfordernd um. Berger und Danner gingen vor die Tür.

Wilhelm Berger hatte nicht geglaubt, dass man durch ein Schlüsselloch allzu viel sehen konnte, aber er hatte sich getäuscht. Es war ein großes, altertümliches Schloss, und man hatte in der Tat einen ziemlich freien Blick auf den Stuhl, auf dem Herr Pankratz saß. Den Seesack und das Beil hätte man auch sehen können, wenn sie dort gelegen hätten. »Gucken Sie selbst«, sagte Berger.

Danner musste bestätigen, dass in der Tat alles so war, wie Frau Brokstedt behauptet hatte. »Das sieht schlecht aus für Sie, Herr Pankratz«, sagte er.

Pankratz schüttelte nur stumm den Kopf.

Der Triumph dauerte nicht lange. Zwar ließen sich die Behauptungen der Frau Brokstedt nicht widerlegen, aber sie war nicht allein im Kino gewesen, sondern mit einer Freundin zusammen. Die erinnerte sich genau an den Film. Es war kein amerikanischer Film gewesen, sondern *Die Frau meiner Träume* mit Marika Rökk. Eine Nachfrage im Kino in Elmshorn ergab, dass der Film im November 1946 nicht mehr gelaufen war. Was auch immer die Blutspuren in der Küche des Pankratz erzeugt haben mochte, Kaninchen oder Hühner, es war jedenfalls nicht in der Mordnacht gewesen. Pankratz musste aus der Haft entlassen werden.

* * *

»Wein?«, fragte Else Kaufmann. »Zum Mittagessen?« Der 31. August 1951 war ein ganz gewöhnlicher Werktag, und sie war es nicht gewohnt, dass alltags Wein auf den Tisch kam.

Karl Kaufmann nickte. »Heute ist ein ganz besonderer Tag«, sagte er. »Ich habe soeben erfahren, dass in der Britischen Zone die Verordnung Nummer 47 der Militärregierung vom 30. August 1946 aufgehoben worden ist.«

Seine Frau lächelte. »Das ist sicher etwas Schönes«, sagte sie. »Aber kannst du das auch auf eine Weise erklären, dass selbst ich verstehe, was gemeint ist?«

»Das ist ganz einfach«, erwiderte Kaufmann. »Mit Wirkung vom heutigen Tage an sind für die Bestrafung nationalsozialistischer Verbrechen nicht länger die Engländer, sondern deutsche Gerichte zuständig.«

»Aber Karl, das macht doch keinen großen Unterschied.«

»Das macht einen ganz entscheidenden Unterschied«, widersprach Karl Kaufmann. »Die deutsche Rechtsprechung kennt nämlich nicht den Tatbestand ›Verbrechen gegen die Menschlichkeit‹. Genau das ist es aber, was man mir vorwirft. Diese Vorwürfe sind jetzt gegenstandslos geworden. Der Prozess gegen mich wird niemals stattfinden.«

»Ist das wahr?«

Karl Kaufmann nickte. »Und darüber hinaus gibt es nach deutschem Recht keine Todesstrafe mehr.«

»Das ist ja großartig!« Else Kaufmann strahlte. »Und du hast dir solche Sorgen gemacht. Deine Krankheit – das kommt doch alles nur wegen dieser Sorgen!«

»Deshalb habe ich diesen Wein aus dem Keller geholt. Es ist eine der wenigen Flaschen, die ich aus unserem Gut in Duvenstedt gerettet habe, bevor das alles enteignet wurde. – Komm, lass uns auf unsere Zukunft anstoßen!«

* * *

Wilhelm Berger stand auf den St.-Pauli-Landungsbrücken. Gerade verließ das Passagierschiff *Italia* den Hamburger Hafen zu seiner ersten Fahrt in Richtung Nordamerika. Die Zeitungen hatten ausführlich darüber berichtet. Die *Italia* war das erste große Passagierschiff, das nach dem Kriege für eine deutsche Reederei fuhr. Am Mast wehte die Flagge der Hamburg-Amerika-Linie.

An den Landungsbrücken hatten sich zahlreiche Schaulustige versammelt. Der Mann, der neben Berger auf dem Anleger stand, konnte die Informationen über das Schiff auswendig hersagen: »Die *Italia,* 1928 bei Blohm & Voß als *Kungsholm* gebaut. Seit 1949 im Südatlantik-Dienst eingesetzt. Jetzt ist sie auf einer italienischen Werft generalüberholt worden. Alles total modernisiert: Klimaanlagen, Fahrstühle, Bordläden, Bars, fließendes warmes und kaltes Wasser, ein offenes Schwimmbad und sogar ein Hallenschwimmbad. Fünfhundert Mann deutsche Besatzung unter Kapitän Thormöhlen. Die *Italia* kann tausendvierhundert Passagiere mitnehmen, davon dreihundert in der ersten Klasse.«

Die erste Klasse war sicher unerschwinglich teuer, aber vielleicht wäre es bezahlbar, eine Passage in der zweiten oder dritten Klasse zu buchen.

»Die *Italia* wird auf dem Weg nach New York Southampton, Le Havre und Halifax anlaufen. Und auf der Rückreise läuft sie dann Plymouth und wieder Le Havre an. Die Hinreise dauert etwa elf Tage, die Rückreise zehn Tage. Einmal alle vier Wochen.«

Die *Italia*, der »weiße Schwan«, wie sie die Presse genannt hatte war in der Tat ein eindrucksvolles Schiff. Die Verbindung nach Nordamerika wurde durch die Aufnahme des Linienverkehrs zwischen Hamburg und New York wesentlich verbessert. Wilhelm Berger dachte an Susanne, seine Tochter. Die war 1938 mit falschen Papieren zu ihrem leiblichen Vater nach New York gefahren. Seitdem hatten sie keinen Kontakt mehr miteinander. Wilhelm Berger beschloss, ihr noch heute einen Brief zu schreiben. Es sollte doch möglich sein, dass sie wieder zueinander fanden.

* * *

Es war inzwischen Januar geworden. Januar 1953. Als Wilhelm Berger wie gewohnt nach Hause kam, war es schon spät. Kaum hatte er seinen Mantel an der Garderobe aufgehängt, da klopfte es an der Wohnungstür. Draußen standen seine Mieter, die Gundlachs.

»Herr Berger, wir wollten Sie nicht stören«, sagte Frau Gundlach, »aber wir dachten, dass wir vielleicht gemeinsam auf das neue Jahr anstoßen sollten. Jedenfalls hat Heinrich eine Flasche Sekt mitgebracht, und vielleicht könnten wir die zusammen öffnen …«

»Nur wenn es Ihnen recht ist«, sagte Doktor Gundlach.

»Ja, gern, kommen Sie doch herein.«

Wilhelm Berger hatte wenig Kontakt zu seinen Mietern, vielleicht zu wenig. Als er aus der Gefangenschaft zurückkam, waren sie schon da. Sie hatten ein paar höfliche Worte miteinander gewechselt, und der Arzt hatte sich entschuldigt, dass sie aufgrund der besonderen Umstände in seiner Abwesenheit hier einquartiert worden waren, und Berger hatte gesagt, das sei völlig in Ordnung. Wer ausgebombt worden sei, der müsse schließlich irgendwo wohnen. Und – das hatte er nicht gesagt – es war ihm sehr recht, dass seine neuen Mieter gebildete Menschen waren, bei denen er davon ausgehen konnte, dass sie die Wohnung und das Mobiliar pfleglich behandelten.

Ursprünglich war auch noch eines der Zimmer im Erdgeschoss an eine Witwe vermietet worden, aber die war Ende 1952 ausgezogen. Sie hatte einen neuen Partner kennengelernt, und der hatte eine größere Wohnung. Wilhelm Berger war froh, jedenfalls das Erdgeschoss wieder ganz für sich allein zu haben.

Er holte die Sektgläser. Die waren lange nicht benutzt worden; er spülte sich vorsichtshalber noch einmal mit kaltem Wasser. Doktor Gundlach hatte inzwischen die Sektflasche geöffnet.

Wenig später saßen sie zusammen im Wohnzimmer, tranken gut gekühlten Sekt, und Gundlach redete über die wirtschaftliche Entwicklung Westdeutschlands, die in den letzten Jahren spürbare Fortschritte gemacht hatte. Ja, man konnte zufrieden sein. Da läutete es an der Haustür. Wilhelm Berger ging hin, um zu öffnen.

Draußen standen zwei Männer in Zivil, die erklärten, sie seien Beamte der britischen Militärregierung und sie müssten das Haus durchsuchen.

»Das Haus durchsuchen? Mein Haus?« Berger war fassungslos.

Einer der beiden Männer drehte sich um und stieß einen Pfiff aus. Im Dunkel des Gartens wurden Stimmen laut, und ein gutes Dutzend mit Maschinenpistolen bewaffneter englischer Militärpolizisten drang in das Haus ein. Ihnen folgte gemessenen Schrittes ein Offizier in blauer Uniform und ein englischer Dolmetscher. Fassungslos sahen die Gundlachs zu, wie sich die Engländer im Haus verteilten.

»Das geht doch nicht«, sagte Doktor Gundlach. Niemand hörte auf ihn.

Wilhelm Berger war ebenfalls total überrascht. Der Offizier war ein gewisser Major Phillips. Er war in seiner Eigenschaft als *Public Safety Officer* hier. »Was hat das zu bedeuten?«, wollte Berger wissen. Er erhielt keine Antwort.

»Die Kinder!«, rief Frau Gundlach. »Die Kinder schlafen doch! Sie könne doch nicht einfach die Kinder ...«

Doch, das konnten sie. Die Gundlachs hatten zwei Kinder im Alter von vier und elf Jahren. Sie wurden jetzt von zwei Militärpolizisten geweckt, in ein leerstehendes Zimmer verfrachtet und erhielten die Anweisung, sich ruhig zu verhalten.

»Ich muss mal!«, weinte die kleine Christiane.

Einer der Engländer führte sie zum Klo; unter Aufsicht durfte sie pinkeln.

»Ich rufe einen Anwalt an«, sagte Doktor Gundlach bestimmt.

Major Phillips schüttelte den Kopf. »Keine Telefongespräche.«

Die Engländer hatten sich inzwischen im ganzen Haus verteilt. Die vier Wohnzimmer und das Bad im oberen

Stockwerk wurden fachgerecht durchsucht. Nach den Geräuschen zu urteilen, wurden selbst die Betten der Kinder vollständig auseinandergenommen. Im Wesentlichen konzentrierte sich die Aktion jedoch auf das Erdgeschoss, auf die Räume, in denen Wilhelm Berger wohnte.

Die Militärpolizisten arbeiteten rasch und gründlich. Jedes Buch wurde aus dem Regal genommen und einzeln durchgeblättert und anschließend auf dem Fußboden abgelegt. Es gab Hunderte von Büchern. Alle Schränke wurden geöffnet und geleert. Keine Schublade wurde ausgelassen. Im Küchenschrank und im Buffet wurden jede Tasse und jeder Teller hochgenommen.

Frau Gundlach sah Wilhelm Berger an. »Verstehen Sie das?«

Berger schüttelte den Kopf. »Was suchen Sie denn eigentlich?«, fragte er in Richtung der Engländer. »Kann ich Ihnen behilflich sein?«

Er erhielt keine Antwort. Jedes Kleidungsstück wurde aus dem Schrank genommen, jede Tasche in Jacken und Hosen von innen nach außen gekehrt. Die Stapel schmutziger Wäsche wurden Stück für Stück inspiziert. Auch der Wasserkasten der Toilette wurde geöffnet und überprüft. Er enthielt nichts als Wasser.

»Der Sprengstoff ist in der Blumenvase!«, murmelte Wilhelm Berger ärgerlich.

Einer der Engländer merkte auf. »In welcher?«

»Sehen Sie doch nach«, triumphierte Berger. Jetzt hatte er wenigstens eine Reaktion erhalten.

Der Militärpolizist nahm die Blumen aus den Vasen, legte sie sorgfältig auf den Fußboden, goss dann ganz vorsichtig in der Küche das Wasser in den Ausguss. Aber es war kein Nitroglyzerin, es war nichts als Wasser.

Einer der Engländer hatte den Inhalt einer Kommode vor sich auf dem Fußboden ausgebreitet. Er studierte Papiere, bei denen es sich ganz offensichtlich um alte Schulzeugnisse von Horst und Susanne handelte. Danach kamen Briefe an die Reihe. Jeder einzelne wurde genauestens gelesen.

»Hier, guck mal!«, sagte einer der Männer.

Major Phillips eilte herbei. Der Mann hatte ein Hamburger Telefonbuch entdeckt, in dem verschiedene Rufnummern markiert worden waren.

»Ich muss mal!« Das war wieder die kleine Christine. Der Mann mit der Maschinenpistole führte sie zum Klo.

Ein anderer Polizist hatte sich inzwischen Bergers Fotoalben vorgenommen. Er nahm jedes einzelne Bild heraus, studierte die Rückseite und verstaute schließlich alle Aufnahmen in seiner Aktentasche.

Wilhelm Berger war es leid, sich die ganze Geschichte im Stehen mit anzusehen. Er setzte sich in einen der Ledersessel. Einer der Militärpolizisten deutete mit der Maschinenpistole an, dass er wieder aufstehen solle. Berger stand auf.

Der Sohn der Gundlachs versuchte, mit seinen paar Brocken Schulenglisch einen Kontakt mit den Eindringlingen anzuknüpfen. Ohne Erfolg.

Die Aktion endete damit, dass die Kinder, die in ihren Nachthemden ziemlich gefroren hatten, in ihre Zimmer zurückkehren durften. Auch Gundlach und seine Frau durften wieder nach oben in ihre Wohnung.

Wilhelm Berger hatte schon geglaubt, dass die Engländer sich damit zufriedengeben würden. Das war aber nicht der Fall. Major Phillips baute sich vor ihm auf und sagte: »Und jetzt zu Ihnen. Ihren Ausweis bitte.«

Wilhelm Berger zeigte seinen Ausweis. »Worum geht es überhaupt?«, fragte er.

»Die Fragen stelle ich«, erklärte der Engländer. »In welcher Beziehung stehen Sie zu Gundlach?«

»In überhaupt keiner«, erwiderte Berger. »Die Familie Gundlach wohnt zur Miete hier.«

»Sonst wissen Sie nichts über Gundlach?«

Nein, mehr wusste Wilhelm Berger nicht.

»Sie wissen also nicht, dass Heinrich Gundlach als Mitglied der NSDAP im Dritten Reich AStA-Vorsitzender an der Hamburger Universität und Vorsitzender des Kampfbundes für deutsche Kultur gewesen ist?«

Berger schüttelte den Kopf. »Ich weiß nur, dass Gundlach Arzt ist. Gynäkologe, glaube ich. Mehr weiß ich nicht über ihn.«

»Arzt?« Der Engländer glaubte Berger ganz offensichtlich kein Wort. »Gundlach ist Rassenkundler. Der Titel seiner Dissertation lautet: *Ein Beitrag zur Sterilisationsfrage Schwachsinniger.*«

»Warum erzählen Sie mir das?«, fragte Berger.

»Ich erzähle Ihnen das, damit Sie begreifen, dass wir unsere Hausaufgaben gemacht haben. Die Haussuchung hier steht im Zusammenhang mit einer ganzen Reihe weiterer Durchsuchungen und Verhaftungen. Es geht um die Zerschlagung einer Gruppe von rechtsradikalen Verschwörern, die es sich zum Ziel gesetzt haben, in der Bundesrepublik die Macht zu ergreifen.«

»Das ist absurd«, sagte Berger.

»Absurd? – Es ist leider die traurige Wahrheit. Der Kopf dieser Gruppe ist ein gewisser Naumann. Dr. Werner Naumann, ehemaliger Staatssekretär im Reichsministerium für Volksaufklärung und Propaganda und 1945 zum Nachfolger von Doktor Goebbels bestimmt. Kennen Sie den?«

Berger schüttelte den Kopf. »Goebbels kenne ich natürlich«, sagte er. »Aber von diesem Naumann habe ich noch nie etwas gehört.«

»Wenn das so ist, dann macht es wahrscheinlich wenig Sinn, wenn ich Ihnen jetzt die anderen Mitglieder der Gruppe aufzähle. Von denen haben Sie ja sicher auch noch nie etwas gehört. Oberst Hans-Ulrich Rudel zum Beispiel, der legendäre Kampfflieger. Oder Dr. Hjalmar Schacht, der ehemalige Wirtschaftsminister und Präsident der Reichsbank. Oder General Heinz Wilhelm Guderian, der ehemalige Chef des Generalstabes des Heeres …«

»Von denen habe ich gehört«, gab Wilhelm Berger zu. Nur Hjalmar Schacht kannte er persönlich, aber es schien ihm nicht ratsam, das jetzt zuzugeben.

»Immerhin«, sagte der Engländer, »immerhin. Der Naumann-Kreis ist eine elitäre Gruppe. Da kommt man nicht so einfach hinein, sondern man muss sich in der Vergangenheit, im Dritten Reich also, bewährt haben. Aber ein Herr Wilhelm Berger ist uns bei unseren bisherigen Untersuchungen dieses verschwörerischen Netzwerkes nicht über den Weg gelaufen. Daher werden Sie sicher verstehen, dass ich jetzt gern von Ihnen wissen möchte, auf welche Weise Sie in den Naumann-Kreis hineingekommen sind.«

»Gar nicht«, erwiderte Berger knapp.

Der Offizier schüttelte den Kopf. »Das kann ich nicht glauben. Wie erklären Sie es sich denn zum Beispiel, dass Ihr Name und Ihre Anschrift im persönlichen Notizbuch des ehemaligen Gauleiters Karl Kaufmann vorkommt?«

»Ich kenne Karl Kaufmann, das ist alles.«

»Ihr Name ist unterstrichen«, stellte Phillips fest.

»Das kann ich mir nicht erklären«, sagte Berger.

»Und Hjalmar Schacht kennen Sie auch nicht?«

Berger zuckte mit den Achseln. »Nicht persönlich«, behauptete er.

»Wie erklären Sie es sich dann, dass dieser Ihnen völlig unbekannte ehemalige Reichsbankpräsident monatlich den Betrag von 100 DM auf ihr Privatkonto überweist?«

»Sie haben mein Bankkonto überprüft?« Berger war rot geworden.

»Lieber Herr Berger, wir überprüfen alles, was im Zusammenhang mit der Verschwörung des Naumann-Kreises von Bedeutung sein könnte. Ich kann Ihnen versichern, dass wir sehr tief gegraben haben und dass wir mehr über Sie und Ihre Mitverschwörer wissen, als Sie sich überhaupt vorstellen können.«

»Das ist absoluter Unsinn!«, rief Berger.

Der Offizier zog ein säuerliches Gesicht. Er sagte: »Herr Berger, dies ist keine Märchenstunde. Sie haben Ende Mai 1948 eine größere Summe Geldes von Hjalmar Schacht erhalten. Seit der Einführung der D-Mark hat Schacht Ihnen außerdem monatlich hundert DM auf ihr Privatkonto überwiesen. Hjalmar Schacht ist in Nürnberg nicht verurteilt worden, aber wir sind uns alle darüber im Klaren, dass er durch geschickte Finanzmanipulationen als Reichsbankpräsident die Aufrüstung des Dritten Reiches und damit den Zweiten Weltkrieg überhaupt erst ermöglicht hat. Ich will jetzt von Ihnen wissen, in welcher Beziehung Sie zu ihm stehen. Und zwar in allen Einzelheiten. Und wenn mich Ihre Erklärungen nicht zufriedenstellen, dann lasse ich Sie verhaften, und Sie können im Zuchthaus darüber nachdenken, ob es eine besonders gute Idee war, nicht mit uns zu kooperieren.«

»Selbstverständlich kooperiere ich mit Ihnen«, erwiderte Berger. »Und was diese Geldzahlungen angeht, gibt es überhaupt nichts Geheimnisvolles. Mein Vater besaß ein Haus in Düsseldorf. Das Haus ist im Krieg schwer beschädigt worden. Hjalmar Schacht hat es gekauft, vollständig wieder aufgebaut, und aus den Mieteinnahmen überweist er mir monatlich einen Betrag von 100 DM. Das ist alles.«

»In Deutschland gibt es zurzeit einige hunderttausend schwer beschädigter oder vollständig zerstörter Häuser. Aber dass der Herr Schacht sich genau dieses Haus herausgepickt hat, das ist ein reiner Zufall?«

»Kein Zufall. Mein Vater und Hjalmar Schacht sind gemeinsam zur Schule gegangen. Sie waren miteinander befreundet. Hjalmar Schacht kannte das Haus in Düsseldorf. Er kannte seine hervorragende Lage. Und er wusste, dass ich als gewöhnlicher Polizist nicht über die nötigen Mittel verfügte, dieses Haus und Grundstück selbst zu nutzen. Daher hat er mich angerufen und das Haus von mir gekauft.«

Major Phillips sah ihn zweifelnd an. »So viele Zufälle …«, sagte er.

»Was meinen Sie damit?«

»Ein prominenter Nazi als Mieter, Geschäfte mit dem ehemaligen Reichsbankpräsidenten und Einladungen zu Kaffee und Kuchen beim ehemaligen Gauleiter.«

Wilhelm Berger erwog eine heftige Antwort, entschied sich aber dagegen. Es wäre sinnlos gewesen. Die Engländer hätten ihn ins Gefängnis gesteckt und am Ende doch alles erfahren, was sie wissen wollten. Dabei wusste Berger so gut wie gar nichts, was die Engländer gebrauchen konnten. »Von dem Doktor Naumann, den Sie erwähnt haben, habe ich noch nie etwas gehört«, sagte er. »Ich kann daher nicht beurteilen, was seine Pläne sind. Ich bin kein Mitglied einer Verschwörung. Ich weiß auch von keiner Verschwörung. Und ich kann mir nicht vorstellen, wie ich Ihnen behilflich sein könnte, aber sagen Sie einfach, was Sie wissen wollen.«

»Ich möchte von Ihnen wissen, in welcher Beziehung Sie zu Karl Kaufmann stehen.«

Berger überlegte blitzschnell. Welche Aussage war jetzt am zweckmäßigsten? »Unsere Familie war schon lange vor dem Krieg mit den Kaufmanns befreundet«, sagte er. »Karl Kaufmann kannte mich, und ich kannte ihn. Und als ich 1933 denunziert worden bin, als ich mich kritisch über die Nazis geäußert hatte, da hat er mir aus der Patsche geholfen.«

»Und das war der einzige Kontakt zwischen Ihnen beiden?«, fragte der Engländer. »Und der liegt zwanzig Jahre zurück?«

Berger schüttelte den Kopf. »Es hat eine ganze Reihe weiterer Kontakte gegeben. Unsere Tochter ist Halbjüdin. Karl Kaufmann hat dafür gesorgt, dass sie rechtzeitig das Land verlassen konnte.«

»Das war sehr nobel von ihm«, stellte der Offizier fest. Es klang höhnisch.

Berger ließ sich dadurch nicht beirren. Er erwiderte: »Ich habe seine Hilfe gern angenommen. Ich hatte allerdings von Anfang an das Gefühl, dass Karl Kaufmann sich auf diese Weise eine Art Rückversicherung verschaffen wollte. Falls es mit dem Dritten Reich schiefgehen sollte, und falls er sich später einmal wegen seiner Aktivitäten rechtfertigen müsste, brauchte er jemanden, der zu seinen Gunsten sprechen konnte.«

»Sie glauben also, dass der Mann von Anfang an seine Zweifel an der Dauerhaftigkeit der Naziherrschaft hatte?«

»Ja«, behauptete Berger. Aber in Wirklichkeit wusste er das nicht.

»Mal sehen, was Ihr Freund Karl Kaufmann in dieser Angelegenheit zu sagen weiß«, erwiderte Phillips. »Wir haben ihn gestern festgenommen.«

* * *

Monate vergingen, und nichts geschah. Seit März war Karl Kaufmann wieder auf freiem Fuß. Offensichtlich hatte er nichts ausgesagt, was Wilhelm Berger geschadet hätte. Er hätte sich auch nicht vorstellen können, was das hätte sein können. Major Phillips hatte sich nie wieder gemeldet.

Einer der Höhepunkte des Jahres war das Deutsche Turnfest in Hamburg. Drei Jahre lang hatte sich die Stadt auf diese Großveranstaltung vorbereitet. Die kriegsbedingten Zerstörungen waren zwar erst zum Teil beseitigt, aber von den Trümmern bemerkte man jetzt nicht viel. Ganz Hamburg war ein Flaggenmeer. Turnerfahnen, natürlich Hamburg-Fahnen und vereinzelt Deutschland-Fahnen. Auch der Hauptbahnhof war festlich geschmückt. Von dem noch immer hohlen Stahlgerippe der Dachkonstruktion hingen bunte Fahnen herunter. Das Turnfest war ein voller Erfolg gewesen, und nun folgte der grandiose Abschluss. Der Bundespräsident, Professor Heuss, hatte es sich nicht nehmen lassen, zu diesem Anlass nach Hamburg zu kommen. Er saß neben Bürgermeister Brauer auf der Haupttribüne vor dem Rathaus.

Wilhelm Berger und Horst saßen zusammen auf einer der anderen Tribünen auf dem Rathausplatz. Monika war nicht mitgekommen. Sie war zu Hause bei ihrem

Sohn geblieben. Der war jetzt fast sechs Jahre alt. Wilhelm fand, dass er eigentlich gern hätte mitkommen können, aber das war natürlich eine Entscheidung der Eltern. Er wollte sich nicht einmischen.

Durch die verschiedenen Hauptstraßen kamen fünf Marschsäulen mit Spielmannszügen und Fahnen, alles minutiös geplant. Auch das Wetter spielte mit. Die Sonne strahlte vom Himmel. Die Turner waren weiß gekleidet. Lange, weiße Hosen, weiße Hemden. Übernachtet hatten sie zum Teil auf Strohlagern in den Turnhallen der Hamburger Schulen.

»Wie viele Zuschauer mögen das sein?«, wollte Horst wissen.

Wilhelm Berger wusste es nicht. »In der Zeitung stand etwas von fünfzigtausend Menschen«, sagte er. »Aber das dürfte zu hoch gegriffen sein. Mehr als zehntausend sind es jedenfalls. Vielleicht zwanzig- oder dreißigtausend.«

Es war ein beeindruckendes Schauspiel. Auch Wilhelm Berger konnte sich der Wirkung der Darbietung nicht entziehen. Vielleicht war dieses Finale ja wirklich ein verheißungsvoller Ausblick in die Zukunft, wie die Redner behauptet hatten. Nachdem die letzten Takte der Musik verklungen waren, rauschte der Beifall der Zuschauer auf. Auch Wilhelm und Horst Berger hatten sich erhoben und klatschen.

Als der Applaus langsam abebbte, sagte Horst: »Das weißt du noch gar nicht, Papa: Monika und ich werden uns trennen.«

* * *

»Das ist nicht wahr«, sagte Wilhelm Berger. Sie hatten sich in ein kleines Lokal in der Nähe der S-Bahn-Station zurückgezogen. Beide hatten ein großes Bier vor sich stehen.

Sein Sohn schüttelte traurig den Kopf. »Doch, Papa, es ist wahr.«

»Warum?«, wollte Wilhelm Berger wissen.

»Wir sind einfach zu verschieden. Monika, die ist so ein fröhlicher, draufgängerischer Mensch, und ich bin eher ruhig und zurückhaltend.«

Sein Vater schüttelte den Kopf. »Es steht nirgendwo geschrieben, dass Mann und Frau vollkommen gleich sein sollten. Dagmar und ich waren auch sehr verschieden. Am Anfang hatte ich gedacht, das würde niemals gutgehen mit uns beiden, aber über die Jahre haben wir uns zusammengerauft, und ich denke, wir haben eine glückliche Ehe geführt.«

Horst Berger warf seinem Vater einen kritischen Blick zu, und einen Moment lang überlegte er, ob er auf das Ende dieser Ehe, auf Bergers Flucht zur Marine und Dagmars Selbstmord anspielen sollte, aber er entschied sich dagegen. Das war jetzt nicht das Thema. Es ging nicht um Wilhelm Berger, jetzt ging es um ihn, um Horst Berger.

»Natürlich hat es eine Rolle gespielt, dass ich inzwischen zur Polizei gegangen bin«, sagte Horst. »Das wäre vielleicht nicht so schlimm gewesen, wenn ich in Hamburg geblieben wäre, aber ich bin ja nach Delmenhorst gegangen, und das war für Monika einfach sehr, sehr weit weg.«

»Und wenn du dich nun versetzen lässt?«, fragte Wilhelm Berger.

Horst schüttelte den Kopf. »Das allein ist es nicht«, sagte er. »Wir haben alles Mögliche ausprobiert, allerlei gute Ratschläge, aber es hat nichts genützt. Wir haben uns ein paar Wochen lang nicht gegenseitig besucht, nicht einmal miteinander telefoniert, und dann haben wir gedacht, wenn wir hinterher wieder zusammen sind, dann können wir noch einmal ganz von vorn anfangen. Und im ersten Moment schien es so, als könnte uns das gelingen.«

Horst nahm einen kräftigen Schluck von seinem Bier. Er rülpste verhalten, dann sagte er: »Es hat nicht geklappt. Monika hat gesagt, dass wir eine schöne Zeit miteinander verbracht hätten, aber nun sei sie vorbei. Am Ende haben wir beide geheult.«

Wilhelm Berger war jetzt auch nahe daran, in Tränen auszubrechen. Er sagte: »Selbst wenn ihr euch jetzt getrennt habt, dann heißt das ja nicht, dass ihr euch in Zukunft nicht mehr sehen dürft.«

»Nein, das heißt es nicht. Wir haben auch verabredet, dass wir uns weiterhin an den Wochenenden treffen werden. Das ist sehr wichtig, denn der Michael, der soll ja schließlich nicht ohne Vater aufwachsen. Aber im Augenblick braucht er natürlich die Monika viel dringender als mich, und solange das so ist, wohnt er natürlich bei ihr. Darüber sind wir uns völlig einig.«

Wilhelm Berger registrierte, dass die beiden jedenfalls nicht im wütenden Streit auseinandergegangen waren.

»Alles war friedlich«, bestätigte sein Sohn.

»Vielleicht kommt ihr ja doch noch wieder zusammen«, sagte Wilhelm.

»Ja, vielleicht.« Horst glaubte nicht daran.

Wilhelm Berger sah seinen Sohn bekümmert an. Das war nicht die ganze Geschichte. Er glaubte, dass es da noch etwas gebe, was entscheidend zur Trennung beigetragen hatte, aber was Horst nicht gesagt hatte.

* * *

Wilhelm Berger war sich nicht sicher, ob er das Richtige tat. Er war schließlich nach Dienstschluss mit der Bahn nach Harburg gefahren, war dort in einen der neuen Doppeldecker-Obusse gestiegen, die seit Anfang des Jahres bis nach Fleestedt fuhren. Er hätte am Heckengang umsteigen können, aber er fuhr mit dem Oberleitungsbus noch ein Stück weiter und ging dann quer durch die Felder nach Sinstorf.

Monika und der kleine Michael waren hinter dem Haus im Garten. Michael entdeckte ihren Besucher zuerst. »Opa! Opa!«, rief er und rannte zu seinem Großvater. Wilhelm Berger nahm sein Enkelkind in den Arm und drückte es ganz fest.

Monika war nicht ganz so begeistert. »Hallo, Wilhelm«, sagte sie. »Hast du zufällig in der Gegend zu tun gehabt?«

Berger schüttelte den Kopf. »Monika, ich möchte dich etwas fragen«, sagte er.

Monika zog die Stirn kraus. »Falls es sich um einen Vermittlungsversuch handelt«, sagte sie, »kommst du zu spät. Unsere Trennung ist endgültig.«

»Das tut mir sehr leid«, erwiderte Berger, »aber das ist eine Sache, die ihr unter euch abmachen müsst. Mir geht es um etwas anderes. Mir geht es um Horst.«

»Was ist mit Horst?« Monika schien mäßig interessiert.

»Das möchte ich gern von dir wissen, Monika. Was ist mit Horst? Was ist es, was eure Trennung bewirkt hat?«

Monika lächelte spitzbübisch. »Wenn er nicht darüber redet, dann will er wahrscheinlich nicht darüber reden«, sagte sie. »Das ist eine Sache, die ihr unter euch abmachen müsst.«

Michael sagte: »Papa träumt schlecht.«

Wilhelm Berger sah Monika an.

Sie sagte: »Nun weißt du es. Manchmal schreit er nachts. Ganz grauenvoll. Ich kann das nicht aushalten.«

* * *

Wilhelm Berger fuhr noch am gleichen Abend nach Delmenhorst, um mit seinem Sohn zu reden. Horst wohnte in einem kleinen Zimmer zur Untermiete. »Wenn du mich vorher angerufen hättest, hätte ich uns etwas zu essen gemacht«, sagte er.

Sein Vater schüttelte den Kopf. »Ich habe keinen Hunger«, sagte er. »Aber falls du ein Bier dahast …«

Horst nickte. »Sogar gekühlt«, sagte er. »Ich darf den Kühlschrank mitbenutzen.« Er suchte nach sauberen Gläsern.

»Gläser sind nicht nötig«, sagte sein Vater.

Wenig später saßen sie sich am Küchentisch gegenüber, und Wilhelm Berger erzählte, warum er gekommen sei.

»Ich weiß«, sagte Horst. »Monika hat mich angerufen und mir berichtet, dass Michael gepetzt hat.«

»So würde ich das nicht bezeichnen«, sagte Wilhelm. »Das ist etwas, was ihn beunruhigt hat, und, um ehrlich zu sein, es beunruhigt mich auch. Was ist das für eine Geschichte?«

»Schlechte Träume«, erwiderte Horst ausweichend.

»Jeder hat mal schlechte Träume«, sagte Wilhelm. »Aber wenn sie häufig kommen, und wenn sie so schlimm sind, dass man schreiend aufwacht, dann muss man etwas dagegen tun.«

Horst schüttelte den Kopf. »Man kann nichts dagegen tun«, sagte er.

Das glaubte sein Vater nicht. »Erzähl einfach, was es ist«, sagte er.

Horst nahm einen kräftigen Schluck Bier, sah seinen Vater an und schließlich sagte er: »Also gut. Es geht um etwas, das ich im Krieg erlebt habe, und das ich am liebsten vergessen würde, aber ich träume es immer wieder in neuen Variationen, eine schrecklicher als die andere. Am 20. Juni 1944 ist das gewesen. Den Tag werde ich nie vergessen. Die Amerikaner flogen einen Tagangriff auf die Raffinerien in Hamburg-Harburg. Einer der Bomber wurde auf dem Rückweg von unserer Flak getroffen. Wir alle haben gesehen, wie die Maschine ins Trudeln kam und schließlich in der Luft explodierte. Wir sahen mehrere Fallschirme. Einer davon kam ganz in unserer Nähe runter. Ich bin mit dem Fahrrad hin.«

»Musstest du nicht in der Stellung bleiben?«, fragte Wilhelm.

Horst schüttelte den Kopf. »Die Bomber waren weg. Der Einsatz war vorbei. Als ich dort ankam, wo der Flieger gelandet war, war da bereits ein Bauer aus Neuenfelde. Der hatte zufällig im Moor gearbeitet, und er hatte den Mann gefangengenommen. Der Flieger sprach deutsch. Sein Name war William Kane, er stammte aus New York. Es herrschte eine entspannte Atmosphäre. Alles schien in Ordnung. Wir wollten den Flieger nun zusammen nach Fischbeck zur Kaserne bringen. Aber wir sind nicht weit gekommen …« Horst Berger hielt inne. Er schüttelte den Kopf. »Ich kann das nicht«, sagte er schließlich. »Ich kann das nicht erzählen.« Er nahm einen weiteren Schluck Bier.

Sein Vater legte ihm den Arm auf die Schulter und wartete.

Schließlich sagte Horst: »Also gut, wahrscheinlich hast du recht. Wahrscheinlich muss ich darüber reden.

Wahrscheinlich bist du der einzige Mensch, dem ich die Geschichte erzählen kann. Die Geschichte, die mich ruiniert hat. Mein Gewissen, meine Ehe, mein Leben, alles.«

Wilhelm Berger nickte ganz leicht.

»Drei Männer aus Neu Wulmstorf kamen uns entgegen. Der Anführer war der Lehrer Dammann. Der Bauer kannte ihn. Dammann hatte ein Gewehr dabei. Er forderte uns auf, zu verschwinden, sie würden den Flieger jetzt übernehmen. Einer der Männer trat an den Flieger heran und schlug ihm ins Gesicht. Der Lehrer nahm sein Gewehr und hieb dem Flieger so lange mit dem Kolben auf den Kopf, bis er zu Boden stürzte. Inzwischen waren auch Soldaten aus der Fischbecker Kaserne eingetroffen. Sie schlugen den Flieger ebenfalls, und sie traten ihn mit den Füßen, bis er schließlich in einen Wassergraben fiel. Der Lehrer presste mit seinem Gewehrkolben den Kopf des Gefangenen unter Wasser, bis er wohl dachte, dass der Mann tot sei.«

Wilhelm Berger hatte gerüchteweise von solchen Vorfällen gehört. Dass es aber tatsächlich bis zum Mord an wehrlosen Gefangenen gegangen war, hatte er nicht gewusst.

»Er war aber nicht tot«, sagte Horst Berger. »Plötzlich richtete der Mann sich auf. Er kroch aus dem Graben heraus. Einer der Soldaten wollte ihn erschießen. Ich habe gerufen: ›Nein, um Gottes willen nein! So hört doch endlich auf!‹ Aber niemand hat auf mich gehört. Spätestens jetzt hat der Flieger gewusst, dass sie ihn umbringen würden, und er hat gesagt: ›Ihr Deutschen wollt es nicht besser haben …‹ Daraufhin hat einer der Soldaten den Flieger erschossen.« Horst Berger schluchzte.

»Du kannst nichts dafür«, sagte Wilhelm Berger sanft.

Sein Sohn schüttelte den Kopf. »Ich habe nicht genug getan, um den Mann zu retten«, sagte er. »Ich war in

Panik. Ich war so entsetzt, dass ich nicht wusste, was ich tun sollte. Ich habe gewusst, dass Worte nicht ausreichen würden. Ich hätte mich auf ihn werfen müssen, um ihn zu schützen. Vielleicht hätte das geholfen.«

»Das weiß niemand«, erwiderte sein Vater. »Es ist eine schreckliche Geschichte. Es ist gut, dass du die Geschichte erzählt hast. Aber es hilft nichts, wenn du ständig daran denkst. Was geschehen ist, kannst du nicht mehr ändern. Aber die Zukunft, die kannst du beeinflussen.«

»Ich werde es versuchen«, murmelte Horst Berger.

Wilhelm Berger fragte sich, ob er auch im Schlaf schrie. Er wusste es nicht. Es war niemand in der Wohnung, der ihn hören könnte. Auch er hatte ein schlechtes Gewissen. Auch er hatte im Krieg aus nächster Nähe einen Menschen sterben sehen. Zu seinem Sohn sagte er: »Hier, das ist der Schlüssel zu meinem Haus.«

»Du kannst mir doch nicht einen Haustürschlüssel geben«, sagte Horst überrascht.

»Doch, den kannst du haben. Ich habe noch einen zweiten. Und jedenfalls, wenn du zu mir kommen willst, dann bist du herzlich willkommen. Ihr alle seid herzlich willkommen.«

»Danke«, sagte Horst.

* * *

Als Wilhelm Berger am nächsten Tag zum Dienst kam, wartete bereits ein ihm unbekannter Mann in seinem Zimmer auf ihn. Pagels hatte ihn eingelassen. Der Besucher war Oskar Blaue, der Bruder des vermisst gemeldeten John Blaue. Er war Schiffsoffizier bei der Hapag und hatte die Gelegenheit genutzt, als sein Schiff in Hamburg lag, im Polizeipräsidium vorbeizuschauen.

»Herr Berger, man hat mir gesagt, dass Sie derjenige seien, der den Fall meines vermissten Bruders bearbeitet.«

»Das stimmt nicht ganz«, sagte Wilhelm Berger. »Für den Fall John Blaue ist natürlich die Vermisstenabteilung der Kripo in Itzehoe zuständig. Ich arbeite hier in Hamburg in der Mordkommission. Ich habe lediglich mit Ruth Blaue gesprochen, als in einem Teich in Klein-Nordende ein Toter gefunden worden war. Wir haben untersucht, ob der Tote vielleicht Ihr Bruder sein könnte. Aber das hat sich nicht bestätigt.«

»Darf ich fragen, warum Sie zu diesem Ergebnis gekommen sind?«

Berger erwiderte: »Gern. Das ist kein Geheimnis. Ruth Blaue hat gesagt, dass John Blaue ihres Wissens keinen Goldzahn hatte. Damit war klar, dass er nicht der Tote aus dem Kiessee sein konnte.«

»Der Tote aus dem Teich hatte einen Goldzahn?«

Berger nickte.

Oskar Blaue schüttelte den Kopf. »Ich weiß nicht, ob John einen Goldzahn gehabt hat. Was mich umtreibt, das ist die Tatsache, dass mein Bruder vor mehreren Jahren verschwunden und nicht wieder aufgetaucht ist. Dafür gibt es in meinen Augen nur eine einzige mögliche Erklärung: Mein Bruder ist tot. Und wenn es eine nicht identifizierte Leiche gibt, die in unmittelbarer Nähe des Wohnortes meines Bruders gefunden worden ist, und auf die die wesentlichen Merkmale meines Bruders zutreffen, dann gehe ich davon aus, dass dieser Tote wahrscheinlich mein Bruder ist – ob mit oder ohne Goldzahn, das ist doch völlig unerheblich.«

Berger widersprach: »Der Goldzahn ist schon entscheidend.«

»Wie kann der Goldzahn entscheidend sein, wenn Ruth Blaue nichts darüber weiß? Sie hat doch nicht gesagt, dass ihr Mann definitiv keinen Goldzahn gehabt habe. Sie hat einfach nur gesagt: Sie weiß es nicht.«

»John Blaue war ihr Mann. Und wenn jemand wissen sollte, ob er einen Goldzahn gehabt hat oder nicht, dann wäre das doch zunächst einmal die Ehefrau. Es gibt aber keinen Hinweis darauf ...«

»Herr Kommissar Berger, ich weiß, was gesagt und geschrieben worden ist. Ich habe die Zeitungen gelesen, und ich habe auch mit meiner Schwägerin gesprochen. Und ich weiß natürlich auch, dass die Polizei sehr viel zu tun hat. Ich möchte Sie nur ganz herzlich bitten, dieser Angelegenheit weiter nachzugehen. Wenn Frau Blaue nicht weiß, ob ihr Mann einen Goldzahn gehabt hat – vielleicht wissen es die Schwiegereltern? Oder Freunde und Bekannte meines Bruders.«

»Wir wissen nichts von Freunden und Bekannten von John Blaue. Wir haben seine Frau gefragt, aber die hat darüber keine Angaben machen können.«

»Mein Bruder war ein sehr geselliger Mensch. Es ist völlig unmöglich, dass er keine Freunde und Bekannten gehabt hat, die man zu diesem Punkt befragen könnte.«

»Der Fall liegt auf Eis«, sagte Wilhelm Berger, »solange es keine neuen Erkenntnisse gibt.«

Oskar Blaue schüttelte den Kopf. »Damit kann ich mich nicht abfinden.«

Berger wusste genau, was Roeder sagen würde, wenn er jetzt plötzlich vorschlagen würde, den ganzen Fall noch einmal aufzurollen. Er würde sagen: wir haben Wichtigeres zu tun. Aber hatten sie das wirklich? Konnte es etwas Wichtigeres geben als die Aufklärung eines Mordfalles, selbst wenn dieser inzwischen Jahre zurücklag?

Oskar Blaue war inzwischen gegangen, aber Wilhelm gelang es nicht, sich auf die Dinge zu konzentrieren, die eigentlich für ihn auf dem Plan standen. War er zu leichtgläubig gewesen? Hätte er die Angaben von Ruth Blaue stärker hinterfragen müssen? Er war sich sehr sicher gewesen, dass die Frau die Wahrheit gesagt hatte. Er war sich keiner Schuld bewusst. Sie hatte die Blinddarmnarbe erwähnt, und in der Tat hatte der unbekannte Tote aus dem Teich in Klein-Nordende zwar eine entsprechende Narbe, aber die Tätowierung fehlte. Sollte er jetzt noch einmal die Schwiegereltern wegen des Goldzahns vernehmen? Er war sich so gut wie sicher, dass sie die Angaben ihrer Tochter bestätigen würden.

Andererseits – die Sache mit den Freunden und Bekannten war schon merkwürdig. Ganz offensichtlich glaubte Oskar Blaue nicht, dass sein Bruder so zurückgezogen gelebt hatte. Er sei ein geselliger Typ gewesen, hatte er gesagt. Widersprüche, dachte er. Bei Mordermittlungen gab es immer irgendwelche Widersprüche. Und die mussten geklärt werden.

Wilhelm Berger wusste, dass Ruth Blaue inzwischen im Schwarzwald wohnte. Er bat einen Kollegen in Baden-Württemberg, in Amtshilfe Ruth Blaue noch einmal zu befragen. Er sollte dabei keineswegs andeuten, dass es sich um etwas anderes handeln könnte als um die Klärung der Vermisstensache.

* * *

»Sie haben den Fall mit unserem unbekannten Toten aus dem Kiessee wieder ausgegraben?«, fragte Roeder. »Gibt es denn neue Ansatzpunkte?«

Wilhelm Berger schüttelte den Kopf. »Der Bruder des vermissten John Blaue hat sich bei mir gemeldet, das ist alles.«

»Gibt es denn Hinweise darauf, dass der Tote wirklich identisch ist mit dem Vermissten?«

»Nein, die gibt es nicht. Im Prinzip könnte es natürlich John Blaue sein. Aber alles steht und fällt mit dem Goldzahn des Toten, den John Blaue angeblich nicht gehabt hat.«

»Was haben wir noch, außer diesem zweifelhaften Goldzahn?«, fragte Roeder.

Pagels erläuterte: »Da gibt es zunächst einmal den Seesack. Der Seesack war in eine Wolldecke eingewickelt, und über dieser lag wiederum eine Art Persenning. Das Ganze war mit einem dünnen Draht und einem schwarzen Band verschnürt. An dem Draht waren Mauersteine befestigt sowie ein Bündel von Metalldrähten, wie man sie zum elektrischen Schweißen benutzt. Der Körper des Toten steckte in einem halben Regenumhang.«

»Fangen wir mit dem Seesack an«, sagte Roeder. »Haben Sie die Frau Blaue zu diesem Seesack befragt? Ihr Mann ist doch Seemann. Was hat sie gesagt?«

»Den Seesack kennt sie nicht. Sie sagt, dass ihr Mann nichts Derartiges mitgebracht habe.«

»Was ist mit den anderen Gegenständen?«, fragte Roeder.

»Die kennt sie auch nicht«, sagte Pagels.

Roeder nahm noch einmal die Fotos der verschiedenen Gegenstände in die Hand, die zusammen mit der Leiche geborgen worden waren. Eine der Aufnahmen erregte sein spezielles Interesse. Er hielt das Foto dichter an das Licht. »Haben Sie mal ein Vergrößerungsglas?«, fragte er.

Pagels gab ihm seine Lupe.

Roeder betrachtete angestrengt das Foto der Persenning. »Was mag das hier sein?«, fragte er. Er deutete auf ein Detail am Rand der Aufnahme, das sie bisher nicht beachtet hatten.

Es war ein winziges Detail. Auch Wilhelm Berger hatte Schwierigkeiten, Einzelheiten zu erkennen. »Das ist ein Reichsadler«, sagte er schließlich.

»Zeig mal!« Pagels ließ sich die Aufnahme geben. »Luftwaffe«, sagte er. »Der Adler der Luftwaffe.«

»Kann es nicht auch ein Adler der Kriegsmarine sein?«, forschte Roeder nach.

Pagels schüttelte den Kopf. »Eindeutig Luftwaffe. Der fliegende Adler, der das Hakenkreuz in den Fängen hält, das war sozusagen das Wappen der Luftwaffe. Bei der Marine, da hockt der Vogel bloß auf dem Hakenkreuz und guckt böse. Und das Heer, das hatte überhaupt kein vergleichbares Wappen.«

»Luftwaffe.« Es war ganz offensichtlich, dass Roeder dieses Resultat nicht gefiel.

»Ich war bei der Luftwaffe.« Pagels grinste.

»Richtig, daran hatte ich nicht gedacht. Dann können Sie uns sicher erklären, was diese Kürzel unter dem Adler bedeuten«, konterte Roeder.

Pagels kratzte sich den Kopf. »Gesehen habe ich das schon mal«, sagte er. *Fl.U.V.* stand da.

»Fl. – Das könnte irgendetwas mit Flieger oder mit Flak sein«, schlug Berger vor.

»Moment mal. Es heißt – ja, jetzt hab ich's. Es heißt Flieger-Unterkunfts-Verwaltung«, sagte Pagels. »Ja, kein Zweifel, das heißt es.«

»Und jetzt?«, fragte Roeder. »Jetzt haben wir einen Seemann und einen Flieger. Das hilft uns nicht weiter.«

Wilhelm Berger zögerte einen Moment. Schließlich sagte er: »Vielleicht doch. Ruth Blaue ist umgezogen. Sie wohnt überhaupt nicht mehr in Norddeutschland, sondern irgendwo im Schwarzwald. Das heißt, dass wir in der Nachbarschaft herumfragen können, ohne dass sie es sofort mitkriegt.«

Nora Olafsen

Sie hatte es gewagt! Fast drei Jahre hatte sie auf diesen Augenblick warten müssen. Sie hatte Schwierigkeiten über Schwierigkeiten vorausgesehen, aber am Ende war doch alles ganz einfach gewesen. Der Mann wohnte noch immer an derselben Adresse. Er selbst hatte die Anschrift nie herausgerückt, aber seine Frau hatte ihr einen Brief geschickt, wie leid ihr alles tue, und ob sie irgendwie helfen könne. Mit Geld zum Beispiel.

Das hatte Nora abgelehnt. Sie war nicht käuflich. Und das, was der Mann ihr angetan hatte, war mit Geld ohnehin nicht aus der Welt zu schaffen. Er hatte sie belogen und betrogen, er hatte sie geschwängert und dann sitzen gelassen. Ihre Eltern hatten sie verstoßen, Unbekannte hatten Steine in die Fenster ihrer Wohnung geschmissen. Er hatte ihr Leben ruiniert.

Sie hatte sich zwar nach Dänemark in Sicherheit gebracht, aber ihr Kind war tot. Und sie konnte nicht einmal sein Grab besuchen, während er, der an allem schuld war, in Deutschland herrlich und in Freuden lebte. Das hatte sie nicht hingenommen. Sie hatte sich auf den Weg nach Norddeutschland gemacht. Und dann hatte sie vor dem Haus gestanden, in dem er wohnte.

Es wohnten viele Menschen in dem Haus, das hatte sie erschreckt. Aber nach ein paar Tagen hatte sie begriffen, dass das ein Vorteil sei. Wer ein reines Gewissen hatte, der brauchte nachts die Haustür nicht zu verschließen. Und die meisten Menschen, die hier wohnten, hatten ganz offensichtlich ein reines Gewissen. An zwei von drei Tagen war die Haustür nicht verschlossen. Und sie, sie war in das Haus gegangen, als alles schlief, hatte verschiedene Wohnungstüren ausprobiert, und schließlich hatte sie vor seinem Bett gestanden.

Es wäre leicht gewesen, ihn zu töten. Er roch nach Alkohol. Er war betrunken. Wahrscheinlich hätte es ausgereicht, ihm das Kopfkissen fest ins Gesicht zu drücken und nicht wieder loszulassen, bis er erstickt war. Und wenn das misslingen sollte, hatte sie immer noch die Pistole. Aber sie hatte es nicht getan. Noch nicht. Sie hatte stattdessen ein kleines Andenken auf seinem Nachttisch zurückgelassen. Eine norwegische Münze aus dem Jahre 1946. Eine Krone. Aus dem Jahr, als endlich wieder richtiges Geld das verhasste deutsche Papiergeld abgelöst hatte.

Sie hatte sich geräuschlos aus dem Staub gemacht. Aber vielleicht würde sie wiederkommen.

Januar 1954

Endlich bekam Berger die Antwort seines Kollegen aus dem Schwarzwald. Ruth Blaue hatte ihm zunächst einmal eine ganze Reihe von Dingen zu Protokoll gegeben, die Berger in dieser Form bisher noch nicht wusste. Sie hatte ausgesagt:

Am 3. Mai 1940 habe ich mich mit John Blaue verheiratet. Damals war mein Mann bei der Kriegsmarine in Kiel, jedoch ist mir die Einheit nicht mehr bekannt. Im Oktober 1943 wurde ich als Flakhelferin nach Hagenow-Land eingezogen. Bei Kriegsende wurde ich entlassen und begab mich zu meinen Eltern nach Elmshorn. Dort habe ich eine Leihbücherei eröffnet, um meinen Lebensunterhalt zu bestreiten.

Von meinem Mann hatte ich keine Nachricht. Im September 1945 schrieb er aus Dänemark. Da wusste ich, dass er noch am Leben war. Er teilte mir mit, dass er sich bei einem englischen Marinebergungskommando befinde. Der Brief war ohne Absender; daher konnte ich nicht mit ihm in Kontakt treten. Im Sommer 1946 wurde mein Mann entlassen und kam zu mir nach Elmshorn zurück.

Mein Mann versuchte nun, eine Spedition zu gründen. Er machte sich auf die Suche nach einem Lastwagen. Er fuhr in der ganzen Gegend herum und kam unter anderem auch viel nach Hamburg. Mit was für Leuten er dort zusammentraf, kann ich nicht sagen. Darüber hat er mir nichts erzählt. Als ich ihn fragte, gab er zur Antwort, das ginge mich nichts an. Ich weiß nur, dass er viel in St. Pauli war. Da er über erhebliche Geldsummen verfügte, war er sicher in Schwarzhandelsgeschäfte verwickelt.

Am 15. November 1946 fuhr mein Mann nach Hamburg. Er sagte, er habe einen Lastkraftwagen in Aussicht. Er werde wohl einige Tage unterwegs sein. Etwa drei oder vier Tage später hat er mich von Hamburg aus angerufen und gesagt, dass er voraussichtlich noch einige Tage wegbleiben werde. Von wo in Hamburg er angerufen hat, hat er nicht gesagt. Mein Mann war in diesen Dingen sehr verschlossen. Wir haben aber eine gute Ehe geführt. Nachdem ich in den kommenden acht Tagen keine Nachricht von ihm bekam, habe ich meinen Schwager Bob Sievert angerufen, der als technischer Kaufmann bei der Firma Humboldt-Deutz in Hamburg angestellt war. Ich habe ihn gefragt, ob er etwas von meinem Mann wisse. Sievert hat gesagt, dass er vier Tage zuvor bei ihm gewesen sei, und dass er jetzt illegal hinter Lübeck über die Grenze in die Ostzone gehen wolle. Mehr wisse er nicht. Ich habe noch ein paar Tage gewartet, und als ich dann immer noch kein Lebenszeichen von ihm erhalten hatte, bin ich zur Polizei gegangen und habe eine Vermisstenanzeige aufgegeben.

Dies war nun eine völlig neue Geschichte. Demnach hatte John Blaue zumindest am 18. oder 19. November noch gelebt. Und von einem Schwager Bob Sievert war bisher auch noch nicht die Rede gewesen.

Ich habe anschließend auch beim Roten Kreuz eine Suchmeldung mit Lichtbild von meinem Mann aufgegeben, aber bis heute nichts erfahren. Dass mein Mann nicht mehr am Leben sein könnte, glaube ich nicht. Ich vermute eher, dass er in der Ostzone von den Russen geschnappt worden ist und sich eventuell im Gefängnis befindet oder in das innere Russland abtransportiert wurde.

Auch davon war bisher nicht die Rede gewesen. Aber selbst wenn John Blaue beim illegalen Grenzübertritt von den Russen geschnappt worden war, dann hätten sie ihn deswegen wahrscheinlich nicht ins Gefängnis gesteckt und schon gar nicht ins Innere Russlands abtransportiert, wenn es dafür nicht wirklich schwerwiegende Gründe gab. Das übliche Vorgehen war, dass solche illegalen Grenzgänger nach kurzer Zeit wieder in den Westen abgeschoben wurden.

Und die Vermisstenmeldung? Wilhelm Berger war sich sicher, dass Ruth Blaue ihren Mann erst am 10. März 1948 vermisst gemeldet hat. Jedenfalls bei der Polizei. Und beim Roten Kreuz? Wilhelm Berger rief beim Suchdienst des Roten Kreuzes in Hamburg an.

»John Blaue?«, fragte die Dame am anderen Ende der Leitung. »Vermisst seit November 1946? – Einen Moment bitte, da muss ich erst im Archiv nachsehen. Geben Sie mir bitte Ihre Telefonnummer.«

»Hier ist die Mordkommission«, sagte Berger. »Und es ist wirklich sehr dringend.«

»Bleiben Sie bitte am Apparat, ich sehe, was ich machen kann.«

Das hatte er nun davon! Wilhelm Berger stand dumm da, den Telefonhörer in der Hand, und konnte sich nicht vom Fleck bewegen. Er hatte keine Ahnung, wie groß das Archiv des Suchdienstes sein mochte, aber ihm war sehr wohl bewusst, dass als Folge des Krieges und der nachfolgenden Vertreibung aus den Ostgebieten zahlreiche Menschen vermisst wurden. Er konnte nur hoffen, dass es beim Roten Kreuz eine alphabetische Liste gab, und dass die Frau nicht erst sämtliche Ordner aus dem Jahre 1946 durchblättern musste. – War sie etwa schon zurück? Nein, war sie nicht. Es hatte nur geknackt im Telefon.

Pagels kam herein. »Was machst du denn da?«, fragte er. »Du stehst da wie bestellt und nicht abgeholt!«

»Sei bitte leise; ich spreche mit dem Roten Kreuz.«

Pagels warf ihm einen spöttischen Blick zu. Es war ganz offensichtlich, dass Wilhelm Berger im Moment mit niemandem sprach. »Das scheint ein ziemlich einseitiges Gespräch zu sein«, sagte er.

Bevor Berger zu einer Erwiderung kam, meldete sich die Frau vom Roten Kreuz. »Eine Vermisstenmeldung von einem John Blaue ist bei uns nicht eingegangen. Es kann natürlich sein, dass die Angehörigen sich nicht an uns hier in Hamburg gewendet haben, sondern an eine der anderen Dienststellen. Oder dass die Meldung nicht 1946 eingegangen ist, sondern vielleicht 1947 oder gar 1945. Das muss erst überprüft werden, aber das ist eine langwierige Angelegenheit. Da melden wir uns schriftlich, wenn wir etwas herausgefunden haben. Wenn Sie mir vielleicht bitte Ihren Namen und Ihre Anschrift diktieren könnten …«

Nachdem Wilhelm Berger die gewünschten Angaben gegeben und das Gespräch beendet hatte, wandte er sich Pagels zu. »Sie hat gelogen«, sagte er.

»Wer hat gelogen?« Pagels hatte den Anfang des Gesprächs nicht mitgehört.

»Ruth Blaue. Ein Kollege hat sie freundlicherweise noch einmal befragt, und jetzt hat sie abgestritten, dass sie ihren Mann erst nach anderthalb Jahren als vermisst gemeldet habe. Angeblich war sie sofort zur Polizei gegangen, und angeblich hatte sie ihn außerdem über das Rote Kreuz suchen lassen.«

»Das heißt nicht viel«, sagte Pagels.

»Nein, das heißt nicht viel. Sie kann immer noch behaupten, dass sie sich nicht richtig erinnert hat, weil das Ganze ja schon einige Jahre zurückliegt. Aber merkwürdig ist es schon. – Und jetzt folgt der zweite Streich.« Wilhelm Berger griff erneut zum Telefonhörer und ließ sich mit der Firma Humboldt-Deutz verbinden. »Geben Sie mir bitte Bob Sievert«, sagte er.

»Einen Moment bitte!«

Berger hielt die Sprechmuschel zu und sagte zu Pagels: »Wenigstens scheint es diesen Bob Sievert tatsächlich zu geben!«

»Wer soll das sein?«, fragte Pagels.

»Der Schwager von Ruth Blaue. Demnach also der Ehemann ihrer Schwester.«

In dem Augenblick meldete sich eine Männerstimme aus dem Telefonhörer: »Hier ist Bob Sievert. Worum geht es bitte?«

Wilhelm Berger erläuterte, wer er war, und was er wissen wollte. »Es geht um die Vermisstensache John Blaue. Seine Frau hat gesagt, dass sie kurz nach dem Verschwinden ihres Mannes bei Ihnen angerufen hätte, und Sie hätten ihr damals gesagt, dass John Blaue vor wenigen Tagen bei Ihnen gewesen sei ...«

»Bei mir?« Sievert war ganz offensichtlich überrascht.

»Angeblich hat er Ihnen erzählt, dass er illegal über die Grenze gehen wollte …«

»Also Moment mal, so ist das nicht gewesen. Da hat Ruth irgendetwas durcheinander bekommen. John und ich haben mal über die Frage gesprochen, wie er am besten an einen Lastwagen kommen könnte, und dabei haben wir auch die Möglichkeit diskutiert, ob man ihn nicht einfach in der Ostzone kaufen könnte. Aber ich hatte erhebliche Zweifel. Ich bin technischer Kaufmann, und von daher kenne ich mich mit den Einkaufsmöglichkeiten ein kleines bisschen aus. Einkäufe in der Ostzone sind immer schwierig. So etwas muss genehmigt werden. Man kann zwar schwarz über die Grenze gehen, wenn man Glück hat, und dann mit einem Rucksack voll Porzellan oder so etwas zurückkommen, aber mit einem Lastwagen geht das nicht.«

»Und wann war dieses Gespräch?«

»Das weiß ich nicht mehr. – Das heißt, warten Sie, wann ist John Blaue noch mal verschwunden?«

»Am 15. November 1946.«

»Dann war das wahrscheinlich im Oktober. Da haben wir meinen Geburtstag nachgefeiert, und da waren die Blaues mit dabei. Das war eine sehr schöne Feier …«

»Ja, schönen Dank, Sie haben mir sehr geholfen …«

»Das heißt, warten Sie mal. Ich habe hier gerade meinen Terminkalender von damals aufgeschlagen. Da steht tatsächlich, dass John Blaue am 14. November mit mir verabredet war. Und ich entsinne mich jetzt auch, dass wir da noch einmal über seinen Plan gesprochen haben, sich diesen Lastwagen drüben in der Ostzone zu kaufen. Als wir auf dem Geburtstag darüber gesprochen haben, da war das alles ja noch ziemlich theoretisch, aber jetzt hatte er das Geld tatsächlich zusammenbekommen. Einer seiner Vorgesetzten von der Marine, der hat ihm den Betrag geliehen, der noch fehlte. Ich war erst ganz skeptisch, weil ich mir gar nicht vorstellen konnte, dass jemand so viel Geld einfach weggibt, ohne jede Sicherheit. Aber er hat mir die Scheine gezeigt. Wenn ich mich recht entsinne, waren das vierzehntausend Reichsmark.«

»Und Sie sind sich ganz sicher, dass das wirklich an dem Tag gewesen ist?«

»Ja, natürlich. Ich habe den Termin abgehakt, das tue ich immer, wenn so eine Besprechung tatsächlich stattgefunden hat. Aber mit Ruth Blaue habe ich deswegen nicht telefoniert. Ich habe John viel Glück gewünscht und alles Gute, und dann ist er gegangen, und das war das Letzte, was ich jemals von ihm gesehen habe.«

Als Wilhelm Berger schließlich den Hörer auflegte, sah Pagels ihn erwartungsvoll an. »Und?«, fragte er.

»Ein weiterer Widerspruch«, stellte Berger fest. »Hier, sieh dir das an, dieser Text hier, das ist das, was Ruth Blaue bei meinem Kollegen im Schwarzwald zu Protokoll gegeben hat. Und da hat sie gesagt, dass sie acht Tage nach dem Verschwinden ihres Mannes mit Bob Sievert telefoniert hat, und dass der John Blaue am 18. November zuletzt lebend gesehen hat.«

»Und diese Angabe ist falsch?«, sagte Pagels.

»Ja, diese Angabe ist falsch. Bob Sievert hat John Blaue am 14. November 1946 zuletzt lebend gesehen, also zwei Tage vor seinem Verschwinden. Und Blaue war auf dem Weg in die Ostzone.«

Pagels sah Berger an. »Und was beweist das jetzt?«

»Nichts. Aber es ist ein weiterer Widerspruch.«

* * *

Es gab zu viele Widersprüche in den Aussagen von Ruth Blaue. Fragen, die geklärt werden mussten. Berger fuhr nach Elmshorn in die Ollnsstraße und befragte die Nachbarn.

»Das ist lange her«, sagte eine ältere Frau, die im Nachbarhaus wohnte. »John Blaue, wann ist der noch mal verschwunden? 1947?«

»Im November 1946«, korrigierte Berger.

»Ja, das stimmt. 1946.«

»Können Sie sich an irgendwelche Einzelheiten von damals erinnern?«, wollte Berger wissen.

»An was denken Sie?«, fragte die Frau. »Er ist verschwunden, dieser John Blaue, einfach so verschwunden. Da lebten ja noch mehr Leute in dem Haus damals. Nicht nur John und Ruth Blaue und Ruths Eltern, sondern obendrein waren da ja auch noch ein oder zwei Mieter. An den einen erinnere ich mich besonders. Solch ein junger, schöner Mann ist das gewesen, mit strahlend blauen Augen und blondem Haar.«

»Wissen Sie noch, wie der hieß?«

»Ja, warten Sie, ich komm gleich drauf. Also, das war so ein Name wie eine Stadt hier in Norddeutschland. Stade vielleicht. Nein, doch nicht. Stade war es nicht. – Jetzt habe ich's! Buchholz. Der Mann hieß Buchholz. Ernst Buchholz.«

»Der ist Ihnen also besonders aufgefallen?«

Die Frau nickte. »Sonst passiert ja nicht viel hier bei uns in der Gegend«, sagte sie. »Elmshorn – wenn man das schon hört! Haferflocken gibt es hier, jede Menge Haferflocken. Und Teppiche, wenn man sich welche leisten kann.«

Berger nickte. Inzwischen verdiente er zwar ganz gut, aber einen neuen Teppich würde er sich so schnell nicht kaufen.

»Aber dann, dann sind zwei Sachen sozusagen gleichzeitig passiert. Erst ist der John Blaue verschwunden. Solch ein fröhlicher Kerl. Immer gut für einen Schabernack. Und dann, kaum ist er verschwunden, da beginnt dieses Techtelmechtel zwischen der Ruth Blaue und dem Ernst Buchholz. Das heißt, vielleicht hat das ja schon vorher angefangen, das weiß ich nicht, aber jedenfalls, nachdem der John Blaue verschwunden war, da haben die beiden ganz ungeniert so zusammengelebt, als ob sie ein Paar wären. Aber geheiratet haben sie nicht.«

»Nein«, sagte Berger. »So einfach wäre das ja auch nicht gewesen. Da hätte ja zunächst einmal nachgewiesen werden müssen, dass der John Blaue tot ist. Sonst kann man ihn natürlich für tot erklären lassen, aber bis dahin muss er viele Jahre verschwunden sein …«

»Ganz im Vertrauen«, sagte die Frau, »wir haben ja immer gedacht, dieser Tote, der da in der Kiesgrube in Klein-Nordende gefunden worden ist, dass das in Wirklichkeit der John Blaue ist.«

»Seine Frau hat ihn nicht wiedererkannt«, sagte Berger.

»Jedenfalls hat sie das gesagt«, gab die Frau zu bedenken. »Ich wäre mir da nicht so sicher. Aber die Polizei, das sind ja auch alles Männer, und wenn da eine hübsche, junge Frau kommt und ihnen etwas vorsäuselt, dann sind die Herren Polizisten so beeindruckt, dass der Verstand völlig ausgeschaltet wird.«

»Glauben Sie wirklich?«, fragte Berger. Er war sich sicher, dass sein Verstand damals nicht ausgeschaltet gewesen war.

»Ziemlich sicher«, sagte die Nachbarin. »Also erst mal ist da diese Geschichte mit dem Goldzahn. Der Tote im

Kiessee hatte einen Goldzahn, das habe ich in der Zeitung gelesen.«

»Frau Blaue hat gesagt, ihr Mann hatte keinen Goldzahn.«

»Also, das weiß ich besser. Er hatte einen Goldzahn, und wenn er gelacht hat, konnte man den ganz klar sehen.«

»Damit hätten Sie schon längst zur Polizei gehen sollen«, sagte Berger.

Die Frau schüttelte den Kopf. »Nee, so was mache ich nicht. Irgendwelche Leute anschwärzen, das kommt für mich nicht infrage.«

Berger überlegte, wie er die Frau dazu überreden könnte, jetzt doch noch eine entsprechende Aussage zu machen. Aber bevor er dazu kam, ergriff die Frau wieder das Wort:

»Und dann die Sache mit dem Seesack. Der Tote steckte doch in einem Seesack. Jedenfalls habe ich das so gelesen. Und John Blaue, der war doch bei der Kriegsmarine. Natürlich hatte er einen Seesack, genau wie die anderen Matrosen auch.«

»Aber Ruth Blaue hat gesagt, dass er den nicht nach Hause mitgebracht hat.«

»Das weiß ich besser«, sagte die Frau. »Ich sehe ihn noch genau vor mir, wie er die Straße entlanggegangen ist, den Seesack auf der Schulter. Er hatte ja damals nach dem Krieg erst noch für die Engländer gearbeitet. In Kiel, glaube ich. Und als er dann schließlich gekommen ist, da war der Seesack so prall gefüllt, dass er ihn kaum noch tragen konnte.«

»Prall gefüllt? Mit was?«, fragte Berger.

»Na, mit was wohl? Jedenfalls nicht mit seiner schmutzigen Wäsche. Nein, da waren all die Dinge drin, die er sich in Kiel besorgt hat. Besorgen sagen die bei der Marine dazu. Wir Landratten haben dafür ein anderes Wort. Wir sagen klauen.«

»Woher wissen Sie das?«, wollte Berger wissen.

»Weil er darüber geredet hat natürlich. Wenn er die Sachen zu Geld machen wollte, dann musste er doch schließlich darüber reden, oder?«

* * *

Wilhelm Berger fuhr weiter nach Itzehoe. Er hatte seinen Besuch vorher telefonisch angekündigt, sodass Kriminaloberkommissar Danner nicht überrascht sein konnte.

»Sie sind wirklich ein zäher Bursche«, sagte er. »Ich hätte eigentlich gedacht, dass die Polizei in Hamburg so viel um die Ohren hat, dass sie sich nicht obendrein noch intensiv um irgendwelche Mordfälle aus der angrenzenden Provinz kümmern kann …«

»So schnell lassen wir nicht locker«, behauptete Berger. Das entsprach nicht ganz den Tatsachen. Roeder hätte es lieber gesehen, wenn er diese Geschichte nicht weiterverfolgt hätte. Aber da nun einmal zu Beginn der Ermittlungen dieses Abkommen mit der Kripo in Itzehoe geschlossen worden war, tolerierte er es, dass Berger, wenn es die Zeit erlaubte, den Spuren in diesem alten Fall nachging.

Wilhelm Berger berichtete, was er herausgefunden hatte.

Danner wiegte bedenklich den Kopf. »Das wird jetzt schwierig«, sagte er. »Seien Sie bloß vorsichtig, dass wir nicht das Kind mit dem Bade ausschütten. Wenn wir jetzt auf einmal intensive Nachforschungen anstellen, dann alarmieren wir die Familie Heine.«

»Ich werde vorsichtig sein«, versprach Berger. »Und ich werde Sie auf jeden Fall über jeden weiteren Schritt auf dem Laufenden halten.«

* * *

Kaum war Berger gegangen, als Danner sich auch schon die alten Akten vornahm. Er wollte es auf keinen Fall zulassen, dass die Kollegen aus Hamburg ihm die Butter vom Brot nahmen. Aber es war nicht so leicht, neue Wege einzuschlagen. Vor sechs Jahren hatten sie ja auch nicht geschlafen, und sie hatten all die Nachforschungen angestellt, die damals aus polizeilicher Sicht sinnvoll erschienen waren. Blieben nur die Dinge, die ihnen damals nebensächlich erschienen waren – so zum Beispiel die Gegenstände, mit denen der Seesack beschwert worden war, in dem der Tote in dem Kiessee versenkt worden war.

Da war zum Beispiel der Ziegelstein. Danner nahm den Ziegelstein in die Hand. Es war ein ganz gewöhnlicher Ziegelstein, ein bisschen krummer vielleicht als die meisten, aber ansonsten nicht auffällig. Die nächstgelegene Ziegelei war in Lieth, wenige Kilometer von Klein-Nordende entfernt. Oberkommissar Danner fuhr mit dem Wagen nach Lieth.

»Das ist ein Ziegelstein«, sagte der Besitzer der Tongrube, den die Sekretärin bei seinem Eintreffen rasch herbeigeholt hatte.

»Das weiß ich«, bestätigte Danner ganz ernsthaft. »Ich würde gern wissen, ob dieser Stein hier bei Ihnen hergestellt worden ist.«

»Wo haben Sie den denn her?«, fragte der Mann misstrauisch.

»Spielt das eine Rolle?«, fragte Danner.

Der Mann nickte. »Das spielt eine ganz erhebliche Rolle. Wenn Sie diesen Stein im Baustoffhandel bekommen haben, dann würde ich gern wissen, wo das gewesen ist. Ein Stein wie dieser, der darf nämlich überhaupt nicht in den Handel kommen. Das ist ein Fehlbrand. Solche krummen Steine werden aussortiert und kommen direkt auf die Müllkippe. Und wenn sie etwa jemand von dort wieder einsammelt und in den Handel bringt …«

»Der Stein stammt nicht aus dem Handel«, unterbrach ihn Danner. »Aber die entscheidende Frage ist, ob das ein Stein ist, der hier in Lieth hergestellt worden ist.«

Der Mann betrachtete den Stein eingehend. Schließlich sagte er: »Auf den ersten Blick würde ich sagen: Ja, der kommt von uns. Wenn Sie das ganz genau wissen wollen, dann müsste man eine Analyse machen lassen, aber die ist ziemlich teuer. Im Großen und Ganzen ist die Zusammensetzung aller Ziegelsteine ziemlich gleich. Aber im Detail gibt es gewisse Unterschiede. Die meisten Ziegeleien hier in der Gegend verwenden für die Mauersteine den Klei, den sie hier in der Marsch abgraben. Bei uns ist das anders. Sie sehen ja schon auf den ersten Blick, dass unsere Tongrube viel größer und tiefer ist als die Gruben der Konkurrenz. Außerdem sieht der Ton ganz anders aus.«

Danner nickte. In seinen Augen war das, was da draußen in der Grube abgegraben wurde, eine Mischung aus grauem und rötlichem Matsch, aber der Experte hatte dafür sicher andere Ausdrücke.

»Dies ist die einzige Stelle in Schleswig-Holstein, wenn nicht überhaupt in Norddeutschland, wo Ton aus dem Erdaltertum abgebaut wird. Die Ursache dafür liegt darin, dass es hier im Untergrund einen Salzstock gibt, der diese alten Schichten nach oben gepresst hat …«

»Ich verstehe«, behauptete Danner. Das waren Dinge, die er vor undenklichen Zeiten im Erdkundeunterricht gelernt und wieder vergessen hatte. »Was mich jetzt in erster Linie interessiert, das ist, wo ich die Analyse bekomme, mit der ich nachweisen kann, ob dieser Stein nun tatsächlich von hier kommt oder nicht.«

»Ich kann Ihnen die Adresse raussuchen«, sagte der Mann.

* * *

Das war das. Danner hatte sich zum Vergleich zwei Ziegelsteine aus der gegenwärtigen Produktion einpacken lassen; er würde alles im Labor untersuchen lassen. Damit wäre dann ein weiteres Detail geklärt. Ob das für die Klärung des Falles von Bedeutung war, das war eine andere Frage. Wahrscheinlich nicht.

Außer dem Stein gab es noch diese merkwürdigen Drähte. Danner hatte einen davon mitgenommen und ihn dem Ziegeleibesitzer vorgelegt, aber der konnte damit nichts anfangen. Also blieb nichts anderes übrig, als in Elmshorn von Werkstatt zu Werkstatt zu laufen und die Besitzer zu fragen, ob sie derartige Drähte schon einmal gesehen hätten.

An den ersten beiden Stellen, an denen Danner nachfragte, erntete er nur ein Achselzucken.

Der Maschinenbauer Gustav Krüger wusste mehr. »Ja, solche Drähte kenne ich«, sagte er. »Warum wollen Sie das wissen?«

»Berufliches Interesse«, antwortete Danner unbestimmt.

»Laufende Ermittlungen? – Gut, dann will ich nicht weiter nachfragen. Aber solche Drähte habe ich jedenfalls schon mal gesehen. Genau solche Drähte.«

»Sind Sie sich sicher?«, fragte Danner nach. »Ein Draht sieht doch schließlich aus wie der andere!«

»Ja, für Sie vielleicht!« Der Maschinenbauer lachte. »Aber für mich nicht. Das sind Schweißdrähte, die man zum E-Schweißen benötigt. Diese hier sind fünf Millimeter dick und knapp fünfzig Zentimeter lang, und sie haben eine Besonderheit. Sehen Sie hier, hier ist ein Markenstempel eingeprägt. *Amavit* steht da. Und dann ist da noch eine zweite Besonderheit. Die Drähte sind zwar ungefähr fünfzig Zentimeter lang, aber nicht genau. Ich habe nachgemessen. In Wirklichkeit sind sie nur 498 Millimeter lang. Das heißt, wer immer diese fünfzig Zentimeter langen Drähte bestellt und gekauft hat, der ist beschissen worden.«

»Um zwei Millimeter?«, fragte Danner ungläubig.

Gustav Krüger lachte. »Kleinvieh macht auch Mist«, sagte er. »Wenn man nur einen solchen Draht verkauft, dann spielt das keine Rolle. Aber wenn man Tausende dieser Drähte verkauft, an einen Großabnehmer, an die Kriegsmarine zum Beispiel, dann hat man einen hübschen kleinen Extraverdienst. Diese Drähte sind teuer.«

»Die Drähte kommen also von der Kriegsmarine?«, fragte Danner nach.

Gustav Krüger nickte. »Ja, das ist richtig. Ich habe sie damals einem Mann abgekauft, der sie bei Bergungsarbeiten im Kieler Hafen mitgenommen hat. Da lag ja 1945 das Wrack der *Admiral Scheer*, und das ist damals ausgeschlachtet worden. Drei große Bündel von diesen Drähten habe ich damals gekauft. Ich war sehr froh, dass ich die gekriegt habe, denn kurz nach dem Krieg war so etwas im normalen Handel überhaupt nicht zu bekommen.«

»Wissen Sie noch, von wem Sie die Drähte damals bekommen haben?«

»Ja, natürlich weiß ich das. John Blaue ist das gewesen. Der hatte damals allerlei Schrott anzubieten. Aber eben nicht nur Schrott, sondern auch Dinge, die man durchaus gebrauchen konnte. Und in einer Werkstatt wie dieser haben wir für viele Dinge Verwendung.«

»Haben Sie vielleicht noch irgendwelche Drähte von damals übrig?«, fragte Danner.

Krüger schüttelte den Kopf. »Das kann ich mir nicht vorstellen«, sagte er. »Die haben wir alle verbraucht. Das heißt – warten Sie mal, es könnte höchstens sein, dass noch irgendwelche Schnippsel von so einem Draht übriggeblieben sind. Ich guck mal eben nach.«

Oberkommissar Danner nickte. Ihm war bewusst, dass er der Lösung des Rätsels des unbekannten Toten aus dem Kiessee ein wesentliches Stück nähergekommen war.

Krüger kam zurück. »Gucken Sie mal, was ich hier noch in der Kramschublade gefunden habe!« Er hielt ein knapp zehn Zentimeter langes Stück Schweißdraht in der Hand.

»Und Sie sind sich sicher, dass dieses Stück von einem der Drähte stammt, die Sie damals gekauft haben?«, fragte Danner zur Sicherheit.

»Ja, natürlich.« Krüger wies auf den Markenstempel, der im schwachen Licht in der Werkstatt kaum zu erkennen war. *Amavit* stand da.

Und jetzt? Was sollte er jetzt sagen?

»Ermitteln Sie noch immer in der Vermisstensache von damals?«, wollte Krüger wissen.

Der Mann hatte tatsächlich nicht begriffen, dass es inzwischen um viel mehr ging als um eine bloße Vermisstensache. »Ja«, sagte Danner so uninteressiert wie möglich, »ab und zu nehmen wir uns den alten Kram wieder vor. – Darf ich diesen Draht mitnehmen?«

»Ja, natürlich.«

»Danke.«

Danner würde diesen Draht und einen Vergleichsdraht von damals an das Bundeskriminalamt schicken, und die Experten würden herausfinden, ob die Drähte übereinstimmten oder nicht.

* * *

Wie immer bei wissenschaftlichen Untersuchungen dauerte es Monate, bis alle Ergebnisse vorlagen. Nun gab es keinen Zweifel mehr. Ruth Blaue und ihr Lebensgefährte Ernst Buchholz waren dringend verdächtig, John Blaue ermordet zu haben.

Mitte August 1954 fuhren Berger und Danner in den Schwarzwald, um Ruth Blaue und Ernst Buchholz zu verhaften. Das Vorgehen war mit den Kollegen in Baden-Württemberg abgesprochen. Danner wollte sicherstellen, dass die beiden Verdächtigen überrascht wurden, und dass sie nach der Verhaftung ständig unter seiner Kontrolle waren, sodass es nicht etwa zu irgendwelchen Absprachen bezüglich der Aussage in den Vernehmungen kommen konnte.

Berger fühlte sich unbehaglich. Er war sich inzwischen sicher, dass Ruth Blaue und ihr Liebhaber John Blaue umgebracht hatten. Aber er verstand nicht warum. Bei dummen Menschen konnte er sich vorstellen, dass sie in einer solchen Situation möglicherweise zur Axt griffen, aber eine derartig intelligente Frau wie Ruth Blaue? Das leuchtete ihm nicht ein. Hinzu kam, dass er Ruth Blaue sympathisch fand – auch jetzt noch, da sie unter Mordverdacht stand, und wo er in den Schwarzwald fuhr, um sie festzunehmen. Er hätte lieber Pagels dabeigehabt, aber natürlich hatte sich Danner diesen Moment des Triumphes nicht nehmen lassen, und für eine weitere Person war der Wagen zu klein.

Danner saß am Steuer des Dienstwagens. Berger hatte den Straßenatlas auf den Knien und versuchte, den günstigsten Weg nach Gremmelsbach zu finden. Über acht Stunden waren sie inzwischen unterwegs, und Berger ging davon aus, dass sie noch mindestens zwei weitere Stunden brauchen würden. Das deutsche Autobahnnetz war nach wie vor Stückwerk. Jenseits von Karlsruhe hatten sie nur noch verschiedene Bundesstraßen zur Auswahl. Danner hatte sich ohne lange zu überlegen für eine Route entschieden, von der Berger gleich ahnte, dass es jedenfalls nicht der kürzeste Weg sei.

Als sie schließlich den Abzweig in Richtung Gremmelsbach erreicht hatten, zeigte ein Blick auf die Uhr, dass es viel zu spät war. »Wir fahren bis Triberg weiter«, entschied Danner. »Dort nehmen wir uns ein Zimmer. Die Verhaftung verschieben wir auf morgen.«

Danner wirkte erleichtert. Genau wie Wilhelm Berger schien es ihm unangenehm zu sein, Menschen festnehmen zu müssen. Aber es war natürlich nur ein momentaner Aufschub.

Nach dem Abendessen blieb Danner in der Gaststube und spielte mit den Einheimischen Pfennigskat. Er verlor hoch. Wilhelm Berger lag derweil hellwach im Bett und fand keine Ruhe. Als er schließlich doch einschlief, träumte er von Ruth Blaue. Sie sah ihn vorwurfsvoll an und sagte: »Bist du gekommen, um mich festzunehmen?« Berger nickte im Traum, und Ruth Blaue fragte ihn: »Warum hast du mich nicht angerufen?« – »Ich muss doch herausfinden, warum du es getan hast«, antwortete Berger, und daraufhin sagte sie: »Das liegt doch auf der Hand.« Und dann hatte er es begriffen. Alles schien ihm auf einmal sonnenklar.

Aber als er am nächsten Morgen aufwachte, wusste er nichts mehr davon.

* * *

Ruth Blaue und Ernst Buchholz lebten in einem alten Schwarzwaldhaus, das aussah, als wäre es seit Jahrzehnten nicht mehr modernisiert worden. Wahrscheinlich gab es nicht einmal fließend Wasser. Einen Moment lang fragte sich Berger, ob er am Ende wirklich mitten in der Nacht bei Ruth Blaue angerufen hatte und ob Ernst Buchholz und sie verschwunden seien. Nein, hatte er nicht. Wahrscheinlich gab es hier gar kein Telefon. Vor dem Haus stand ein VW älterer Bauart.

»Sie sind zu Hause«, sagte Danner.

Ja, Ruth Blaue und Ernst Buchholz waren zu Hause. Als die beiden Polizisten aus dem Auto stiegen, kamen sie an die Tür.

Danner sagte zu Ruth Blaue: »Ich komme wegen Ihres Mannes. Ich bin Kriminalbeamter aus Itzehoe.«

Sie erwiderte: »So? Haben Sie Nachricht von ihm?«

»Ich glaube, Sie wissen, warum wir hier sind«, sagte Danner. »Ich muss Sie beide bitten, mitzukommen.«

»Jetzt gleich?«

»Ja, jetzt gleich.«

* * *

Wilhelm Berger und Pagels waren die ersten, die Ruth Blaue vernahmen. Sie blickte auf, als Berger das Vernehmungszimmer betrat. »Hallo Wilhelm«, sagte sie.

Pagels zog die Augenbrauen hoch.

Berger sagte: »Dies ist eine offizielle Vernehmung. Frau Blaue, ich muss Sie bitten, mich zu siezen.«

Pagels sagte: »Wilhelm, wäre es nicht besser, wenn jemand anders die Vernehmung durchführt? Roeder zum Beispiel?«

Berger schüttelte den Kopf. »Ich bin nicht voreingenommen«, sagte er.

Pagels sagte nichts, aber Berger kannte ihn gut genug, um zu wissen, dass er mit dieser Lösung nicht einverstanden war.

Zunächst einmal mussten die Personendaten aufgenommen werden. Dabei ergaben sich keine Überraschungen. Anschließend schilderte Ruth Blaue ihre Kindheit.

»In Halberstadt habe ich dann zum ersten Mal mit dem Tod Bekanntschaft gemacht. Die Verwandten meines Vaters hatten eine Fleischwarenfabrik. Und ich habe gesehen, wie all diese Tiere herantransportiert wurden, wie sie eben noch voller Leben waren und wenig später dann tot.«

»Hat ihr Vater Sie zum Schlachthof mitgenommen?«, wollte Berger wissen.

»Das weiß ich nicht mehr genau. Ich war ja damals noch ein sehr kleines Mädchen. Ich erinnere mich nur noch an die Tiere, die um mich herum waren, und die nach Tier gerochen haben. Irgendwie wild und beängstigend, aber gleichzeitig auch selber voller Angst. Voller Todesangst.«

»Ihr Vater hätte Sie dahin nicht mitnehmen sollen!«, sagte Pagels missbilligend.

Ruth Blaue zuckte mit den Achseln. »Darüber habe ich mir keine Gedanken gemacht. Es war so, wie es war. Und so habe ich es hingenommen.«

Wilhelm Berger fragte sich, was solch eine frühe Erfahrung in der Gedankenwelt des Kindes angerichtet haben mochte.

»Dann geschah etwas wirklich Schreckliches«, sagte Ruth Blaue.

Berger sah sie fragend an. Er wollte möglichst wenig eingreifen. Er wollte, dass die Frau die Dinge so schilderte, wie sie sie empfand.

»Ein Flugzeugabsturz«, fuhr Ruth Blaue fort. »Bei uns im Garten. Es war ganz furchtbar. Wir haben draußen in der Sonne gesessen, zusammen Kaffee getrunken, und plötzlich stürzten Tote vom Himmel …«

Pagels zog die Augenbrauen hoch.

»… Flugzeugteile und brennende Menschen. Wie viele es genau gewesen sind, weiß ich nicht mehr. Ich kann nur sagen, dass es sehr viele waren. Zehn, zwanzig Menschen, alle tot. Wir sind alle aufgesprungen, jemand hat seine Kaffeetasse umgestoßen, und ich habe geschrien. Ich glaube jedenfalls, dass ich geschrien habe. Ich weiß es nicht mehr genau. Das Einzige, was ich noch ganz genau weiß, das ist, dass meine Mutter versucht hat, sich mit der Serviette den Kaffee vom Kleid zu wischen, von der umgestürzten Tasse.«

»Das muss furchtbar gewesen sein«, behauptete Pagels.

Wilhelm Berger war sich sicher, dass sein Kollege kein Wort glaubte. »Wie ging es weiter?«, wollte er wissen.

»Das Nächste, an was ich mich erinnere, das ist die Revolution vom November 1918.«

»In Berlin?«, forschte Pagels nach.

»Nein, in Halberstadt. Wir lebten ja nach wie vor in Halberstadt. Es war ein entsetzliches Chaos. Der Kaiser hatte abgedankt, und von dem Augenblick an war jegliche Ordnung zusammengebrochen. Bewaffnete Arbeiter beherrschten das Stadtbild. Wir durften nicht auf die Straße gehen, jedenfalls nicht, solange geschossen wurde. Aber die Schüsse habe ich natürlich gehört. Und hinterher habe ich dann alles gesehen. Die umgestürzten Straßenbahnen, die eingeschlagenen Fenster. Und ich habe gleich gewusst, dass unser ganzes Leben sich jetzt verändern wird.«

Wilhelm Berger seufzte leise. Die kleine Ruth Blaue war damals viereinhalb Jahre alt gewesen. Kein Zweifel, sie hatte eine rege Fantasie.

»Als ich sechs Jahre alt war, war meine Mutter nicht mehr meine Mutter«, behauptete sie.

»Wie kam das?«, fragte Berger.

»Da habe ich herausgefunden, dass sie eine Beziehung zu einem anderen Mann hatte.«

Mehr sagte sie nicht. Berger fragte sich, wie er als Kind in einem solchen Fall reagiert hätte. Vermutlich hätte es ihm nichts ausgemacht.

Als das Zusammenleben zwischen Ruth und John Blaue zur Sprache kam, sagte die Frau: »Ich habe es einfach nicht mehr ausgehalten.«

»Und wenn Sie sich nun einfach getrennt hätten?«, fragte Wilhelm Berger.

»Ja, natürlich, das wäre für die meisten Menschen das Naheliegendste gewesen. Aber nicht für mich. Ernst Buchholz war doch so ein Junge, so ein lieber und anständiger Mensch. Den konnte ich doch nicht einfach wegschicken!«

Berger hatte eigentlich gemeint, dass sie sich von ihrem Ehemann hätte trennen können. Aber er ließ sie weiterreden.

Ruth Blaue sagte: »Ich habe ihm etwas bedeutet, verstehen Sie? Er hatte doch sonst niemanden auf der Welt. Er hatte doch keine Heimat. Und ich – ich habe ihm etwas bedeutet. Ich war für ihn jetzt so etwas wie sein Zuhause. Bei mir war er angekommen, endlich angekommen. Und ich, ich war für ihn verantwortlich.«

»Jeder Mensch ist für sich selbst verantwortlich«, erwiderte Wilhelm Berger, aber Ruth Blaue hörte es nicht oder wollte es nicht hören.

»Mir war klar, dass es so nicht mehr weiterging. Schließlich habe ich zu meinem Mann gesagt, dass es für mich einfach keinen Ausweg mehr gibt. Dass ich diese Rolle nicht länger spielen kann. Auf der einen Seite bin ich der mütterliche Beschützer von Ernst Buchholz, auf der anderen Seite opfere ich mich auf in meiner Ehe. Kurz und gut – ich habe John vorgeschlagen, dass wir uns gemeinsam umbringen sollten.« Während sie bisher in den Raum hinein, sozusagen ins Leere gesprochen hatte, sah sie jetzt den Kommissar direkt an, und Wilhelm Berger spürte die Frage, die sie hatte: Glaubst du mir das?

Ein Auktionator darf mit keinem Wort, mit keinem Blick zu erkennen geben, was er von einem unglaublichen Gebot hält. Ein Kriminalpolizist auch nicht. Wilhelm Berger fragte: »Und was hat Ihr Mann dazu gesagt?« Es klang ganz beiläufig.

»Er schien mir geradezu erleichtert. Ich hatte gedacht, dass es viel schwieriger sein würde, aber er hat diesen Gedanken geradezu freudig aufgenommen. Ich hatte die Lösung gefunden, an die zu denken er sich selbst nicht getraut hatte. Ich besorgte das Schlafmittel. Ich löste die

Tabletten in Wasser auf, ich füllte die beiden Gläser mit dem Gift, und dann schob ich ihm sein Glas zu.« Wieder machte sie eine Pause und sah Wilhelm Berger an.

Der nickte ganz leicht, so als wäre dies die natürlichste Sache von der Welt, dass man seinen Ehemann zum gemeinsamen Selbstmord überredete und ihm ein Glas Gift hinschob.

»Ich stand in diesem Moment neben mir. Ich hatte das Gefühl, dass ich mir selbst zugesehen habe, wie ich ihm das Gift gegeben habe. Und er – er trank das Glas mit wenigen Zügen aus. Er sah mich die ganze Zeit an dabei. Und ich – ich habe ihn geküsst. – Ich weiß, das klingt jetzt etwas seltsam, aber ich konnte nicht anders. Ich habe ihn doch geliebt. Verstehen Sie? Ich habe ihn sehr, sehr geliebt, und in diesem Augenblick so sehr wie selten zuvor. Und er, er hat mich immer noch angesehen, und dann ist er bewusstlos in sich zusammengesackt. Und ich, ich habe mein Glas nicht getrunken. Ich habe es in den Ausguss geschüttet.«

Pagels fragte: »Diese Tabletten – woher hatten Sie die?«

»Ich habe sie besorgt.«

Wilhelm Berger sah seinen Kollegen warnend an. Es war völlig egal, woher Ruth Blaue die Tabletten hatte. Sie sollte weiterreden. Sie sollte die Geschichte so erzählen, wie sie sich abgespielt hatte. Wie sie sich ihrer Meinung nach abgespielt hatte.

Ruth Blaue fuhr fort: »Ich weiß nicht, ob Sie das begreifen können: Einerseits war ich todtraurig, denn wir haben uns sehr geliebt in jenem Augenblick, aber andererseits war ich mir sicher, dass sein Tod ihm leichtgefallen ist.«

Wilhelm Berger sah aus den Augenwinkeln, dass Pagels nicht nur die Vernehmung protokollierte, sondern gleichzeitig eine Art Strichliste führte.

»In diesem Augenblick kam Ernst Buchholz in das Zimmer. Er hatte das Beil in der Hand.«

Jetzt blickte Pagels von seinen Aufzeichnungen auf und sah die Frau an.

»Ich weiß nicht, vielleicht hatte er das Beil auch nicht sofort in der Hand. Vielleicht hat er es geholt. Ich erinnere mich nicht mehr genau. Aber jedenfalls ist er ja Bildhauer. Und natürlich habe ich gewusst, dass er dieses Beil hat. Und dann habe ich zugesehen, wie er das Erforderliche getan hat. Er hat mit dem Beil auf den Sterbenden eingeschlagen, bis er wirklich tot war. Wie ein Automat, habe ich gedacht. Ich habe gewusst, dass das alles notwendig war, aber es war furchtbar für mich. Und jetzt war ich obendrein noch für Ernst Buchholz verantwortlich.«

Wilhelm Berger nickte.

»Ernst hat vorgeschlagen, dass wir ihn eingraben sollten. Ich fand das schrecklich. Ich wusste doch, dass er Seemann gewesen war und auch wie ein Seemann begraben werden wollte. Aber natürlich konnten wir ihn nicht im Meer bestatten. Da habe ich gedacht, dass ein Teich ja schließlich auch Wasser ist. Zwar etwas kleiner als das Meer, aber immerhin doch auch Wasser. Und da habe ich gedacht, dass das sozusagen das Letzte ist, was ich noch für ihn tun konnte. Natürlich war das Wahnsinn. Aber ich, ich habe in dem Augenblick überhaupt nicht klar denken können. Ich habe ganz genau gewusst, dass der Kiessee in Klein-Nordende im Sommer immer als Badesee benutzt wird, und ich hätte mir eigentlich denken können, dass der Tote irgendwann entdeckt wird. Aber in dem Augenblick habe ich daran überhaupt nicht gedacht.«

»Das war am 15. November?«, fragte Pagels.

»Am 15. November, ja. Es war ein trüber Tag, und es hat ganz wahnsinnig geregnet. Und dann bin ich mit

Ernst zusammen zu dem Teich gegangen, und Ernst hat sich ausgezogen, um den Sack so weit wie möglich in die Mitte zu bringen. Und ich, ich habe so sehr an meinen toten Mann gedacht, und ich hatte das Gefühl, dass das, was wir jetzt taten, so eine Art heidnisches Totenopfer sei. Es war für mich kein hässliches Bild, sondern eher eine Art kultische Handlung. Verstehen Sie?«

»Ja«, behauptete Wilhelm Berger.

»Es ist sehr schwer für mich, Ihnen diese Dinge zu schildern«, sagte Ruth Blaue.

»Das verstehe ich«, erwiderte Berger.

»Kann ich jetzt bitte einen Kaffee bekommen?«, fragte Ruth Blaue. Es klang sehr höflich und bescheiden, aber ihre ganze Haltung machte deutlich, wie sehr sie mit ihrem bisherigen Auftritt zufrieden war.

»Ja, natürlich können Sie einen Kaffee bekommen«, sagte Berger.

Während eine Polizistin bei Ruth Blaue blieb, unterhielten sich Berger und Pagels auf dem Gang.

»Warum tut sie das?«, fragte Berger. »Das ist doch von vorne bis hinten gelogen. Es ist einerseits ein Geständnis, aber andererseits auch wieder nicht. Auf den Mord ist sie nur mit wenigen Worten eingegangen. Die meiste Zeit hat sie von etwas anderem geredet.«

»Ich bin kein Psychologe«, erwiderte Pagels. »Insofern kann ich dir nicht sagen, warum sie das tut. Ich habe nur einen Teil der Antwort.« Er wies auf den Zettel mit seinen Aufzeichnungen.

»Was ist das?«, fragte Berger. Er deutete auf die Strichliste, die sein Kollege geführt hatte.

»Dreiundfünfzig Striche«, stellte Pagels fest. »Und ich habe diese Liste nicht von Anfang an geführt. In Wirklichkeit sind es noch viel mehr gewesen. Dreiundfünfzig Mal hat Ruth Blaue in dieser eigentlich relativ kurzen Vernehmung ›ich‹ gesagt. Dir ist natürlich klar, was das bedeutet.«

Wilhelm Berger nickte. Ihm war bewusst, dass Ruth Blaue eine sehr ich-bezogene Person war. Aber war sie auch eine Mörderin? »Ich ruf mal eben in der Rechtsmedizin an«, sagte er.

* * *

»So«, sagte Wilhelm Berger, als alle bereit waren, die Vernehmung fortzusetzen. »Jetzt brauchen wir ein paar Einzelheiten. Diese Tabletten, mit denen sie Selbstmord begehen wollten, was war das genau?«

»Evipan und Veronal. Was ich halt dahatte. Insgesamt vierzig Tabletten. Jeweils zwanzig davon habe ich in die beiden Gläser getan und sie dann mit Wasser aufgelöst. Er hat sein Glas zügig leergetrunken und ist dann sofort bewusstlos nach hinten gesunken.«

»Tatsächlich?«, fragte Wilhelm Berger.

Ruth Blaue nickte.

»So, jetzt will ich Ihnen mal erzählen, wie das ist mit diesen Tabletten«, sagte Berger. »Evipan und Veronal wirken nicht so, dass jemand, der diese Mittel einnimmt, sofort die Besinnung verliert. Die beiden Medikamente zielen auf das zentrale Nervensystem. Dahin können sie aber nur über die Blutbahn gelangen. Und in die Blutbahn können Sie nur über den Magen gelangen. Das ist so ähnlich wie beim Alkohol.«

Ruth Blaue widersprach. »Es war nicht so, wie du sagst«, behauptete sie. »Entschuldigung, wie Sie sagen. Alle Menschen reagieren verschieden auf Medikamente, und John hat eben sofort reagiert. Außerdem bin ich mir nicht ganz sicher, ob es wirklich nur vierzig Tabletten gewesen sind. Es können auch fünfzig oder sechzig gewesen sein. Ich habe sie nicht gezählt.«

Wilhelm schüttelte den Kopf. »Selbst wenn wir einmal unterstellen würden, dass das alles richtig ist, was wir keineswegs tun, selbst wenn wir das einmal unterstellen, dann bleibt immer noch die Frage, warum John Blaue Selbstmord begangen haben sollte. Dafür gab es nicht den geringsten Grund. Wenn Sie ihm kurz zuvor erklärt haben, dass Sie ihn nicht mehr ausstehen können, und dass Sie ihn verlassen wollten, dann hätte er doch wahrscheinlich eher Sie umgebracht als sich selber.«

Ruth Blaue schüttelte den Kopf. »Was in einem Menschen vorgeht, das kann man von außen niemals ahnen.«

»Wir haben vor Ihrer Festnahme zu diesem Punkt eine ganze Reihe von Zeugen gehört. Ihr Mann war in den Tagen vor seinem Tode nicht depressiv. Im Gegenteil. Er stand ja unmittelbar vor dem Erfolg. Endlich war er in der Lage, sich den Lastwagen zu kaufen, den er für die Gründung seines Unternehmens brauchte. Warum sollte er sich also umbringen?«

Ruth Blaue blieb bei ihrer Aussage. »Niemand kann wissen, was in einem anderen Menschen vorgeht«, wiederholte sie. »Er hat sich umgebracht. Mehr kann ich dazu nicht sagen.«

* * *

»Also, Herr Buchholz, wie ist das denn nun gewesen damals?« Sie hatten jetzt die Rollen getauscht. Pagels stellte die Fragen. Er war nicht durch irgendeine emotionale Beziehung vorbelastet. Außerdem war er im Krieg Jagdflieger gewesen, genau wie Ernst Buchholz.

»Das ist alles lange her«, sagte Buchholz. »Sie müssen bitte entschuldigen, wenn ich mich an die genauen Daten nicht mehr erinnere.«

»Wir wollen einfach nur wissen, was damals geschehen ist«, beruhigte ihn Pagels.

»Also, eines Nachts bin ich plötzlich aufgewacht ...«

»Halt!«, bremste ihn Pagels. »Das geht mir jetzt ein bisschen zu schnell. Wie war denn die Ausgangssituation damals?«

»Die Ausgangssituation. – Was soll ich sagen? Als ich aus dem Krieg nach Hause gekommen bin, war mein Zuhause nicht mehr da. Die Kommunisten waren an der Macht. Mein Vater war verhaftet. In unserem Haus waren fremde Menschen. Da bin ich in den Westen geflohen. Dass ich in Elmshorn gelandet bin, ist eigentlich ein reiner Zufall. Und in Elmshorn habe ich dann Ruth Blaue kennengelernt. In ihrer Bücherstube war das. Wir haben miteinander geredet, und ich habe sie schließlich gefragt, ob sie sich vorstellen könnte, auch ein bisschen Kunsthandwerk in ihrem Laden auszustellen. Sie hat Ja gesagt. Und als sie schließlich gemerkt hat, dass ich überhaupt keine richtige Bleibe habe, da hat sie gesagt, dass bei ihr im Haus genug Platz ist, und dass ich da einziehen könnte. Auch ohne Miete.«

»Das war noch bevor der John Blaue aus Kiel zurückgekommen ist?«, erkundigte sich Pagels.

»Ja, das war vorher. – Und dann, so im Laufe der Zeit, da sind wir uns nähergekommen.«

»Sie haben eine sexuelle Beziehung begonnen«, sagte Pagels.

»Ja.«

»Von wem ist das ausgegangen?«

Ernst Buchholz wusste es nicht. »Wir haben uns gemocht«, sagte er. »Vom ersten Augenblick an haben wir uns gemocht. Ja, ich weiß, die Ruth ist deutlich älter als ich. Und ich wusste auch von Anfang an, dass sie verheiratet war. Aber das hat alles keine Rolle gespielt. Das klingt jetzt so kitschig, so banal. Aber so war es. Wir hatten uns nicht gesucht, aber wir hatten uns gefunden.«

Wilhelm Berger registrierte, dass Ernst Buchholz im Gegensatz zu Ruth Blaue einen sehr niedergeschlagenen Eindruck machte. Er sah älter aus, als er war. Er wirkte hoffnungslos, so als wäre er am Ende seines Lebens angekommen.

»Was geschah nun in jener Nacht?«, fragte Pagels.

»Ich bin irgendwann aufgewacht. Ich habe gehört, dass sich Leute gestritten haben. Das waren John und Ruth Blaue. Worum es genau ging, das habe ich nicht verstanden. Es war jedenfalls ein sehr heftiger Streit. Schließlich ist Ruth Blaue aus dem Zimmer gestürzt und im Bad verschwunden. Und jetzt fing John Blaue an, auf mich zu schimpfen. Jetzt, wo die Tür zu seinem Zimmer offenstand, konnte ich jedes Wort verstehen.«

»Was hat er gesagt?«, erkundigte sich Pagels. Er klang ganz ruhig, so als wäre dies die unbedeutendste Nebensache. Wilhelm Berger wusste, dass es keine Nebensache war.

»Er hat mich beschimpft«, wiederholte Buchholz. »Dabei sind Ausdrücke gefallen, die ich hier nicht wiederholen möchte.«

Pagels schüttelte den Kopf. »Herr Buchholz«, sagte er. »Wir sind Polizisten. Wir sind es gewohnt, üble Ausdrücke zu hören. Es macht uns nichts aus. Bitte wiederholen Sie einfach, was damals gesagt worden ist.«

Ernst Buchholz überlegte. »Kameradenschwein hat er gesagt«, sagte er schließlich. Er sah Pagels an. Als er bemerkte, dass dieser damit nicht zufrieden war, ergänzte er: »Hurenbock, Puffpilot, Schwanzritter ...« Es klang zögerlich, als hätte er sich diese Worte gerade erst ausgedacht. Aber natürlich hieß das nicht viel.

»Und dann?«, erlöste ihn Pagels.

»Ich bin ein friedliebender Mensch, Herr Kommissar, aber wenn ich auf diese Weise beleidigt werde, dann gerate ich in Wut. Ich kann sehr jähzornig sein. Ich bin aus dem Bett gesprungen, habe das Beil aus der Notküche geholt ...«

»Warum war das Beil in der Notküche?«, unterbrach ihn Pagels.

Buchholz zuckte mit den Achseln. »Ich weiß nicht, warum es da war. Wahrscheinlich hat es irgendjemand irgendwann einmal gebraucht und dann vergessen, es wieder in den Schuppen zurückzulegen. Jedenfalls habe ich das Beil genommen und bin damit in den Bodenraum gerannt, in dem John Blaue noch immer vor sich hin schimpfte. Er lag auf dem Sofa. Als er mich gesehen hat, wollte er sich aufrichten. Ich habe in sein hasserfülltes Gesicht gesehen, und da habe ich gewusst, es gibt keine andere Möglichkeit. Da habe ich mit dem Beil zugeschlagen.«

»Und dann?«

»Ich war wie von Sinnen. Ich habe mehrere Male zugeschlagen, bis ich mir ganz sicher war, dass der Kerl tot war.«

Das war vollkommen unmöglich. Pagels blieb ganz ruhig. Er sagte einfach nur: »Und dann?«

»Dann habe ich die Leiche beseitigt.« Ernst Buchholz sah Pagels an. »Allein«, fügte er hinzu. »Ich habe die Leiche ganz allein beseitigt.«

»Mitten in der Nacht?«, wollte Pagels wissen.

»Nein, natürlich nicht. Ich habe gewartet, bis es hell wurde, und dann habe ich die Leiche in den Seesack gesteckt und sie aus dem Haus geschafft.«

Es war so offensichtlich, dass Ernst Buchholz jetzt log, dass Wilhelm Berger beinahe Mitleid mit ihm hatte.

Pagels fragte ganz sachlich: »Und mit der Totenstarre hatten sie keine Probleme?«

»Mit der Totenstarre? – Nein, da habe ich mich jetzt geirrt. Ich habe die Leiche John Blaues doch gleich in den Seesack gesteckt und dann gewartet, bis es hell wurde.«

»Das war sicher eine gute Idee«, sagte Pagels. »Das hätte ich auch so gemacht. Und wo hatten sie den Seesack her?«

»Das war mein eigener Seesack«, sagte Ernst Buchholz. Er war inzwischen rot geworden.

Pagels schüttelte den Kopf. »Herr Buchholz, haben Sie sich da nicht geirrt?«

»Geirrt? Wieso?«

»Ich bin selbst bei der Luftwaffe gewesen«, sagte Pagels. »Die Seesäcke der Luftwaffe waren blau. Aber dieser Seesack ist nicht blau. Es ist ein Seesack, wie er typischerweise von Angehörigen der Kriegsmarine verwendet worden ist. Dies ist der Seesack von John Blaue.«

* * *

Roeder hatte sich schildern lassen, was Ruth Blaue gesagt hatte. Ihre Aussage schien ihm unbegreiflich. Die nächste Vernehmung wollte er selbst durchführen. Er fuhr mit Pagels zusammen nach Itzehoe; Wilhelm Berger wollte er nicht dabeihaben. Roeder ging es vor allen Dingen darum, sich selbst einen Eindruck von der Person Ruth Blaue zu verschaffen. Er wollte sie daher nicht über den Mord befragen, sondern sich auf ihre Kindheit und Jugend konzentrieren. Er hatte Pagels vorher eingeschärft, dass er auf keinen Fall in die Vernehmung eingreifen sollte. Das war Pagels sehr recht. Eine gemeinsame Vernehmung mit Roeder war immer problematisch. Ihre Ansichten waren zu verschieden. Wilfried Pagels ging kühl und sachlich vor. Berger war emotional. Aber Roeder war noch viel emotionaler. Mit seiner konservativ-kleinbürgerlichen Art konnte sich Pagels nur schwer abfinden.

Ruth Blaue sah wie immer strahlend aus. Man konnte nicht das Gefühl haben, dass sie die Hauptverdächtige in einem Mordprozess sei. Da es nicht um den Mord selber ging, wirkte sie heute wesentlich entspannter. Roeder fragte sie zunächst nach ihrer Kindheit, und sie wiederholte die Dinge, die Pagels schon kannte. Dann ging es um ihre Zeit in Hamburg.

»Ich habe bis zum September 1930 in Hamburg die Handelsschule besucht«, sagte Ruth Blaue. »Danach habe ich eine Anstellung in der Klinik Friedrichsberg bekommen. Ich habe Schreibarbeiten erledigt und einfache Labortätigkeiten. Anschließend bin ich ins Universitätsklinikum Hamburg-Eppendorf gewechselt. Ich habe dort eine Lehre als Laborantin angefangen. Nebenher habe ich als Sekretärin für einen leitenden Institutsmitarbeiter gearbeitet …«

»Das war dieser Doktor Seel?«, unterbrach sie Roeder.

»Ja, das war Dr. Hans Seel. Er war damals der Leiter des *Forschungsinstituts für Klinische Pharmakologie*. Ich war dafür zuständig, seine Korrespondenz zu öffnen. Ich habe einige Briefe unterschlagen, die an ihn gerichtet waren, und dann ...«

»Das ist mir jetzt nicht klar«, sagte Roeder. »Diese Briefe, warum haben Sie die unterschlagen?«

»Das musste sein. Ich bin einer großen Intrige unter den Krankenhausärzten auf die Spur gekommen. Ausgegangen ist das alles von diesem Dr. Hans Seel. Er war ein überzeugter Nationalsozialist, einer von diesen ›Alten Kämpfern‹. Seine Freunde haben damals versucht, ihn im Berufungsverfahren für den Lehrstuhl der Pharmakologie auf den ersten Listenplatz zu bringen. Es war ein Hauen und Stechen. Seel hat auch Dr. Wolfgang Trautwein vernichten wollen ...«

»Wer ist Doktor Trautwein?«

»Wolfgang Trautwein war ein junger Arzt in Eppendorf, in den ich mich verliebt hatte. Und dieser Doktor Seel, der hat schon 1931/32 Agenten nach Polen geschickt. Dort gibt es auf den Bahnhöfen immer Zahnstocher, und die sollten seine Agenten mit Milzbrand infizieren.«

Roeder schüttelte ungläubig den Kopf.

Ruth Blaue ignorierte das. »Ich bin da natürlich in einen ziemlichen Hexenkessel hineingeraten. Ich wusste nicht mehr, was ich machen sollte. Selbstverständlich war mir klar, dass ich als kleine Angestellte gar nichts ausrichten konnte. Da bin ich einfach nach Berlin gefahren und habe mich an Hugenberg gewandt.«

»Warum nicht gleich zu Hitler?«, fragte Roeder.

Frau Blaue überhörte den Spott. Sie sagte in vollem Ernst: »Ich war gegen die Nazis. Alfred Hugenberg war damals als Minister für Wirtschaft, Landwirtschaft und Ernährung der einzige nennenswerte Nicht-Nazi im Kabinett Hitler. Außerdem war er ein mächtiger Mann, der die Presselandschaft beherrschte. An ihn wollte ich mich wenden. Aber ich konnte nicht zu ihm vordringen; ich wurde von seinen Untergebenen abgewiesen.«

»Und was ist dann passiert?«, wollte Roeder wissen.

»Dann bin ich entlassen worden.«

»Aber dieser Dr. Seel hat keine Anzeige erstattet?«

»Nein, hat er nicht. Und dann habe ich Wolfgang geheiratet. Das geschah am 23. August 1933, ganz spontan und aus einer Laune heraus«, sagte Ruth Blaue. »Für mich war das Ganze nur eine Formalität. Eigentlich habe ich das nur gemacht, weil wir einen Professor Bauer im Schwarzwald besuchen wollten, und weil ich dort als die Ehefrau des Doktor Trautwein auftreten wollte.«

»Im August 1933? Da waren sie doch noch minderjährig!«, sagte Roeder.

»Ja, das ging nur mit der Zustimmung meiner Eltern. Ich war ja noch keine einundzwanzig. Meine Eltern waren gegen die Beziehung zu Dr. Trautwein. Und sie waren natürlich erst recht gegen meine Heirat. Aber ich habe mich durchgesetzt.«

Pagels lächelte. Er hatte den Eindruck gewonnen, dass Ruth Blaue es gewohnt sei, sich immer und überall durchzusetzen.

»Kurz vor der Heirat habe ich dann noch ein Sparkassenbuch über fünftausend Reichsmark gefälscht.«

»Was?«, fragte Roeder.

»Ich habe mich doch so geschämt, ohne irgendeine Aussteuer in die Ehe zu kommen. Trautwein hatte sich zur Hochzeit einen Mercedes gewünscht. Da habe ich einfach behauptet, dass mein Vater uns einen geschenkt habe. Aber als wir dann auf dem Weg in den Schwarzwald das Auto abholen wollten, da wusste das Unternehmen natürlich von nichts. Ich habe gesagt, dass das ein Irrtum sein müsse. Aber man hat uns erklärt, dass keine Bestellung vorliege. So mussten wir dann ohne Auto weiterfahren.«

Pagels dachte, dass das alles ganz nett und lustig klinge, aber das lag nur an der Art der Darstellung. In Wirklichkeit war dieser Schwindel ein Akt der Verzweiflung gewesen. Offenbar eine von vielen derartigen Aktionen. Was hatte Ruth Blaue dazu getrieben?

Sie fuhr fort: »Als mein Ehemann von der Unterschlagung erfahren hat, hat er die eheliche Lebensgemeinschaft mit mir aufgelöst. Das war fünf Tage, nachdem wir geheiratet hatten. Und später ist meine Ehe für nichtig erklärt worden. Am 29. November 1933 war das.«

»Was haben Sie dann gemacht?«, wollte Roeder wissen.

»Gar nichts. Ich habe das Urteil ignoriert. Es war ja nur ein Stück Papier, für mich ohne Bedeutung. Die Verbindung zu Doktor Trautwein lief genauso weiter wie bisher.«

»Auch in sexueller Hinsicht?«, staunte Roeder.

»Ja, auch in sexueller Hinsicht. Ich war hochschwanger, aber im Dezember 1933 habe ich dann eine Fehlgeburt erlitten. Anschließend hat man mir erzählt, dass ich keine Kinder mehr kriegen könne. Ich bin weiterhin bei Trautwein geblieben. Ich habe ihn finanziert.«

»Woher hatten Sie das Geld?«, erkundigte sich Roeder.

»Ich habe Urkunden gefälscht, betrogen, gestohlen«, erklärte Ruth Blaue mit einer Gleichmut, als wäre dies die natürlichste Sache von der Welt. Roeder hatte seinen Füllfederhalter losgelassen und starrte die Frau erstaunt an. Auch Pagels starrte Ruth Blaue an. Er hatte den

Wunsch, dass sie sofort aufhörte, sich auf diese Weise selbst zu bezichtigen. Alles, was sie anführte, war für das jetzige Verfahren völlig irrelevant. Sie brauchte sich nicht selbst zu belasten. Wusste sie das nicht? – Doch, das wusste sie.

Ruth Blaue hatte keinen Blick für Pagels. Sie sah auch Roeder nicht direkt an, sondern sprach irgendwie ins Leere, in den Raum über den Köpfen der beiden Polizisten. Es war so, als spräche sie zu sich selber. »Es war für mich ganz selbstverständlich. Ich musste für meinen Geliebten sorgen. Er war arbeitslos. Ich habe mich prostituiert. Ich habe das höchste Opfer gebracht, das eine Frau für den geliebten, unterstützungsbedürftigen Mann bringen kann. Dass ich das Geld für seinen Lebensunterhalt durch Prostitution verdiente, das konnte mich nicht beflecken.«

Roeder war fassungslos.

»Ich war inzwischen obdachlos. Meine Eltern hatten uns vor der Ehe eine Wohnung eingerichtet, aber ich habe nach und nach alle Möbel verkauft. Nachts bin ich ziellos durch die Straßen geirrt. Meine Eltern haben mich schließlich wieder aufgenommen, aber meine Beziehung zu Trautwein war damit nicht zu Ende. Ich habe meinen Eltern Silbersachen und einen Pelz gestohlen und verkauft. Von Juni bis August 1934 habe ich außerdem aus einer Bücherei fünfzig oder hundert Bände ausgeliehen und verkauft. Im März 1935 habe ich eine Stelle als Kontoristin angenommen. Ich habe fast achtzig fingierte Aufträge eingereicht und dafür eine Provision von über tausend Reichsmark bekommen. Zwei Staubsauger, die ich an Kunden ausliefern sollte, habe ich selbst verkauft und das Geld Wolfgang gegeben.«

»Das muss doch aufgefallen sein«, mutmaßte Roeder.

»Ja, das ist aufgefallen. Ich wurde dann im Oktober 1935 zu neun Monaten Gefängnis verurteilt. Als ich wieder rauskam, im Frühjahr 1936, da war ich zweiundzwanzig Jahre alt. Ich habe dann als Stenotypistin und Kontoristin bei einem Makler gearbeitet. Die Beziehung zu Doktor Trautwein habe ich nicht wieder aufgenommen.«

»Gott sei Dank«, entfuhr es Roeder.

»Dann habe ich John Blaue kennengelernt. Wir haben uns von Anfang an gut verstanden. Er war ein sehr positiver Mensch. Ich würde unsere Beziehung in jener Zeit als herzlich bezeichnen. Wir sind zusammen ausgegangen. Mehr war da nicht. Ich war erstaunt, dass er mir keine sexuellen Angebote gemacht hat. Schließlich habe ich ihn darauf angesprochen, und er hat gesagt, dazu sei ich ihm zu schade. Ich war sprachlos. Ich fand das sehr komisch. Ich habe aber nichts unternommen, um diesen Zustand zu beenden. Ich habe einfach nur abgewartet. Irgendwann würde es schon kommen. Ich habe abgewartet und war gespannt, wann und warum ich ihm irgendwann einmal nicht zu schade für Sex wäre.«

»Aber irgendwann ist es dann doch passiert«, vermutete Roeder.

Ruth Blaue nickte. »Wann das genau gewesen ist, das kann ich heute nicht mehr sagen. Der einzige Tag aus den ersten Monaten unserer Beziehung, an den ich mich genau erinnere, das war der Tag, an dem er sein Steuermanns-Examen machen sollte. Ich war sehr stolz darauf.«

»Stolz auf Ihren Mann«, ergänzte Roeder.

»Nein, eigentlich nicht. Ich war stolz auf mich selber. Ich hatte die schriftlichen Arbeiten verfasst, die er brauchte. Dafür reichte sein Verstand nicht.«

»Aber Ihrer?«, hakte Pagels nach.

»Ja. Man muss nicht jahrelang zur See gefahren sein, um das theoretische Wissen für so ein Steuermanns-Examen zu bekommen. Ich habe die entsprechenden Fachbücher gelesen. Nautische Facharbeiten.«

»Meine Hochachtung«, sagte Roeder. Pagels warf ihm einen forschenden Blick zu. Er war sich nicht ganz sicher, ob sein Vorgesetzter diese Bemerkung wirklich als Lob gemeint hatte, oder ob er insgeheim an allem zweifelte, was Ruth Blaue ihm erzählte.

»Ich hatte ihn so gut vorbereitet«, fuhr Ruth Blaue fort, »aber er, er hat alles verpfuscht. Er hat den Termin verschlafen. Anstatt zur Prüfung zu gehen, hat er sich auf St. Pauli mit einem Freudenmädchen amüsiert. Da habe ich ihn dann gefunden. Schlaftrunken, aber vergnügt.«

»Haben Sie ihn zur Rede gestellt?«, fragte Roeder.

»Ja, natürlich. Ich habe ihm gesagt, dass er das Examen verpasst hat.«

»Nein, ich meine, ob Sie ihn wegen des Besuchs bei dieser Hure zur Rede gestellt haben!«

Ruth Blaue schüttelte den Kopf. »Das war unwichtig. Ich bin bei ihm geblieben, und ich habe dafür gesorgt, dass er das nächste Mal zur Prüfung gegangen ist. John war zwar nicht besonders intelligent, aber er hatte einen gesunden Menschenverstand, und es leuchtete ihm durchaus ein, dass er zu dieser Prüfung gehen musste.«

»Sie haben uns jetzt eine ganze Menge über John Blaue erzählt«, sagte Roeder, »aber ich kann mir den Mann noch immer nicht richtig vorstellen. Wie war er?«

»Der John? Ein netter Junge, das würde ich sagen. Irgendwie rührend. Es hat mir Spaß gemacht, mich um ihn zu kümmern. Aber nach kurzer Zeit habe ich dann auch gemerkt, dass mir etwas fehlte. Dadurch, dass ich die Beziehung zu ihm aufgenommen hatte, hatte ich etwas anderes aufgegeben. Bücher, geistige Anregung, Weiterkommen. Und mir war klar, dass ich darauf auf die Dauer nicht verzichten konnte.«

»Aber dennoch sind Sie mit John Blaue zusammengeblieben«, stellte Roeder fest.

»Ja, das bin ich. Ich fand es unterhaltsam. Einmal haben wir uns für kurze Zeit getrennt, aber dann ist er nach wenigen Tagen weinend bei mir angekommen und hat mich gefragt, ob ich nicht doch zurückkommen wolle. Das hat mich sehr beeindruckt.«

»Und dann haben Sie geheiratet«, vermutete Roeder.

»So schnell ging das nicht. Das war erst im Krieg, 1940, und da war John schon in Kiel. Da haben wir spontan geheiratet. Das hat mir großen Spaß gemacht. Der Standesbeamte und nachher auch der Pastor, die waren verblüfft, dass auf unserer Hochzeit nur wir da waren. Keine Verwandten, keine Bekannten, gar nichts. Als Trauzeugen haben wir beliebige Passanten von der Straße genommen. – Eigentlich habe ich John Blaue damals nur geheiratet, weil es dann leichter war, im Hotel ein Doppelzimmer zu kriegen.«

Roeder zog ein Gesicht. Es war ganz klar, dass er absolut nichts davon hielt, dass man den heiligen Bund der Ehe einging, nur um ein Hotelzimmer zu bekommen.

Ruth Blaue fuhr fort: »Dann wurde John nach Gotenhafen versetzt. Ich bin mitgefahren. Ich habe eine Stelle bei den Deutschen Werken bekommen. Gotenhafen war ja nach der Besetzung Polens durch die Wehrmacht wieder deutsch geworden, und die dortige Werft wurde zu einem Teilbetrieb der Deutschen Werke Kiel. U-Boote wurden dort hergestellt. Ich habe in der Bibliothek gearbeitet. Ich habe dafür gesorgt, dass die Bibliothek zu einer umfassenden Fachbibliothek ausgebaut worden ist.«

»Wer hatte die Bibliothek geleitet?«, wollte Roeder wissen.

»Ich natürlich. Ja, ich habe die Bibliothek geleitet.«

»Dann waren Sie also beide am selben Ort stationiert«, folgerte Roeder.

Ruth Blaue lächelte. »John war die meiste Zeit auf See. Er war ja bei den Vorpostenbooten. Aber mir ging es gut in Gotenhafen. Ich habe mich in einen jungen Offizier verliebt. Klaus hieß er. Er war verheiratet. Das hat mir nichts ausgemacht. Das intime Verhältnis zu ihm hat mich geistig gehoben. Klaus konnte mir etwas geben, was mir schon lange gefehlt hatte. Geistiges Niveau. – Nein, das hat meine Ehe nicht gestört.«

Pagels sah belustigt zu, wie Roeder versuchte, diese Aussage zu verdauen. Roeder sagte schließlich: »Und was hat Ihr Mann dazu gesagt?«

Sie zuckte mit den Achseln. »Nichts.«

»Hat er nichts davon gewusst?«

»Wahrscheinlich hat er es gewusst. Ich habe mir keine große Mühe gegeben, es geheimzuhalten. Was er davon hielt, das war mir egal.«

Roeder blieb der Mund offenstehen.

Ruth Blaue schien das nicht zu bemerken. »Ich habe den SS-Terror in Gotenhafen mit sehr offenen Augen gesehen. Auch diese Saufereien und Hurereien der anderen Frauen mit den Offizieren. Aber bei diesem Totentanz, da habe ich nicht mitgemacht. Nur meinem Klaus, dem habe ich meine Liebe geschenkt. Er war einer der engsten Mitarbeiter des Reichsaußenministers von Ribbentrop. Ihn habe ich ausgewählt, weil er es wert war. Ich habe gewusst, dass er fallen würde, sobald er an die Front kam. Und so geschah es dann auch.«

Das waren fast alles Dinge, die sich schwer überprüfen ließen. Pagels überlegte, ob es wohl möglich sei, einen Mitarbeiter des Außenministeriums zu identifizieren, von dem man nichts weiter wusste, außer dass er Klaus hieß und tot war. Die Chancen waren nicht allzu groß.

»Die schöne Zeit war schlagartig zu Ende, als ich plötzlich die Nachricht bekam, dass mein lieber Bruder in Russland schwer verwundet worden ist. Er hat versucht, einen fast gänzlich aufgeriebenen Stoßtrupp aus der Feuerlinie zu führen, seinen toten Leutnant auf dem Rücken. Schließlich ist er zusammengebrochen. Am nächsten Tag haben seine Kameraden ihn dann gefunden. Er lag im Schnee und war besinnungslos. Ich bin sofort ins Lazarett gefahren. Ich habe ihn gepflegt, Tag und Nacht.«

»Und Ihre Eltern?«, erkundigte sich Roeder.

»Meine Mutter war auch da, aber sie hat es nicht ausgehalten. Sie ist total zusammengebrochen. Ich habe durchgehalten. Ich habe meinem Bruder gepflegt. Bis zu seinem Ende.«

Pagels versuchte abzuschätzen, wie groß die Wahrscheinlichkeit war, dass jemand, der in Gefahr stand, von den Russen umzingelt zu werden, mit seinem toten Leutnant auf dem Rücken durch den Schnee stapfte. Er fand das nicht sehr wahrscheinlich.

»Im Krankenhaus habe ich dann das Drama um Stalingrad im Radio miterlebt. Da war mir auf einmal klar, dass ich etwas tun musste. Dass ich solidarisch sein musste mit unserer Volksgemeinschaft. Ich war kein Nazi, das nicht, aber ich wollte unbedingt für meine Landsleute etwas tun. So habe ich mich zur Fliegerabwehr gemeldet. Die Ausbildung war in Hagenow in Mecklenburg. Später bin ich dann nach Bremen versetzt worden.«

Roeder nickte. Er wusste, dass Ruth Blaue im Krieg bei der Flak in Bremen gewesen war.

»Dann ist John in einem Urlaub nach Hause gekommen. Er war ja bei den Vorpostenbooten, und sein Schiff war inzwischen an der norwegischen Küste im Einsatz. Er hat mir erzählt, dass er mit einer jungen Frau in Norwegen ein Kind bekommen habe. Er war so hilflos. Ich habe die Sache in die Hand genommen und versucht, mit der jungen Frau zu einer finanziellen Regelung zu kommen. Aber das wollte sie nicht annehmen. Das Kind ist dann wenig später an Diphtherie gestorben.«

»Das war sicher ein schwerer Schlag für die Beziehung zwischen Ihnen und John Blaue«, vermutete Roeder.

»Ja, natürlich. Aber ich hielt es für meine Pflicht, ihn jetzt nicht im Stich zu lassen. Jedes Mal, wenn er für kurze Zeit in Urlaub war, dann bin ich zu ihm gefahren, auch wenn ich keine Genehmigung hatte …«

»Moment mal«, unterbrach sie Pagels. »Heißt das, dass sie sich unerlaubt von der Truppe entfernt haben?«

»Ja, das heißt das. Ich wusste ja, dass er mit mir rechnete, und ich hätte es nicht über das Herz gebracht, ihn womöglich in den Tod ziehen zu lassen, ohne dass wir vorher noch eine kurze Stunde zusammen verbracht hätten.«

»Und was haben Ihre Vorgesetzten dazu gesagt?«

Sie zuckte mit den Achseln. »Nichts.«

»Nichts? Das kann ich mir nicht vorstellen!«

»Na ja, sie haben mich ermahnt, das ist ja klar. Aber ich habe mich nicht darum gekümmert. Ich liebte inzwischen auch einen Offizier in Bremen. Aber der ist bald darauf gefallen.«

Pagels kratzte sich am Kopf. Alles, was Ruth Blaue erzählte, war auf irgendeine Weise von höchster Dramatik. Das entsprach sicher nicht hundertprozentig den Tatsachen.

Ruth Blaue hatte noch mehr zu bieten: »Ich war Scheinwerferführerin. Bei meinem Dienst bei der Flak in Bremen musste ich einmal ins Krankenrevier. Gerade in dem Moment gab es einen schweren Angriff, und alles ging in den Bunker. Die Herren Offiziere mit Hunden und Damen und Wein. Das Geknalle draußen ging sie nichts an; sie waren ja in Sicherheit. Der Telefonist gab gelangweilt die einzelnen Lagemeldungen durch: ›Angriff auf Stellung X, Stellung Y ist ausgefallen.‹ Und die Damen, die haben derweil mit den Offizieren gelacht und getrunken und die Hunde gekrault. Und ich – ich habe gefiebert. Meine Stellung, meine Mädchen, müde, dreckig, tapfer, und die hier, die haben sich amüsiert, als ginge sie das alles gar nichts an.«

Roeder hatte auf seinem Zettel nur wenige Notizen gemacht. Pagels war derjenige, der das Protokoll führte. Aber Roeder hatte jedenfalls das Wort »Scheinwerferführerin« aufgeschrieben und dick umkringelt.

»Es wurde immer schlimmer. Wir schliefen schon im Stehen. Kamen nicht mehr aus den Kleidern. Stromausfall, Kälte, Nässe, ungenügende Verpflegung, und obendrein beinahe jeden Tag Tieffliegerangriffe auf unsere Scheinwerferstellungen. Und ich, ich war verantwortlich für meine Mädels und hatte selber solche Todesangst. Einmal waren wir die einzigen Überlebenden im weiten Umkreis. Ich konnte nicht mehr. Ich musste zum Arzt. Man schickte mich nach Hause.«

Roeder schrieb: *Nervenzusammenbruch.*

* * *

»Wie war es?«, fragte Berger, als Pagels und Roeder endlich aus Itzehoe zurück waren. Roeder hatte sich gleich entschuldigt und war in seinem Zimmer verschwunden. Berger und Pagels waren unter sich.

»Anders«, sagte Pagels. »Wir haben eine völlig andere Ruth Blaue zu sehen bekommen. Sie hat frei von der Leber weg aus ihrem Leben erzählt, ohne Rücksicht auf Verluste. Es war ihr ganz offensichtlich völlig egal, was ihre Zuhörer, also wir beide, von ihren Aussagen hielten. Und sie hat Dinge erzählt, das glaubst du nicht.«

»Was meinst du damit?«, fragte Berger besorgt.

»Dinge, die sie niemals hätte sagen dürfen. Ich konnte sie nicht daran hindern. Ich weiß nicht, was ihr Anwalt ihr geraten hat, aber wenn der auch nur ein Fünkchen Verstand hat, dann hätte er darauf dringen müssen, dass sie absolut gar nichts von dem preisgibt, was sie uns heute aufgetischt hat. Diese Aussage ist ein Fest für die Staatsanwaltschaft.«

»Was hat sie gesagt?«

»Sie hat uns sozusagen ihre zahlreichen Liebhaber im Lauf ihres jungen Lebens vorgeführt. Sie hat eine ganze Reihe von Straftaten zugegeben, für die sie zum Teil verurteilt worden ist. Betrug, Unterschlagung, Diebstahl. Und sie hat gesagt, dass sie auf den Strich gegangen ist, um ihren damaligen Liebhaber zu finanzieren. – Du kannst dir vorstellen, was unser prüder Kollege Roeder für Augen gemacht hat.«

Berger seufzte.

»All diese Dinge sind natürlich im Grunde genommen für den eigentlichen Mordfall irrelevant. Aber sie geben ein verheerendes Bild von der Persönlichkeit der Ruth Blaue ab. Ich fürchte, dass das am Ende entscheidend sein wird. Ich habe das Protokoll geführt; ich kann natürlich versuchen, beim Abtippen ein paar der Aussagen ein kleines bisschen zu entschärfen, aber viel liegt nicht drin. Sie hat es ja schließlich unterschrieben. Roeder hat ja auch selbst ein paar Notizen gemacht und die entscheidenden Stichworte mitgeschrieben.«

»Wir müssen verhindern, dass es eine Katastrophe gibt«, sagte Wilhelm Berger in beschwörendem Ton.

Pagels zuckte mit den Achseln. »Bis gestern hätte ich das auch gesagt, Wilhelm. Aber inzwischen bin ich mir nicht mehr so sicher. Eine Sache, die heute ganz klar zum Vorschein gekommen ist, das ist ihre Unehrlichkeit. Sie lügt wie gedruckt, Wilhelm. Und wenn sie schon bei den Dingen nicht die Wahrheit sagt, die überhaupt gar nicht in Verbindung mit dem Mord stehen, dann mag ich auch nicht mehr glauben, dass sie uns darüber die Wahrheit gesagt hat. Obwohl sie heute kein einziges Wort zu der Mordanklage gesagt hat, bin ich mir jetzt fast hundertprozentig sicher: Sie war es. Sie hat ihren Gatten mit der Axt erschlagen.«

Wilhelm Berger seufzte.

Pagels nahm einen Bogen Papier und listete darauf die Dinge auf, die ihm während der Vernehmung aufgefallen waren:

1932-33: Straftat: Briefe unterschlagen

1933: Lüge: Verteilung vergifteter Zahnstocher in Polen

1933: Lüge: Besuch bei Hugenberg

1933: Straftat: Sparkassenbuch gefälscht

1933: Straftat: Schwindel mit dem angeblich von ihren Eltern bestellten Mercedes

1933: Straftat: Urkundenfälschung, Betrug, Diebstahl (nicht näher spezifiziert)

1933: Lüge: Prostitution

1934: Straftat: Diebstahl von Silber und einem Pelz bei ihren Eltern

1934: Straftat: Diebstahl von 50-100 Büchern

1934: Straftat: Provisionsschwindel, unberechtigter Verkauf von Staubsaugern

1935: Lüge: John Blaues verpfuschtes Steuermanns-Examen

1941: Lüge: sexuelle Beziehung zu einem Mitarbeiter des Reichsaußenministers

1941: Lüge: Umstände beim Tod ihres Bruders

1943: Lüge: Scheinwerferführerin in Bremen

Pagels zählte die einzelnen Posten durch. »Das sind mindestens sieben Straftaten«, sagte er. »Wahrscheinlich sogar deutlich mehr. Hinzu kommen ebenfalls mindestens sieben Lügen.«

Wilhelm Berger war sich nicht so sicher. »Das muss alles überprüft werden. Es ist nicht völlig auszuschließen, dass die Dinge, die du jetzt als Lügen eingestuft hast, in Wirklichkeit doch der Wahrheit entsprechen.«

Pagels lachte. »An was denkst du dabei? An die Zahnstocher mit den Milzbranderregern oder an den Sex mit dem engen Mitarbeiter des Außenministers?«

»Das weiß ich nicht. Ich meine nur, dass wir uns irren können. Möglicherweise sind das alles gar keine Lügen. Oder aber all die Straftaten, die sie zugegeben hat, die sind in Wirklichkeit auch gelogen. Das muss alles überprüft werden.«

Pagels sagte: »Es gibt im Grunde drei Möglichkeiten: Entweder sie hat immer die Wahrheit gesagt; dann hat sie eine ganze Reihe von Straftaten begangen. Oder sie hat immer gelogen; dann hat sie wahrscheinlich überhaupt keine Straftaten begangen. Oder aber sie hat bei den Straftaten gelogen und bei dem, was wir jetzt für Lügen halten, die Wahrheit gesagt.«

»Wahrscheinlich lässt sich das so eindeutig nicht bestimmen«, sagte Berger.

»Ja.« Pagels ging davon aus, dass die vermuteten Lügen wirklich Lügen waren, und dass Ruth Blaue die Straftaten tatsächlich begangen hatte.

Peter Roeder

Roeder hatte inzwischen mit dem Staatsanwalt telefoniert, und bei der Diskussion der unglaublichen Aussagen der Ruth Blaue war ihm plötzlich aufgegangen, dass das alles belanglos war, was sie erzählt hatte. Auch was Ernst Buchholz und sie in den anderen Vernehmungen zu Protokoll gegeben hatten, war völlig irrelevant. Es ging um etwas ganz anderes. Das Geld, dachte er. Der entscheidende Punkt bei dieser Mordgeschichte war das Geld. John Blaue hatte sich eine große Summe Geld geliehen. Und dieses Geld wollte Ruth Blaue haben.

Er hatte sich die ganzen Vernehmungsprotokolle noch einmal durchgelesen. Wenn man sich die Texte genau ansah, dann ließ sich nicht verkennen, dass sich die Krise in diesem Haus des Todes in Elmshorn langsam entwickelt hatte, Schritt für Schritt. Da war der junge Fliegeroffizier Ernst Buchholz, mit dem Ruth Blaue in Abwesenheit ihres Mannes eine Beziehung angefangen hatte. Da war auf der anderen Seite der etwas unbedarfte Ehemann John Blaue, der sich eine neue Existenz aufbauen wollte. Ernst Buchholz befand sich in einer Zwickmühle. Einerseits fand er den lebenslustigen John Blaue sympathisch, andererseits hatte er aber eine sexuelle Beziehung zu seiner Ehefrau. Er fühlte sich hin- und hergerissen, wusste keinen Ausweg. Er hatte Ruth Blaue vorgeschlagen, dass sie beide zusammen wegziehen sollten, aber das wollte die Frau nicht.

Und an diesem Punkt kam das Geld ins Spiel. Die vierzehntausend Reichsmark, die John Blaue sich von einem gewissen Korvettenkapitän Kolbe geliehen hatte. Von seinem Vorgesetzten bei der Kriegsmarine. Das Geld war für den Kauf eines Lastwagens bestimmt. Der Lastwagen war aber nie gekauft worden. Das Geld war also noch im Haus, als John Blaue erschlagen wurde. Und John Blaue musste weg, bevor er das Geld ausgeben konnte.

Was dann hinterher im Einzelnen mit dem Geld passiert war, das war bisher nicht geklärt worden. Dazu müsste die Frau Blaue noch einmal befragt werden. Aber Peter Roeder hielt es für sehr, sehr wahrscheinlich, dass das Geld der entscheidende Punkt war, warum Ruth Blaue ihren Mann erschlagen hatte: Mord aus Habgier.

Oktober 1954

Es freut mich sehr. Herr Dr. Stedtfeld, dass Sie sich bei uns gemeldet haben«, sagte Wilhelm Berger.

»Das ist doch selbstverständlich«, wehrte Stedtfeld ab. »Das bin ich Ernst schuldig. Ich war doch sein Staffelkapitän. Ich habe den Kontakt zu ihm immer aufrechterhalten, und wahrscheinlich bin ich einer der wenigen Menschen, die in all den Jahren bis heute sowohl den Ernst als auch die Ruth immer wieder aufgesucht haben. Übrigens den Doktor, den lassen Sie mal bitte weg. Bei uns Fliegern ist das nicht üblich. Sie können gern Günther zu mir sagen.«

»Ich bin Wilhelm«, erwiderte Berger leicht amüsiert. »Und der Kollege da, der jetzt das Protokoll führt, das ist der Wilfried. Kommissar Wilfried Pagels. Er ist übrigens auch Flieger gewesen.«

»Ah, interessant. Bei welcher Einheit bist du gewesen?«

»Jagdgeschwader 2«, erwiderte Pagels knapp.

»Das Richthofen-Geschwader!«, sagte Stedtfeld anerkennend.

Pagels nickte. Er war bis zum Ende mit dabei gewesen. Bei der Reichsluftverteidigung, bei der Ardennen-Offensive, beim Unternehmen Bodenplatte. Er hatte Glück gehabt. Er war noch am Leben.

Stedtfeld sagte: »Ich war ja beim Jagdgeschwader 51. Werner Mölders. Was wir alles erlebt haben, es ist einfach unglaublich. Ich könnte ein Buch darüber schreiben …«

»Das ist sicher eine gute Idee«, warf Berger ein. »Aber im Augenblick möchte ich gern auf unser gegenwärtiges Problem zurückkommen. Und da interessiert es mich besonders, wie Sie – pardon, wie du Ruth Blaue und Ernst Buchholz erlebt hast.«

»Ich war erschüttert«, sagte Stedtfeld. »Das muss ich ganz offen sagen: Ich war erschüttert, als ich Ernst Buchholz nach dem Krieg wiedergesehen habe. Ich hatte ihn als blutjungen, fröhlichen Oberfähnrich in Erinnerung. Wir hatten uns bei Kriegsende aus dem Auge verloren. Ich habe damals gleich angefangen, in Hamburg Medizin zu studieren, und im Winter 1946/47 habe ich zufällig den Ernst am Dammtor-Bahnhof in Hamburg getroffen.«

»Im Winter 1946/47, sagst du«, unterbrach ihn Pagels. »War das vor oder nach dem November?«

»Es war danach, im Januar oder Februar. Wahrscheinlich im Januar. Er war in Begleitung einer Dame, und das war diese Ruth Blaue. Ich war erschüttert. Als ich den Ernst jetzt sah, wirkte er ausgesprochen deprimiert. Die beiden haben mich dann zu sich nach Elmshorn eingeladen, und von da an habe ich sie beinahe an jedem

Wochenende besucht. Ich habe also eine sehr gute Vorstellung davon, wie das Verhältnis zwischen den beiden ausgesehen hat.«

»Und wie war das Verhältnis zwischen den beiden?«, fragte Berger.

»Es war ganz eindeutig so, dass die Frau Blaue in dieser Beziehung den Ton angab. Ernst war jung und unerfahren. Sie hatte ihn völlig in ihrer Gewalt. Geistig war er ihr überhaupt nicht gewachsen. Wenn wir miteinander geredet haben, war Buchholz schweigsam und verschlossen, während die Frau gleich die Führung übernahm. Früher hatte der Ernst immer auf meine Ratschläge gehört, jetzt nicht mehr. Ich habe versucht, ihn auf andere Gedanken zu bringen. Im Frühjahr 1953 fand das erste Traditionstreffen des Jagdgeschwaders Mölders statt. Ich habe dafür gesorgt, dass er auf jeden Fall die Einladung erhalten hat. Aber er ist nicht hingegangen. Er war der Einzige von uns alten Kameraden, der zu dem Treffen nicht gekommen ist.«

»Sehr seltsam«, behauptete Pagels. Falls es nach dem Krieg Traditionstreffen des Jagdgeschwaders Richthofen gegeben haben sollte, hatte man ihn jedenfalls nicht eingeladen.

»Damals lebten die beiden schon im Schwarzwald. Ich hatte nicht das Gefühl, dass sie zu irgendwelchen Freunden oder Bekannten näheren Kontakt hatten. Die Frau Blaue machte einen glücklichen und zufriedenen Eindruck. Ernst war dagegen deprimiert und völlig heruntergekommen. Er kleidete sich nachlässig. Er machte geradezu einen schrulligen Eindruck.«

»Du sagst, die Frau Blaue hatte den Ernst völlig in der Gewalt?«, fragte Berger nach. »Wie ist das zu verstehen?«

»Sexuell. Sie hat den unerfahrenen Jungen sexuell in ihre Gewalt gebracht. Die Sexualität spielt ganz offensichtlich für sie eine sehr große Rolle. Und die Gewalt auch. Das sieht man zum Beispiel an der pornographischen Bibliothek, die sie hat …«

»Pornographische Bibliothek?«, fragte Pagels nach.

Stedtfeld nickte. »De Sade zum Beispiel«, sagte er.

Wilhelm Berger fragte sich, warum sie bei der Festnahme von Ernst Buchholz und Ruth Blaue nicht auch die Bibliothek der beiden gründlich untersucht hatten. Es war in dem Augenblick unnötig erschienen, aber möglicherweise hätten sich daraus weitere Hinweise auf die Persönlichkeit von Ruth Blaue ergeben. Ein Steinchen kam zum anderen. – Außerdem hätte er auf diese Weise herausgefunden, was De Sade denn nun wirklich geschrieben hatte, der geheimnisvolle Mann, von dem alle redeten, aber dessen Bücher keiner kannte.

Pagels verfolgte indessen eine andere Spur. »Günter«, sagte er, »du bist einer der erfolgreichsten Jagdflieger deiner Staffel …«

»Einer der erfolgreichsten, die überlebt haben«, wehrte Stedtfeld ab.

»Du warst ab Juni 1944 Staffelkapitän, du hast fünfundzwanzig feindliche Flugzeuge abgeschossen, ganz überwiegend im Luftkampf besiegte gegnerische Jagdflugzeuge. Ernst Buchholz hat sich 1942 zur Luftwaffe gemeldet. Er war also seit 1943 im Einsatz. In den Unterlagen heißt es, dass er fünf Feindflugzeuge abgeschossen hat. Das ist nicht allzu viel. War er also das, was wir damals als einen ›unproduktiven Jagdflieger‹ bezeichnet haben?«

Stedtfeld widersprach entschieden: »Ganz und gar nicht. Zunächst einmal musst du wissen, dass all die fünf Flugzeuge, die er abgeschossen hat, viermotorige

Bomber gewesen sind. B-17 und B-24. Dafür gebührt ihm meine größte Hochachtung. Unter meinen eigenen Abschüssen waren auch nur fünf Viermotorige.«

An diesem Punkt griff Wilhelm Berger ein. »Eine Viermotorige hat eine Besatzung von zehn Mann«, sagte er. »Wenn sie Glück gehabt haben, hat vielleicht die Hälfte davon überlebt. Mit anderen Worten heißt das also, Ernst Buchholz hat ungefähr fünfundzwanzig Menschen auf dem Gewissen.«

Der Staffelkapitän reagierte empfindlich: »Was willst du damit sagen, Wilhelm?«

»Ich meine damit, dass er jedenfalls in der Lage war, so etwas zu tun.«

Stedtfeld schüttelte den Kopf. »Es geht nicht um das Töten. Im Luftkampf geht es darum, das gegnerische Flugzeug vom Himmel zu holen. Dabei kann es passieren, dass die Besatzung ums Leben kommt, aber das ist nicht das Ziel. Es ist ein fairer Kampf zwischen ungefähr gleich starken Gegnern. Wir haben anständig gekämpft, wir waren die Ritter der Lüfte ...«

Die Ritter der Lüfte! Berger dachte in diesem Moment an einen alten französischen Kriegsfilm. Er hieß *Die große Illusion*.

»Einen schlafenden Menschen mit der Axt zu erschlagen, das ist ein ganz anderes Ding. Ich bin mir absolut sicher, dass Ernst Buchholz dazu nicht in der Lage wäre.«

* * *

Berger lag lange wach. »Wir haben anständig gekämpft, wir waren die Ritter der Lüfte«, das hatte der Jagdflieger gesagt. Ziemlich genau dasselbe hatte Bernhard Rogge auch versprochen, als sie gemeinsam auf Feindfahrt gegangen waren. Anständig. Am 11. November 1940 war dann der Anstand zum Teufel gegangen.

Er war in Gedanken wieder an Bord der *Atlantis*. An jenem Tag hatte der Ausguck des Hilfskreuzers eine Rauchwolke am Horizont entdeckt. Es war kurz nach acht Uhr morgens, und die Entfernung betrug noch über dreißig Kilometer. Jetzt kam es darauf an, sich dem fremden Schiff so weit wie möglich zu nähern. Wenn der Fremde jetzt Verdacht schöpfte und über Funk ein Notsignal abgab, hatten sie keine Möglichkeit, ihn zum Stoppen zu zwingen.

Berger wusste, dass die britische Admiralität Anweisung an alle Handelsschiffe gegeben hatte, Begegnungen auf hoher See möglichst zu meiden. Wenn ein fremdes Schiff in Sicht kam, sollte man sofort den Kurs ändern. Aber Berger wusste auch, dass sich fast niemand an diese Anweisung hielt. Die *Atlantis* steuerte in spitzem Winkel auf das fremde Schiff zu. Das war am unauffälligsten, aber auf diese Weise würde es Stunden dauern, bis sie wirklich nahe genug herangekommen waren.

Rogge sagte: »Das ist ein *Blue Funnel Liner*. Ein Engländer.«

Wilhelm Berger sah den Kommandanten an. Jagdfieber? Äußerlich wirkte Rogge ganz ruhig, aber Berger kannte ihn gut genug, um zu wissen, dass er aufgeregt war. Und die Beute? Das war einfach nur ein älterer Dampfer mit einem hohen Schornstein. Rogge reichte ihm das Fernglas. Ja, nun sah Wilhelm es auch: Der Schornstein war blau. Deutlich erkennbar war auch die Kanone am Heck des englischen Schiffes.

Als die *Atlantis* auf viereinhalb Kilometer herangekommen war, ließ Rogge die Geschütze enttarnen und das Anhaltesignal setzen. Gleichzeitig wurde über den Engländer hinweggeschossen. Der Dampfer hielt nicht an. Im nächsten Moment funkte der Frachter auf der 600-m-Welle: R R R R *Automedon* … Alles Weitere wurde durch den Löschfunksender der *Atlantis* gestört. R R R R bedeutete: »Werde von einem Hilfskreuzer angegriffen«, und *Automedon* war der Name des Schiffes.

Rogge ließ das Feuer eröffnen. Es gab keine andere Möglichkeit. Bereits die erste Salve schlug im Bereich der Brücke ein. Der Dampfer funkte weiter. »Das gibt's nicht!«, knurrte Rogge. Die Funkbude musste längst vollständig zertrümmert sein. Die nächsten drei Salven trafen ebenfalls das Mittelschiff der *Automedon*. Das Funken hörte nicht auf. Die Funkstation befand sich nicht im Bereich der Brücke, sondern auf dem hinteren Bootsdeck, wo sie in dem unübersichtlichen Gewirr von Aufbauten und Lüftern nur schwer zu erkennen war. Schließlich hörte das Funken doch auf; Rogge ließ das Feuer einstellen.

Im nächsten Moment rief jemand: »Da ist einer am Geschütz!«

Tatsächlich. Irgendein Wahnsinniger versuchte, die Kanone der *Automedon* klarzubekommen. Rogge ließ das Feuer erneut eröffnen. Drei weitere Salven trafen den Dampfer im achteren Aufbaudeck und im Vorschiff. Die *Automedon* hatte inzwischen gestoppt; in der Nähe des Geschützes regte sich jetzt niemand mehr.

»Feuer einstellen!«

»Los!«, sagte Rogge. »Lasst uns sehen, was noch zu retten ist.«

Wilhelm Berger setzte mit dem Untersuchungskommando über. Die *Automedon* bot ein Bild der Verwüstung. Die zahlreichen Treffer hatten alle Aufbauten durchsiebt, die Rettungsboote zertrümmert, den Schornstein durchlöchert. Der Weg zur Brücke war versperrt. Die Räume des Kapitäns und des ersten Offiziers waren nur noch ein Gewirr von Brettern, Kabeln, Blech. Eine Anzahl von Toten und Verwundeten bedeckte das Deck. Der Kapitän war auf der Brücke gefallen und von einem Treffer regelrecht zerrissen worden. Ein Offizier war vor dem Kartenhaus von einem Splitter getötet worden. Ihm fehlte das halbe Gesicht. Ein zweiter Offizier war nicht mehr aufzufinden; er lag wahrscheinlich in dem Schutt in der Kammer des Ersten Offiziers begraben.

»Komm mit!«, rief Leutnant Mohr. »Der Tresor!«

Während sie sich einen Weg durch die Trümmer bahnten, sah Berger aus den Augenwinkeln, dass auch der Zimmermann durch die Beschießung getötet worden war. Ein Arzt war gleich mit dem Untersuchungskommando auf die *Automedon* gekommen. Er kümmerte sich um die Erstversorgung der Verwundeten.

Auch der Chief Steward war getroffen worden. Eine deutsche Granate hatte ihm den rechten Fuß abgerissen. Plötzlich bewegte sich der Mann. Wilhelm starrte ihn erschrocken an.

»Schnell, hilf mir mal!«, rief er.

Leutnant Mohr zögerte keine Sekunde, er packte mit an. Die Bergung der Geheimsachen musste warten. Es gab keine Tragen für die Verletzten. Der Steward schrie wie ein sterbendes Tier, als er an einem Seil in das Rettungsboot hinuntergelassen wurde.

Während die Besatzung der *Automedon* zu *Atlantis* hinübergebracht wurde, arbeitete Leutnant zur See Mohr wie ein Besessener. Da der Kapitän und alle Offiziere mit den ersten Salven ausgeschaltet worden waren, bestand eine gute Chance, dass eventuelle

Geheimunterlagen nicht vernichtet waren. Es dauerte fast eine Stunde, bis es ihm gelang, mit der Axt den Geheimsachen-Spind des Kapitäns zu öffnen. Der Erfolg übertraf alle Erwartungen.

»Guck mal, was wir hier haben!«

Er schwenkte eine Tasche mit der Aufschrift *Highly Confidential ... To be destroyed*. Später stellte sich heraus, dass die gesamte Post in der Tasche für das Oberkommando Fernost der britischen Streitkräfte bestimmt war.

Bis jetzt wusste niemand, was der Frachter geladen hatte. Die Ladelisten waren durch die Beschießung vernichtet worden. Das Untersuchungskommando öffnete die Ladeluken. »Stückgut!«, rief einer der Männer. »Die Ladung ist Stückgut!«

Und was für ein Stückgut! Tausende von Kisten mit Flugzeugteilen, Autos, Anzugstoff, Hüten, Maschinenteilen, Fahrrädern, Mikroskopen, Stahl, Kupferblech, Regenschirmen, Fotoapparaten, Nähmaschinen, sanitären Anlagen – unglaubliche Werte, aber alles war verloren. Die Ladung konnte nicht geborgen werden. Die *Automedon* musste versenkt werden, und zwar so schnell wie möglich. Das Schiff brannte zwar nicht, aber es war vermutlich über eine Entfernung von zwanzig bis dreißig Kilometer sichtbar. Sie waren auf einer dicht befahrenen Schifffahrtsroute. Sie mussten verschwinden.

Berger fuhr zurück auf die *Atlantis*. In der Gegenrichtung waren Boote unterwegs mit Freiwilligen der englischen Besatzung. Rogge hatte ihnen klargemacht, dass die Übernahme von möglichst viel Proviant in ihrem eigenen Interesse sei. Außerdem hatte er ihnen gestattet, ihre Besitztümer zu bergen, soweit das möglich war.

Per Winkspruch kam die Nachricht von der *Automedon*: »Finden soeben in Luke III 550 Kisten Whisky. –

Frage Verlängerung?« Piraten auf der Suche nach Beute, dachte Berger. Wie würde Rogge entscheiden? Die Verlängerung der Frist wurde gewährt.

Berger hastete hinunter in die Sanitätsstation. Der Chief Steward war bei Bewusstsein. Sein Fuß war verbunden, und er hatte ein starkes Schmerzmittel bekommen. »Alles wird gut«, sagte Berger. »Keine Angst, unser Arzt kriegt das wieder hin.« Der Verwundete sagte nichts, aber er nahm Bergers Hand und drückte sie ganz fest. Er wusste, dass er sterben würde.

Berger hastete wieder nach oben. Er musste sich um die Gefangenen kümmern. Es waren unglaublich viele. Über hundert Menschen waren neu an Bord gekommen. Inzwischen war die Frist für die Bergung des Whiskys abgelaufen, aber jetzt kam eine neue Nachricht von der *Automedon*: »Finde soeben zweieinhalb Millionen Chesterfield-Zigaretten. – Frage Verlängerung?« Auch diese Verlängerung wurde gewährt. Es wurde schließlich Nachmittag, bis Rogge das Auspacken beenden ließ.

Endlich waren alle Boote zurückgekehrt. Um 14:40 Uhr detonierten die Sprengladungen im Achterschiff der *Automedon*. Es dauerte eine knappe halbe Stunde, bis der alte Dampfer verschwunden war. Dafür war das Meer jetzt übersät von allerlei Wrackteilen. Wilhelm Berger war froh, als die *Atlantis* endlich vom Ort des Geschehens verschwinden konnte.

Während die Offiziere der *Atlantis* sich über die erbeuteten Geheimdokumente freuten, machte Wilhelm Berger eine Bestandsaufnahme der betroffenen Menschen. Siebenunddreißig Mann Besatzung hatte die erste Zählung ergeben. Das waren nur die Weißen. Hinzu kamen fünfunddreißig Chinesen sowie weitere fünfundfünfzig Chinesen, die von einem im Atlantik torpedierten Dampfer, der *Anglo Saxon,* stammten. Es gab auch drei Passagiere, die waren mit dem Schrecken davongekommen. Einer der Passagiere war zusammen mit seiner Frau auf dem Weg nach Singapur gewesen. Fünf Tote hatte es gegeben, einer davon war der inzwischen verstorbene Chief Steward. Es blieben noch vier Schwerverletzte und zwölf Leichtverletzte.

Wilhelm Berger glaubte, seine Wache sei jetzt zu Ende, aber Bernhard Rogge rief ihn zu sich auf die Brücke. Dort waren schon die anderen Offiziere versammelt. »Ihr habt es wahrscheinlich alle inzwischen schon gehört«, sagte Rogge. »Unter den Geretteten sind auch Seeleute der *Anglo Saxon.*«

Wilhelm nickte. »Im Atlantik torpediert«, sagte er.

»Mehr weißt du nicht?«

Nein, mehr wusste Wilhelm Berger nicht.

Rogge setzte ihn ins Bild. »Es ist richtig, dass die *Anglo Saxon* torpediert worden ist«, sagte er. »Aber nicht von einem Unterseeboot, wie ich zunächst geglaubt habe, sondern von einem anderen Hilfskreuzer. Nach Lage der Dinge kann das nur die *Widder* gewesen sein. Schade, dass die Offiziere der *Automedon* alle tot sind. Was die Mannschaften mir berichtet haben, ist etwas wirr. Und die Leute haben ihre Informationen ja schließlich auch nur von den Chinesen, und deren Englisch ist jedenfalls nicht besser als meins.«

Das war eine lange Vorrede. Offenbar gab es irgendetwas zu berichten, über das der Kommandant nicht gern sprechen wollte.

Rogge räusperte sich. »Die *Widder* hat die *Anglo Saxon* in der Nacht überfallartig angegriffen«, sagte er. »Ohne Warnung. Mit der Schiffsartillerie und mit den Flakwaffen und mit Maschinengewehren. Aus nächster Nähe. Dann haben sie das brennende Schiff torpediert. Die Leute haben sich in die Boote gerettet. Diejenigen jedenfalls, die noch am Leben waren. Die *Widder* hat sich nicht um die Überlebenden gekümmert.«

»Scheiße«, sagte einer der Offiziere.

»Das ist nicht schön«, gab Rogge zu. »Aber ein Unterseeboot macht auch nichts anderes, und eine Mine stellt sowieso keine Fragen.«

»Das ist nicht dein Ernst«, sagte Wilhelm Berger.

»Der Erfolg zählt«, sagte Rogge. Er sah Wilhelm dabei nicht an. »Und die *Widder* hat mit ihrer Methode Erfolg gehabt. Es ist unsere Aufgabe, feindliche Schiffe zu versenken. Ich bin zwar nach wie vor der Meinung, dass wir alles in unserer Macht Stehende tun sollten, die Besatzungen zu retten. Aber im Zweifelsfall geht die eigene Sicherheit vor. Wer zuerst schießt, lebt länger.«

»Ich meine, mich zu erinnern, dass du gesagt hast, du wollest diesen Krieg anständig führen«, sagte Berger.

»Da hast du mich missverstanden, Wilhelm. Ich habe gesagt, ich würde diesen Krieg so anständig wie möglich führen. Nicht mehr und nicht weniger.«

»Niemand hat uns den Befehl gegeben, so zu handeln wie die *Widder*«, entgegnete Berger erregt.

»Die *Anglo Saxon* hat keinen Funkspruch absetzen können«, sagte Rogge. »Die *Widder* hat das Schiffsgeschütz der *Anglo Saxon* getroffen, bevor auch nur jemand daran denken konnte, etwa zurückzuschießen. Wenn sich die Gelegenheit ergibt, werden wir das genauso machen. Überraschender Feuerüberfall im Dunkeln, das ist am sichersten.«

»Ich protestiere«, rief Wilhelm Berger.

»Das kannst du gern tun, aber deine Stimme zählt nicht. Ich wollte deine Meinung hören, aber die Entscheidung müssen die berufsmäßigen Offiziere der *Atlantis* treffen, da gehörst du nicht dazu.«

Wilhelm Berger sah sich um. Einige der Männer blickten betreten zu Boden, aber keiner widersprach. Einer murmelte: »Der Kommandant bestimmt, was gemacht wird.«

Wilhelm Berger nickte.

* * *

Nach der Überwinterung auf den Kerguelen hatte die *Atlantis* am 2. Februar 1941 westlich der Seychellen den norwegischen Tanker *Ketty Brøvig* angetroffen. Das Schiff hatte sechstausend Tonnen Benzin und gut viertausend Tonnen Diesel geladen. Es war damit ein ideales Treibstoffdepot für die *Atlantis*. Bernhard Rogge schickte Wilhelm Berger als zusätzlichen Prisenoffizier an Bord des Norwegers.

Es war am 4. März kurz nach 16:00 Uhr nachmittags, als der Ausguck der *Ketty Brøvig* eine Rauchfahne im Westen entdeckte. Es war der australische Kreuzer *Canberra*. Da die langsame *Ketty Brøvig* nicht entkommen konnte, befahl der Kommandant, die Selbstversenkung vorzubereiten. Die Besatzung verließ das Schiff und ging in die Boote. Die Sprengladung explodierte, und Wilhelm Berger konnte zusehen, wie der alte Tanker ganz allmählich nach achtern wegsackte.

Die dreiunddreißig Chinesen, die zur ursprünglichen Besatzung der *Ketty Brøvig* gehörten, jubelten über die Befreiung. Die siebzehn Deutschen an Bord hatten weniger Grund zum Jubeln. Alle wurden an Bord des australischen Kreuzers gebracht. Am 8. März lief die *Canberra* den Hafen von Port Louis auf Mauritius an; die deutsche Besatzung der *Ketty Brøvig* wurde dort den Militärbehörden übergeben und blieb bis zum Ende des Krieges in Gefangenschaft.

* * *

Als Wilhelm Berger am Hauptbahnhof auf die S-Bahn wartete, bemerkte er plötzlich, dass neben ihm auf dem Bahnsteig der englische Offizier stand, der ihn gut zwei Jahre zuvor beinahe verhaftet hätte. Er trug jetzt Zivil, und entweder hatte er Berger nicht bemerkt, oder er tat so, als ob er ihn nicht kennen würde.

»Entschuldigen Sie«, sagte Berger.

Der Mann reagierte nicht.

Berger tippte ihm auf die Schulter. »Entschuldigen Sie!«

Der Mann drehte sich um: »Meinen Sie mich?« Er war es. Sein englischer Akzent war unverkennbar.

»Ich würde gern mit Ihnen sprechen, Major Phillips.«

»Aber ich nicht mit Ihnen«, erwiderte der Mann.

Berger ließ sich nicht beirren. »Ich bin einer Sache auf die Spur gekommen, die für den alliierten Kontrollrat von erheblicher Bedeutung ist.«

»Sie kommen zu spät«, antwortete der Major. »Die Bundesrepublik wird am 5. Mai unabhängig. Wir geben all unsere Aufgaben an die deutschen Dienststellen ab.«

»Wir haben März 1955. Noch ist es nicht soweit.«

Der Engländer sah Wilhelm Berger schweigend an. Schließlich sagte er: »Sie sind wirklich hartnäckig. Okay, warum nicht. Aber nicht hier. Kommen Sie mit!«

Der Offizier setzte sich in Bewegung und ging in Richtung Ausgang. Wilhelm Berger folgte ihm. Der Mann sah sich kein einziges Mal nach ihm um. Er marschierte mit eiligen Schritten zu dem Tunnel, der den Bahnsteig mit der U-Bahn verband. Berger hatte Mühe, ihn in dem Gedränge nicht zu verlieren. Der Engländer ging zur U-Bahn. Ein Zug der Ringlinie in Richtung Landungsbrücken lief gerade ein. Der Engländer stieg in den ersten Wagen. Berger folgte ihm.

Die Türen wurden geschlossen, der Zug fuhr ab. Der Waggon war voller Menschen. Berger schaffte es dennoch, direkt neben dem Engländer zu stehen; der tat so, als würde er ihn nicht kennen. Berger wartete ab. Der Mann hatte angebissen. Jetzt musste er reagieren. Der Zug hielt Mönckebergstraße, ein Teil der Fahrgäste stieg aus, der Zug fuhr weiter. Der Engländer tat so, als ob er aus dem Fenster sah, aber da die U-Bahn im Tunnel fuhr, gab es dort nichts zu sehen.

Der Zug hielt am Rathausmarkt. Jetzt wurde es deutlich leerer. Wilhelm Berger bekam einen Sitzplatz am Fenster. Der Engländer hätte sich neben ihn setzen können, aber er blieb stehen. Der Zug fuhr weiter. Erst drei Stationen später, als der Zug an den Landungsbrücken hielt, setzte der Engländer sich neben ihn.

»Worum geht es?«, fragte er.

»Biowaffen«, sagte Berger knapp. »Anthrax. Milzbranderreger.«

»Oh.«

Der Zug verschwand im Tunnel in Richtung St. Pauli. Wilhelm Berger erzählte dem Offizier, was er aus den Vernehmungen von Ruth Blaue erfahren hatte.

»Das ist nicht viel«, sagte der Engländer.

»Das ist wohl wahr«, musste Berger zugeben.

»Haben Sie den Wahrheitsgehalt dieser Aussage überprüft?«

»Das kann ich nicht. Ich habe beim Universitätskrankenhaus nachgefragt, aber dort hat man mir mitgeteilt, dass über derartige Forschungen bei ihnen keine Erkenntnisse vorliegen.«

»Na bitte«, sagte der Engländer.

»Die Frau könnte dennoch die Wahrheit gesagt haben.«

»Die Frau hat ganz offensichtlich eine rege Fantasie«, meinte der Engländer. »Aber ich werde nachfragen. Wenn sich dabei irgendetwas Interessantes ergibt, werden wir uns melden.« Der Mann erhob sich.

»Einen Moment bitte«, sagte Berger.

Der Mann setzte sich wieder.

»Sie haben mir damals einen ziemlichen Schrecken eingejagt.«

»Das war beabsichtigt.«

»Wozu? Am Ende ist ja doch alles im Sande verlaufen«, stellte Berger fest. »Niemand hat Anklage erhoben. Alle Gefangenen müssen demnächst wieder freigelassen werden.«

Der Mann lächelte. »Sie haben keine Ahnung«, sagte er. »Es ist genau das passiert, was wir uns vorgestellt haben.«

»Verstehe ich nicht«, sagte Berger.

»Das ist doch ganz einfach. Die Umtriebe der Nazis in Westdeutschland haben uns beunruhigt. Natürlich war uns klar, dass das belastende Material, das wir durch unsere Telefonüberwachung, durch die Briefzensur in den Händen hielten, nicht ausreichen würde, um eine Verurteilung der Verschwörer zu bewirken. Eigentlich wären auch damals schon die deutschen Behörden zuständig gewesen, aber die hatten kein Interesse. Wir haben auch nicht geglaubt, dass die Amerikaner mitmachen würden oder die Franzosen. Deshalb haben wir allein gehandelt. Dazu waren wir nur berechtigt, wenn eine konkrete Bedrohung unserer Besatzungstruppen vorlag.«

»Die lag aber nicht vor«, sagte Berger.

»Die lag nicht vor«, bestätigte der Engländer. »Wir hatten die unbestimmte Hoffnung, dass sich im Zuge der Verhöre und bei den Hausdurchsuchungen weiteres belastendes Material finden würde. Das war nicht der Fall.«

»Doktor Naumann hat triumphiert«, sagte Berger. »Haben Sie sein Buch nicht gelesen? *Nau-Nau gefährdet das Empire?* Darin wird die ganze Aktion gegen den Naumann-Kreis durch den Kakao gezogen.«

Major Phillips schüttelte den Kopf. »Doktor Naumann hat verloren«, sagte er. »Vor der Verhaftungsaktion hat niemand gewusst, wer dieser Dr. Naumann ist. Er war zwar ein hochrangiger Nazi, aber keiner von denen, die sozusagen in der ersten Reihe gestanden haben. Jetzt kennt ihn jedes Kind. Er ist politisch erledigt.«

Der Engländer zündete sich eine Zigarette an.

»Hier ist Nichtraucher«, murmelte eine Alte.

Der Offizier ignorierte sie. »So läuft das Spiel«, sagte er. »Es geht nicht darum, diese Leute dauerhaft hinter Gitter zu bringen. Es geht darum, der deutschen Öffentlichkeit klarzumachen, wer diese Leute sind. Und um das ganz deutlich zu machen, musste mindestens ein prominenter Nazi mitverhaftet werden, einer, dessen Namen auch vorher schon jeder kannte.«

»Karl Kaufmann«, sagte Berger.

»Karl Kaufmann«, bestätigte der Engländer. »Er hat innerhalb des Naumann-Kreises keine bedeutende Rolle gespielt, aber er hatte Kontakte zu den Beteiligten. Das hat uns ausgereicht. Deshalb haben wir ihn festgenommen. Er ist aber inzwischen längst wieder auf freiem Fuß.«

* * *

Wilhelm Berger hatte sich vorgenommen, den Wahrheitsgehalt der angeblichen Lügen der Ruth Blaue aufzuklären. Ein Punkt war bereits geklärt. Ruth Blaue war tatsächlich während des Krieges als Scheinwerferführerin in Bremen eingesetzt gewesen. Blieben noch sechs vermutete Lügen.

Einige davon würden sich wahrscheinlich nie klären lassen. Die näheren Umstände beim Tod ihres Bruders zum Beispiel. War das wirklich gelogen, oder hatte Ruth Blaue nur die Ereignisse ein kleines bisschen dramatischer dargestellt, als sie in Wirklichkeit gewesen waren? War das schon eine Lüge?

Hatte Ruth Blaue wirklich zeitweilig als Prostituierte gearbeitet? Natürlich war es ganz unwahrscheinlich, dass sich irgendjemand melden und vor Gericht aussagen würde, dass er tatsächlich einer ihrer Kunden gewesen sei. Dieser Punkt würde sich nicht klären lassen.

Das Verhältnis zu einem Mitarbeiter des Reichsaußenministers würde sich ebenfalls nicht klären lassen. Der Mann war tot. Man brauchte sehr viel genauere Angaben als nur den Vornamen, wenn man überprüfen wollte, ob dieser Mensch wirklich existierte. Da konnte nur Ruth Blaue weiterhelfen. Aber würde sie weiterhelfen?

Eine Sache, die geklärt werden konnte, war die Geschichte mit John Blaues verpfuschtem Steuermanns-Examen. Wilhelm Berger griff zum Telefon und rief John Blaues Bruder an. Zufällig war der gerade nicht auf

See, und er kam auch sofort ans Telefon. Er bestätigte im Prinzip das, was Ruth Blaue gesagt hatte, nur dass die Dinge aus seiner Sicht ein kleines bisschen anders abgelaufen waren. Dass er die erste Prüfung nicht bestanden hatte, war seiner Meinung nach allein Ruth Blaues Schuld, und davon, dass sie ihm bei der zweiten Prüfung geholfen hatte, war ihm nichts bekannt. Aber die Mädchen von St Pauli, ja, die hatten damals in John Blaues Leben eine Rolle gespielt.

Zwei zu null, dachte Wilhelm Berger. Zwei angebliche Lügen entsprachen der Wahrheit.

Was übrigblieb, waren im Grunde drei größere Lügen. Die dickste davon war die Geschichte mit den vergifteten Zahnstochern. Vielleicht konnte Major Phillips ihm weiterhelfen, wahrscheinlich aber nicht. Ruth Blaues Besuch bei Hugenberg wertete er nicht als eine eigenständige Lüge, sondern der gehörte zu dem Zahnstocher-Komplex mit dazu.

Die anderen beiden wesentlichen Lügen betrafen Ereignisse, die sich in ihrer Jugend in Halberstadt abgespielt hatten. Da war die Schießerei im November 1918, bei Ende des Ersten Weltkriegs, die Roeder nach einem Telefonat mit den zuständigen Stellen in der Ostzone für Unsinn erklärt hatte. Und da war der Bericht über den sagenhaften Flugzeugabsturz, den Pagels vom Tisch gewischt hatte.

Damit gab Berger sich nicht zufrieden. Wenn er wirklich wissen wollte, was damals geschehen war, dann musste er vor Ort mit den zuständigen Personen sprechen. Aber das war ein gefährliches Unternehmen. Einen offiziellen Einreiseantrag konnte er nicht stellen; die Behörden in der Ostzone arbeiteten nicht mit den westlichen Dienststellen zusammen. Er konnte auch keinen seiner Vorgesetzten einweihen; der hätte ihm dieses Unternehmen schlicht und ergreifend verboten. Der Einzige, den er schließlich ins Vertrauen gezogen hatte, war Wilfried Pagels.

»Du bist verrückt«, sagte der.

Berger hatte nichts anderes erwartet.

»Mal ganz abgesehen davon, dass es verboten ist, und dass du gegen alle möglichen Vorschriften verstößt, wenn du es trotzdem tust – mal ganz abgesehen davon, was glaubst du denn, was dabei herauskommen soll? Selbst wenn der völlig unwahrscheinliche Fall eintritt, dass alles stimmt, was die Ruth Blaue uns erzählt hat, dann ist das doch letzten Endes völlig irrelevant. Unser Auftrag ist festzustellen, wer im November 1946 John Blaue ermordet hat. Ob 1918 revoltierende Arbeiter und Soldaten in Halberstadt herumgeschossen haben, oder ob 1917 Flugzeuge vom Himmel gefallen sind, das spielt in diesem Zusammenhang überhaupt keine Rolle.«

»Das spielt sehr wohl eine Rolle«, konterte Wilhelm. »Es geht um die Glaubwürdigkeit der Ruth Blaue.«

»Die Glaubwürdigkeit der Ruth Blaue ist keinen Pfifferling mehr wert«, erwiderte Pagels. »Nach allem, was sie uns inzwischen erzählt hat, wird ihr kein Gericht der Welt mehr irgendetwas glauben.«

»Ich will es wissen«, beharrte Berger.

Pagels schüttelte den Kopf. Schließlich sagte er: »Ich kann dich nicht aufhalten, Wilhelm. Aber sei bitte vorsichtig. Spiel nicht den Helden. Das ist sie nicht wert. Wenn sie dich erwischen, dann heb die Hände hoch und lass dich festnehmen.«

»Ich werde auf mich aufpassen«, versprach Wilhelm Berger.

»Du Narr«, sagte Pagels.

* * *

Lange Zeit hatte Roeder sich gedrückt, aber im Augenblick gab es im Präsidium wirklich nicht allzu viel zu tun, und so willigte er schließlich ein, mit seiner Frau Ulrike ins Kino zu gehen. Er warf ihr einen prüfenden Blick zu. Großartig sah sie aus. Was hatte er für ein Glück gehabt, dieses wunderbare und hochintelligente Wesen zur Frau zu bekommen!

Die Kinokarten hatte Ulrike besorgt. Sie hatte gewusst, dass die Vorstellung ausverkauft sein würde, und sie hatte ihre Plätze telefonisch vorbestellt. Plätze weit hinten im Saal, sodass sie einen guten Blick hatten.

Ihr Mann studierte die Plakate am Eingang des Kinos. »Der Förster vom Silberwald«, sagte er.

Ulrike Roeder zog die Augenbrauen hoch. Sie hatte ihrem Mann gesagt, wie der Film hieß, aber ganz offensichtlich hatte er es wieder vergessen. Er konzentrierte sich einfach zu sehr auf seine Arbeit. »Komm«, sagte sie.

Ja, die Plätze, die sie bekommen hatten, waren nicht schlecht. Frau Roeder überlegte kurz, dann nahm sie den Hut ab. Es wäre sicher unhöflich gewesen, wenn sie ihn aufbehielt. Aber jetzt musste sie ihn während der Vorstellung auf den Knien tragen. Nicht auszudenken, wenn er herunterfiel und womöglich jemand mit seinen Stiefeln darauf trat. Sie musste aufpassen.

Peter Roeder hatte ein Programmheft gekauft. Offenbar gab es so eine Art Landschaftsfilm. Das Heft war voller Fotos von schroffen Bergen und Hirschen und Gämsen. Roeder interessierte sich nicht besonders für dieses Viehzeug, aber jedenfalls konnte er sich sicher sein, dass es ein entspannter Abend sein würde. Als Ulrike erwähnt hatte, dass sie mit ihm ins Kino gehen wollte, hatte er schon befürchtet, dass es dieser Halbstarken-Film sein würde, den sie sehen wollte. Man brauchte sich diesen Amerikaner, diesen James Dean, nur auf dem Kinoplakat anzuschauen, und man wusste gleich, dass der Kerl Ärger mit der Polizei kriegen würde. Und Halbstarkenkrawalle waren ja inzwischen auch in Deutschland an der Tagesordnung. Sie konnten von Glück sagen, dass Hamburg jedenfalls bisher weitgehend davon verschont geblieben war.

Mit Fanfarenklängen begann die *Neue Deutsche Wochenschau*. Das Thema Nummer eins war der Karneval. *Drei tolle Tage* hieß es in der Überschrift. Ulrike Roeder rümpfte die Nase. Offenbar gab es Idioten, die aus diesem Anlass mit dem sogenannten »Samba-Zug« von Hamburg nach Köln fuhren. Eine Frau ließ sich sogar dazu herab, den Lokomotivführer zu küssen.

Für die Politik interessierte Frau Roeder sich nicht. Aber dann kam endlich der Sport. Es gab Aufnahmen von den Weltmeisterschaften im Eiskunstlauf. Zu wenige. Und es gab Filme vom Skilaufen. Zu viele. Dann war schließlich die Wochenschau zu Ende, und es ging in die Berge.

Hubert, der neue Förster vom Silberwald, kämpfte erfolgreich dagegen, dass der Silberwald abgeholzt werden sollte. Auf einem Jägerball lernte er anschließend eine hübsche, junge Frau kennen. Peter Roeder war nahe am Einschlafen, als plötzlich deutlich wurde, dass die Frau eine Bildhauerin war. Natürlich hatte sich der Förster gleich in sie verliebt, aber schon gab es Verdruss: Ein Berufskollege, also noch ein Bildhauer, tauchte auf, und er wollte auch die schöne Frau haben. Er ging verbotenerweise auf die Jagd und erschoss den prächtigsten Hirsch im ganzen Revier. Natürlich fand der Förster gleich heraus, wer da gewildert hatte, aber weil er glaubte, dass die süße Frau dem Bildhauer das Gewehr gegeben haben könnte, verriet er ihn nicht. Die Sache endete damit, dass der Förster entlassen wurde.

Während im Silberwald und auf den angrenzenden Bergen die Rehe und Gämsen herumkletterten, dachte Peter Roeder darüber nach, ob sich die Handlung auf den Elmshorner Mordfall übertragen ließe. Und das war in der Tat der Fall. Dass der Förster die Bildhauerin schützen wollte – war das nicht so ähnlich wie in Elmshorn, nur dass in diesem Fall der Bildhauer die schöne Frau schützen wollte? Es wäre alles so viel einfacher, wenn alle Menschen schlicht und ergreifend die Wahrheit sagen würden. Und außerdem wäre es so viel schöner auf der Welt, wenn sie sich nicht gegenseitig den Schädel einschlagen würden – weder im Silberwald noch in Elmshorn.

Die nächste Szene spielte im Studio des Bildhauers in Wien. Es herrschte eine ausgelassene Stimmung. Der Künstler feierte seine neuesten Erfolge, und es wurde getanzt. Peter Roeder achtete nicht auf die Handlung. Er konzentrierte sich auf die Kunstwerke, die gezeigt wurden. Nichtssagend die meisten, fand jedenfalls Roeder, aber an der Wand hing eine Maske, und die hätte auch gut von diesem Ernst Buchholz stammen können. Und plötzlich fiel es ihm wie Schuppen von den Augen. Der Film war ein direktes Abbild der Ereignisse in Elmshorn. Und er, Peter Roeder, er hatte sich geirrt. Alle hatten sich geirrt. Sie hatten alle gedacht, dass die schöne Ruth Blaue den Künstler verführt habe, dabei war es genau andersherum gewesen. Diese Künstler waren doch alle Egoisten. Ernst Buchholz hatte sich einfach genommen, was einem anderen gehörte. Er war in das idyllische Leben der Blaues eingedrungen, nicht mit der Büchse, wie der Künstler im Film, sondern mit der Axt. Er hatte die Idylle zerstört. Und seine Versuche, Ruth Blaue im Verhör möglichst wenig zu belasten, die waren nichts als Heuchelei.

Roeder brannte darauf, am nächsten Morgen Wilhelm Berger von seiner neuesten Theorie zu erzählen. Aber er musste feststellen, dass Berger nicht da war. Er hatte kurzfristig ein paar Tage Urlaub genommen, und so musste Roeder mit Pagels vorliebnehmen. Der hörte sich seine Ausführungen geduldig an, sagte aber schließlich, dass seiner Meinung nach der Bildhauer nicht der Haupttäter gewesen sei.

* * *

Berger war inzwischen unterwegs in Richtung Ostzone. Natürlich hatte er sich vorher umgehört. Irgendwer war schon drüben gewesen, das wussten die Kollegen. Es hieß, die meisten gingen bei Helmstedt rüber. Andere nahmen den Weg über die Ostsee nach Mecklenburg. Einer, den er in der Kantine darauf angesprochen hatte, wusste: Man fuhr nach Travemünde, und da waren Fischer, die brachten einen mit dem Boot rüber nach Dassow. Und das kostete pro Nase hundert D-Mark.

Wilhelm Berger war losgezogen mit einem Rucksack mit etwas zu essen und mit einer Flasche zu trinken. Er hatte dunkles Zeug angezogen, damit man ihn im Dunkeln nicht sehen konnte. Das erste Stück des Weges war einfach. Er fuhr mit dem Zug nach Travemünde. Dort wandte er sich nicht in Richtung Ortszentrum, sondern ging nach Süden in den Teil des Ortes, wo die Häuser ärmlicher waren, und wo die Straßenbeleuchtung fehlte. Da lag die alte Gaststätte, in der sich die Grenzgänger abends trafen. Wilhelm Berger fand die Kneipe auf Anhieb. In der Gaststube saßen bereits zwei Männer und warteten.

Der Wirt sah Wilhelm Berger prüfend an. »Ein Bier?«, fragte er.

Berger schüttelte den Kopf. »Ich bin hier verabredet«, sagte er.

»Es ist noch zu früh«, antwortete der Wirt.

»Ich weiß.«

»Wenn du aufm Stuhl sitzen willst, kostet das 'ne Mark!«

Berger bezahlte die Mark, setzte sich auf einen Stuhl und wartete ab. Gesprochen wurde nichts, gar nichts. Und die Uhr ging langsam immer weiter.

Im Laufe des Abends trafen noch mehrere Männer ein, von denen Berger annahm, dass sie ebenfalls schwarz über die Grenze wollten. Gegen dreiundzwanzig Uhr kam schließlich jemand herein, sah sich kurz im Lokal um und sagte: »Rüber?«

Etliche Männer standen auf, Berger auch.

»Hat jeder sein Fahrgeld dabei?«, wollte der Mann wissen.

Berger zeigte seinen Hunderter.

»Das reicht nicht«, sagte der Mann. »Der Fahrpreis beträgt hundert DM und eine Flasche Schnaps.«

Wilhelm Berger kaufte beim Wirt eine Flasche Schnaps, natürlich überteuert, aber was blieb ihm anderes übrig.

»Mitkommen«, sagte der Mann.

Sie marschierten hinter ihm her, ein Stück weit am Ufer entlang, bis sie in eine Gegend kamen, in der es keine Häuser mehr gab, nur dichtes Gebüsch. Schließlich hielt ihr Führer an und sagte: »Da vorn hinter den

Büschen, da wartet ihr bis nach Mitternacht, und dann wird einer kommen.«

»Woran erkennen wir, dass es der Richtige …« setzte Berger an.

Der Führer unterbrach ihn: »Warten!«, sagte er knapp.

Also warteten sie. Sie waren so weit nach Süden gelaufen, dass die Halbinsel des Priwalls auf der anderen Seite ihren Blicken entzogen war. Die Trave ging hier in einen großen See über. In der Dunkelheit ließ sich die Größe des Gewässers schlecht abschätzen; Berger hatte den Eindruck, dass das Wasser mindestens einen Kilometer breit war. Schließlich kam vom See her ein Geräusch: Tuck-tuck-tuck-tuck. Das Geräusch kam näher, dann verstummte es. Und kurz darauf gingen zwei Männer am Ufer entlang und an den Büschen vorbei. Sie blieben stehen, als sie die wartenden Männer gewahrten.

»Rüber?«, fragte der eine.

»Ja.«

»Wie viele?«

Sie waren zu fünft.

»Drei in das eine Boot, zwei in das andere. Aber langsam. Und ganz leise.«

Ein Stück weiter lagen zwei lange, offene Fischerboote am Ufer. Sie stiegen ein. Der Fischer sagte: »Hinlegen. Ganz einfach auf den Rücken legen. Das wird jetzt ein bisschen unbequem, aber anders geht das nicht.«

Berger legte sich hin. »Oh!«, sagte er.

»Leise!«

Unter Berger zappelten die Fische. Der Mann hatte sie mit Planen zugedeckt, aber darunter war es weich und lebendig. Dann wurden die Grenzgänger ebenfalls mit Planen zugedeckt, und dann ging es los. Tuck-tuck-tuck-tuck.

Hoffentlich ging das gut. Es gab ja nicht nur die Grenzer, vor denen sie sich in Acht nehmen mussten. Es war genügend Gesindel unterwegs. Wilhelm Berger hatte keine Ahnung, wie lange die Überfahrt dauern würde. Er hatte nicht damit gerechnet, unter eine Plane gesteckt zu werden und nicht sehen zu können, was geschah. Er erinnerte sich, dass sein Kollege gesagt hatte, dass an dieser Stelle die Grenze am anderen Ufer verlaufe. Der ganze See gehörte zum Westen. Hier konnte sie niemand anhalten. Aber das kritische Stück kam noch.

Schließlich verstummte der Motor. Der Fischer entfernte die Plane, sammelte sein Geld und seine Flaschen ein. Dann sagte er: »Habt ihr ein bisschen Platz in euren Taschen? Wollt ihr Fische haben?«

Die anderen hatten ihr Gepäck voller Dinge, die sie in die Ostzone mitnehmen wollten. Bergers Rucksack war so gut wie leer. Er hielt ihn auf, und der Fischer füllte ihn mit lebenden Fischen. Einer sprang heraus, bevor Berger den Rucksack zubinden konnte. Jemand lachte leise.

Es war eine mondhelle Nacht. Wenn sich irgendein Grenzposten in der Nähe befand, dann hätte er ihre Landung bemerkt. Berger konnte nur hoffen, dass ihr Führer wusste, was er tat. Der Fischer sagte: »Diesen Weg durch das Schilf, dann in den Wald, und dann immer weiter.« Der Mann wandte sich zum Gehen.

»Moment mal«, sagte Berger. »Und wie komme ich am Ende wieder zurück?«

»Das weiß ich nicht. Ich bringe Leute nach drüben, aber abholen tue ich sie nur nach Absprache. Das ist mir sonst zu gefährlich. Wer weiß, wer dann hier im Schilf steckt und auf mich wartet!«

»Montag?«, sagte Berger auf gut Glück.

Der Fischer sah ihm lange ins Gesicht. »Montag«, sagte er schließlich. »Nach Mitternacht. Und genau hier.«

Berger nickte.

Sie marschierten im Gänsemarsch, hintereinander her. Die anderen zwei Männer aus dem anderen Boot waren schon da. Sie gingen voraus, und die Gruppe mit Berger folgte. Sie bewegten sich langsam und bemühten sich, kein Geräusch zu machen. Gegen Morgen, als es schon hell wurde, erreichten sie den Dassower Bahnhof. Das Gebäude sah halb verfallen aus. Es wurde nicht mehr genutzt. Verrottete Waggons standen im Hintergrund. Nirgendwo ein Mensch zu sehen. Wilhelm Berger hatte das Gefühl, dass die Strecke längst stillgelegt worden war. Sie konnten nur abwarten. Er setzte sich mit den anderen auf die Bahnsteigkarte und ließ die Beine baumeln.

Schließlich kam ein Bahnbeamter. Er stutzte, als er die Gruppe sah, ging zu ihnen hinüber und fragte: »Na, wo kommt ihr denn her?«

»Von Hamburg«

»Und wo wollt ihr hin?«

Die meisten wollten mit dem Zug nach Wismar.

Der Mann sah die Gruppe einen Augenblick lang schweigend an. Schließlich sagte er: »Das ist schlecht. Hier fahren keine Personenzüge mehr. Die Strecke ist stillgelegt, schon seit 1951. Das weiß ich auch nicht, wie ich euch da weiterhelfen kann.« Das Ganze sagte er aber so zögerlich, dass Berger den Eindruck hatte, dass der Mann ihnen doch weiterhelfen könnte, wenn er nur wollte.

»Können Sie Fische gebrauchen?«, fragte Berger.

»Fische?«

»Ganz frisch gefangen!« Berger zeigte dem Mann den Rucksack.

Es war ganz offensichtlich, dass der Eisenbahner beeindruckt war. »Wartet mal«, sagte er, »ich hole mal eben eine Tasche.« Er lief zum Bahnhofsgebäude, und einen Augenblick später war er mit einer Aktentasche zurück. Während er die Fische umfüllte, sagte er: »Ihr habt Glück. Gleich kommt eine Lok und holt die Güterwagen ab, die da drüben stehen. Ihr steigt beim letzten Wagen hinten in das Bremserhäuschen. Der Zug fährt ohne Halt bis Schwerin. Aber vor dem Schweriner Bahnhof, da hält er auf jeden Fall an. Eines der Signale steht immer auf Rot. Da könnt ihr dann aussteigen.«

Berger und seine Begleiter zwängten sich in das Bremserhäuschen. Und als dann endlich die Lokomotive kam, fuhr der Zug ab.

Es war eine sehr unbequeme Fahrt in dem engen Bremserhäuschen. Den ersten Halt gab es nach wenigen Kilometern in Schönberg, wo die Fahrtrichtung wechselte und die Lokomotive ans andere Ende des Zuges gebracht werden musste. Es gab noch einen weiteren Aufenthalt, aber auch das konnte allem Anschein nach nicht Schwerin sein. Die ganze Umgebung war zu ländlich. Schließlich hielt der Zug ein drittes Mal.

»Los, raus!«, sagte einer der Männer.

Rasch stiegen sie aus dem Bremserhäuschen, rannten quer über die Gleise und den Abhang hinunter, und schon waren sie in der Stadt. Hier trennten sich die Wege der fünf Grenzgänger, und Wilhelm Berger stand allein mitten in Schwerin. Am einfachsten wäre es jetzt natürlich gewesen, zum Bahnhof zu gehen und eine Fahrkarte nach Halberstadt zu lösen. Das war nicht möglich. Die ostdeutschen Geldscheine hatte er in Hamburg nicht bekommen können; der Import war verboten. Und das westdeutsche Geld galt in der Ostzone nicht.

Berger hatte schon erwogen, per Anhalter zu fahren, aber schließlich ergab sich eine ganz einfache Lösung. Ein junger Mann sprach ihn an: »Entschuldigung, Sie sehen aus, als ob Sie nicht von hier sind.«

»Ich bin aus Hamburg«, sagte Berger.

Der junge Mann legte erschrocken den Finger auf die Lippen. »Nicht so laut! – Wollen Sie Geld tauschen?«

Berger nickte. Ihm war klar, dass dieser schwarze Umtausch zu einem extrem ungünstigen Kurs erfolgte, aber jedenfalls hatte er jetzt das richtige Geld und konnte ganz normal mit der Bahn nach Halberstadt fahren. Die Fahrt verlief ohne besondere Vorkommnisse. Das Einzige, was Berger auffiel, war der unangenehme Geruch nach irgendeinem Reinigungs- oder Desinfektionsmittel.

* * *

Das Museum Halberstadt war in einem noblen Gebäude untergebracht, dem ehemaligen Wohnsitz des Domherrn von Spiegel, das dieser gegen Ende des 18. Jahrhunderts hatte errichten lassen. Die Dame am Empfang musterte Wilhelm Berger misstrauisch. Sicher fiel auf, dass er westliche Kleidung trug. Aber sie telefonierte dann doch einen älteren Herrn herbei, der bereit war, dem unangemeldeten Besucher die Schätze des Museums zu erläutern.

Das Museum hatte im Krieg schwer gelitten, und erhebliche Teile der Sammlung waren verloren gegangen. Der pensionierte Oberlehrer, der Wilhelm Berger durch die Räume führte, bemühte sich, das, was an Ausstellungsstücken fehlte, durch anschauliche Beschreibungen wettzumachen. Er beschrieb mit großer Detailkenntnis die inzwischen leider fehlende Trachtensammlung, bis Berger ihn schließlich höflich aber bestimmt darauf hinwies, dass er die gefährliche Reise in die Ostzone nicht wegen der Trachten unternommen habe.

»Es gibt zwei Dinge, die mich besonders interessieren«, sagte er. »Das eine ist die Revolution vom November 1918 …«

Weiter kann Berger nicht. »1918, ja, das war ein bedeutender Augenblick in unserer Stadtgeschichte. Spätestens seit dem Sommer 1918 war ja jedem klar, dass der Weltkrieg verloren war. Und während an den Fronten die deutschen Soldaten Stück für Stück zurückweichen mussten, wurde in der Heimat die Versorgungslage immer kritischer. Auch hier in Halberstadt. Immer öfter wurden sogenannte ›fleischlose Wochen‹ ausgerufen. Das waren Wochen, in denen es selbst auf entsprechende Marken kein Fleisch mehr gab. Auf dem schwarzen Markt brachte das Fleisch dagegen Rekordpreise. Im Herbst brach obendrein die Lieferung von Kohlen zusammen. Ab Anfang Oktober breitete sich eine Grippeepidemie aus, die dazu führte, dass alle Schulen geschlossen werden mussten. Am 3. November haben dann die Matrosen in Kiel gemeutert, ihre Offiziere entwaffnet und einen ersten Soldatenrat gebildet. In den folgenden Tagen griff die Revolution auf alle Teile Deutschlands über und erreichte schließlich am 5. November auch Halberstadt.«

»Uns hat man gesagt, dass in Halberstadt alles ruhig geblieben sei«, warf Berger ein.

»Das ist wieder einmal typisch für die kapitalistische Verfälschung der geschichtlichen Tatsachen. Entschuldigen Sie bitte, aber bei solchen Gelegenheiten geht mein Temperament mit mir durch. Ich kann es einfach nicht ertragen, wenn in dieser Weise die Unwahrheit gesagt wird.«

»Und was ist nun die Wahrheit?«, erkundigte sich Berger.

»Am Abend des 8. November hatte sich eine große Menschenmenge in der Innenstadt versammelt. Überall gab es erregte Diskussionen. Und plötzlich fiel ein Schuss! Auf der Treppe der Kreditanstalt, gegenüber dem Rathaus, hatte ein Soldat in die Luft geschossen. Die Massen drängten nach dort. Der Soldat verkündete, dass jetzt die Revolution begonnen habe, und er forderte die Menschen auf, mit ihm gemeinsam zu marschieren. Erst ging es zur Wohnung des Stadtkommandanten, der erklären musste, dass das Militär keinen Widerstand leisten würde. Dann sind sie zur Infanteriekaserne gezogen, wo sich viele Soldaten dem Zug angeschlossen haben. Anschließend sind alle gemeinsam zu den Gefängnissen marschiert und haben die militärischen und politischen Gefangenen befreit.«

»Ein Sieg auf der ganzen Linie?«, fragte Berger.

»So sah es zunächst aus. Allerdings geriet das Ganze im Laufe der Nacht außer Kontrolle. Die Wurstfabrik Heine ist gestürmt worden, und die Menschen sind über Wurst und Fleisch hergefallen und haben mitgenommen, was sie nur tragen konnten. Am 9. November sah es zunächst noch so aus, als hätte die Revolution gesiegt. Die Polizei wurde entwaffnet. Über der Kaserne wehte die rote Fahne.«

»Und dann?«, wollte Berger wissen.

»Und dann war alles sehr schnell wieder vorbei. Die roten Fahnen verschwanden. Ein Freikorps ist nach Halberstadt einmarschiert. Ein Maschinengewehr hat das Feuer eröffnet. Ein Soldat wurde am Arm verletzt, aber das war auch schon alles. Die Aufständischen wurden umzingelt und entwaffnet. Und damit war die Revolution in Halberstadt endgültig beendet.«

»Also ist in Halberstadt nicht alles ruhig geblieben?«

Der Lehrer schüttelte den Kopf. »Es hätte schlimmer kommen können, aber wirklich ruhig geblieben ist es damals nicht. Nein, das kann man nicht sagen.«

»Ich hätte da noch eine zweite Frage«, sagte Berger. »Ist es in Halberstadt 1917 zu einem Flugzeugabsturz gekommen?«

»Ja, natürlich. Und zwar am – lassen Sie mich nachsehen – ah, ja, hier steht es ja! Also am 19. August 1917 ist ein Flugzeug in Halberstadt abgestürzt.«

»Ein Flugzeug mit zwanzig Menschen an Bord?«, fragte Berger ungläubig.

»Nein, das ist etwas zu hoch gegriffen. Es hat sechs Tote gegeben bei diesem Absturz. Dieses Flugzeug war eines dieser Riesenflugzeuge, die in den letzten Jahren des Krieges gebaut worden sind. Aber nicht in Halberstadt.«

»Sind denn in Halberstadt auch Flugzeuge gebaut worden?«

»Ja, natürlich. Die Halberstädter Flugzeugwerke gab es schon seit kurz vor dem Weltkrieg. Vor dem Ersten Weltkrieg, meine ich. Sie haben während des Krieges weit über tausend Flugzeuge hergestellt. Das waren aber alles kleine Jagdflugzeuge oder Aufklärer oder Maschinen zur Erdkampfunterstützung. Die richtig großen Flugzeuge, die Bomber, die sind woanders gebaut worden.«

»Und was hatte es mit diesem Flugzeug auf sich?«

»Sie haben vielleicht von den Riesenflugzeugen gehört, die Siemens-Schuckert in den letzten Jahren des Ersten

Weltkriegs gebaut hat. Die R VII zum Beispiel hatte eine Spannweite von achtunddreißig Metern und konnte immerhin eine Bombenlast von fünfhundert Kilogramm transportieren. Diese großen Flugzeuge waren als Ersatz für die Zeppeline gedacht, deren Einsatz aufgrund hoher Verluste eingestellt worden war. Sie sind auch wirklich zum Einsatz gekommen. Das Flugzeug, das 1917 hier bei uns abgestürzt ist, das war allerdings ein anderes Modell, gebaut von Linke-Hofmann in Breslau. Diese R 14 ist nach dem Start in Halberstadt in den Klusbergen außerhalb der Stadt runtergekommen. Den Absturz hat niemand überlebt.«

»Danke«, sagte Wilhelm Berger. Es stimmte also tatsächlich. Die beiden angeblichen Lügen, die Ruth Blaue über ihre Halberstädter Zeit erzählt hatte, stimmten wirklich. Nicht bis ins letzte Detail, aber der Kern der Aussagen war zutreffend.

Als Berger das Museum verließ, fuhr ein Wagen der Volkspolizei vor. Weitergehen, dachte Berger, ganz unauffällig weitergehen! Die beiden Polizisten stiegen aus und gingen die Treppe zum Museum hinauf. Sie schienen keine besondere Eile zu haben. Sie beachteten Wilhelm Berger nicht, der jetzt ohne übertriebene Hast den Weg zum Bahnhof einschlug.

* * *

Wilhelm Berger war zur verabredeten Zeit am verabredeten Ort. Da er nicht davon ausgehen konnte, dass er wieder einen Zug nach Dassow erwischen würde, war er die Strecke zu Fuß gegangen. Jetzt steckte er im Schilf und wartete auf den Fischer. Er hatte gedacht, dass vielleicht noch andere Grenzgänger gemeinsam mit ihm übersetzen würden, aber er war allein. Es war eine sternklare, kalte Nacht.

Berger sah auf die Uhr. Jetzt war es Mitternacht. Draußen auf dem See rührte sich nichts. Berger wurde unruhig. Kein Boot zu sehen oder zu hören. Aber – war da jemand im Schilf? Es klang so, als ob sich jemand ganz bedächtig am Ufer entlangschlich. Was jetzt? Einen Augenblick lang befürchtete Berger, dass er an der falschen Stelle wartete, und dass der Fischer jetzt nach ihm suchte. Aber er hatte kein Boot gehört. Dies konnte nicht der Fischer sein.

Berger zog sich weiter ins Schilf zurück. Er bemühte sich dabei, kein Geräusch zu machen und keine Halme niederzutreten. Schließlich duckte er sich und wartete ab.

»Hier muss es sein«, sagte plötzlich jemand.

Eine andere Männerstimme antwortete: »Niemand da. Der Vogel ist ausgeflogen.«

Die Männer hatten eine Taschenlampe dabei. Die nützte ihnen nicht viel. Alles das, was nicht direkt im Lichtstrahl lag, wurde dadurch nur noch dunkler und undurchdringlicher. Wenn die Männer einen Hund dabeihatten, würden sie Berger entdecken. Aber sie hatten keinen Hund. Sie gingen schließlich zurück in die Richtung, aus der sie gekommen waren. Als sie sich weit genug entfernt hatten, hastete Berger durch das Schilf zurück zur Straße.

Was jetzt? Da es aufgrund der großen Breite des Dassower Sees unmöglich war, das Wasser zu durchschwimmen, musste er einen anderen Weg finden. Nicht hier, sondern ein erhebliches Stück weiter südlich. Er ging davon aus, dass die Stellen, an denen die Zonengrenze im oder am Wasser verlief, weniger stark bewacht waren als anderswo. Die Nacht verbrachte er im Gesträuch am Straßenrand. Er schlief wenig. Am Morgen ging er zurück zum Bahnhof Schönberg. Er wollte nach Gadebusch fahren und von dort aus zu Fuß an den Schaalsee. Aber er hatte die Streckenkarte der Reichsbahn nicht gut genug studiert. Ein entscheidendes Teilstück der Linie Schönberg-Gadebusch war nie gebaut worden. Er hätte schon über Bad Kleinen und Schwerin fahren müssen, um per Bahn nach Gadebusch zu kommen.

Was jetzt? Berger fühlte sich völlig erschlagen. Er entschloss sich, alles zu riskieren. »Gibt es irgendwo ein Taxi?«, fragte er den Bahnbeamten. Ihm war bewusst, dass seine eingetauschten Ostmark für eine Taxifahrt nicht reichen würden.

Ja, es gab ein Taxi. Berger stieg ein.

»Wohin?«, fragte der Fahrer. Der Mann sah wenig vertrauenerweckend aus. Und das Abzeichen, das an seinem Pullover steckte, war das nicht das SED-Parteiabzeichen?

Berger war alles egal. »Ich will zum Schaalsee«, sagte er.

»Zum Schaalsee?« Der Mann sah ihn misstrauisch an.

»Ja, und zwar zu einer Stelle, wo er nicht zu breit ist. – Nehmen sie auch Westgeld?«

Der Mann knurrte irgendetwas Unverständliches, und dann fuhr er los. Einen Augenblick lang befürchtete Berger, der Taxifahrer würde ihn direkt zur nächsten Polizeiwache bringen, aber das war nicht der Fall. Er fuhr mit ihm kreuz und quer durch die Landschaft, und Berger hatte rasch die Orientierung verloren. Schließlich hielt der Wagen an.

»Weiter ran kann ich nicht«, sagte der Mann. »Der Schaalsee ist in dieser Richtung.«

Berger bezahlte, bedankte sich und machte sich auf den Weg. Der erste Teil des Weges bot keine Schwierigkeiten, aber je näher Berger der Grenze kam, desto unruhiger wurde er. Es war kurz vor Mittag. Es wäre töricht, bei Tag durch den See zu schwimmen. Er musste warten, bis es dunkel wurde. Schließlich kam er in ein sehr stark hügeliges und bewaldetes Gebiet, wo er sich leidlich sicher sein konnte, dass ihn hier niemand entdecken würde. Wilhelm Berger legte sich unter einen Baum und schlief sofort ein.

Als er aufwachte, war es dunkel geworden. Berger rieb sich die Augen. Seine Umgebung hatte sich verändert. Nebel war aufgekommen. Das konnte nur gut sein für sein Vorhaben. Berger erhob sich, streckte sich und ging in die Richtung, in der er den Schaalsee vermutete.

Der Nebel wurde dichter, und plötzlich begriff Berger, dass er schon fast den Rand des Sees erreicht hatte. Im Gebüsch wartete er ab, bis die Patrouille der Grenzpolizei vorüber war. Die beiden Polizisten marschierten schweigend an ihm vorbei, ohne ihn zu bemerken. Kaum waren sie verschwunden, zog Wilhelm Berger sich bis auf die Unterwäsche aus. Was sollte er mit dem Zeug machen? Er stopfte alles in den Rucksack, und dann stieg er mit langsamen Schritten hinein in den See.

Das Wasser war kälter, als er gedacht hatte. Er hatte einmal gelesen, dass Leute, die den Ärmelkanal durchschwimmen wollten, sich vorher mit Fett einschmierten. Leider hatte er kein Fett. Es musste so gehen. Noch bevor er das tiefe Wasser erreicht hatte, war das Ufer hinter ihm bereits im Nebel verschwunden. Ganz vorsichtig ging er weiter hinaus und begann schließlich zu schwimmen. Wenn er die richtige Stelle erwischt hatte, sollte der See hier nur wenige hundert Meter breit sein. Das war eine Entfernung, von der er wusste, dass er sie schwimmend zurücklegen konnte. Allerdings hatte er so etwas noch nie im März gemacht, und auch nicht im Dunkeln und bei Nebel. Außerdem war er sich nicht ganz sicher, ob dies wirklich die richtige Stelle war. Das gegenüberliegende Ufer war nicht zu sehen.

Wilhelm Berger schwamm weiter und weiter. Je weiter er kam, desto unsicherer wurde er. Es gab Stellen, an denen der Schaalsee über einen Kilometer breit war. Wenn er an einer dieser Stellen gelandet war, dann war er in Schwierigkeiten. Er war noch nie einen Kilometer weit geschwommen. Endlich tauchte vor ihm schwach erkennbar das Ufer auf.

Wilhelm Berger watete an Land. Er hatte es geschafft! Jetzt musste er nur noch in besiedeltes Gebiet kommen. Auch das würde nicht einfach sein, weil er ja nichts sehen konnte. Ringsum gab es nichts als Nebel.

Berger wandte sich nach rechts, ging ein Stück weit am Ufer entlang, und plötzlich erstarrte er. Da waren Fußspuren, die in den See hineinführten. Seine Fußspuren! Er war im Nebel im Kreis geschwommen! In wilder Panik rannte er in das Wasser hinein. Im nächsten Moment wusste er, dass das ein Fehler gewesen war. Er war viel zu laut. Er war entdeckt worden.

»Halt!«, rief jemand. »Halt, oder ich schieße!«

Er dachte nicht daran anzuhalten. Er hastete weiter, bis das Wasser tief genug war, dass er schwimmen konnte.

»Stehen bleiben!«

Im nächsten Moment blitzte am Ufer ein Licht auf. Wilhelm Berger erschrak. Nun wurde es ernst. Er schwamm voll im Lichtkegel des Scheinwerfers. Vorsichtig drehte er sich um. Am Ufer war außer der Lichtquelle absolut nichts zu erkennen. Wenn das so war, dann konnte man ihn vom Ufer aus wahrscheinlich auch nicht sehen. Er schwamm weiter. Einen Augenblick lang geschah gar nichts.

»Zurück ans Ufer, oder wir schießen!«

Wilhelm Berger war weiterhin im Lichtkegel des Scheinwerfers, und seine Angst nahm zu. Sie konnten ihn doch sehen. Sie wussten genau, wo er war, und im nächsten Moment würden sie schießen. Aber dann schwenkte der Lichtstrahl zur Seite. Die Grenzpolizisten leuchteten mit dem Scheinwerfer die Gegend ab. Sie konnten ihn nicht sehen. Dafür konnte er jetzt ganz genau sehen, wo das falsche Ufer lag. Er brauchte nur in die Gegenrichtung zu schwimmen. Er war überrascht, wie nah das westliche Ufer in Wirklichkeit war. Er atmete auf.

* * *

»Du hast viel riskiert«, sagte Wilfried Pagels anerkennend. Sie hatten sich in ein kleines Café in der Nähe des Gänsemarktes zurückgezogen, um Bilanz zu ziehen. »Aber wahrscheinlich war das alles umsonst. Tut mir leid, Wilhelm, aber für die schöne Ruth Blaue sehe ich keine Chance mehr. Sie hat ihren Mann umgebracht. Nach all dem, was sie und dieser Ernst Buchholz inzwischen ausgesagt haben, haben wir wenigstens ein halbes Geständnis. Ganz gleich, wer am Ende mit der Axt zugeschlagen hat – meiner Meinung nach haben sie die Tat gemeinsam geplant und gemeinsam ausgeführt.«

Wilhelm Berger nahm einen kräftigen Schluck aus seiner Tasse. Es schien echter Bohnenkaffee zu sein. Eine Wohltat. »Das hast du sehr richtig ausgedrückt«, sagte er. »Ein halbes Geständnis. Ein halbes Geständnis ist und bleibt eine halbe Sache.«

Pagels sah sein Gegenüber zweifelnd an. »Ich glaube nicht, dass du den Richter mit deinen Bedenken beeindrucken kannst.«

»Darum geht es gar nicht. Jedenfalls nicht in erster Linie. Ich möchte selbst davon überzeugt sein, dass es so gewesen ist, wie du sagst. Und dazu fehlt noch eine ganze Menge. Wir sind nicht allen Spuren nachgegangen. Wir haben nicht alle Zeugen befragt.«

»Ich habe höchstpersönlich alle Personen befragt«, erwiderte Pagels, »die zur damaligen Zeit in dem Haus in der Ollnsstraße in Elmshorn gewohnt haben. Keiner von denen hat irgendetwas Wesentliches ausgesagt. Keiner von denen hat irgendetwas gesehen oder gehört. Und Ernst Buchholz und Ruth Blaue, das waren selbstverständlich ganz reizende Leute, von denen man sich überhaupt gar nicht vorstellen kann, dass sie auch nur einer Fliege etwas zuleide tun würden.«

»Jemand hat Schritte auf der Treppe gehört«, wandte Berger ein. »Zumindest hast du mir das erzählt.«

»Ja, die Waltraud, die hat Schritte auf der Treppe gehört, und sie hat gehört, dass unten die Tür zugefallen ist.«

»Die Haustür. Es könnte doch sein ...«

»Niemand hat gesagt, dass es die Haustür gewesen ist. Wahrscheinlich war es die Tür zum Garten. Wahrscheinlich hat die Frau gehört, wie Ernst Buchholz den Toten die Treppe hinuntergetragen und anschließend in den Schuppen gebracht hat.«

»Es gibt noch andere Spuren, die wir nicht verfolgt haben«, sagte Berger. »Da ist zum Beispiel noch diese Norwegen-Geschichte.«

»John Blaues Kind in Norwegen? Hast du einen Namen und eine Adresse? Ruth Blaue hat gesagt, dass sie sich an die Details nicht erinnert. Die Mutter des Kindes werden wir nie finden.«

»Dann ist da noch eine andere Geschichte. Wir wissen ziemlich genau, was Ruth Blaue und Ernst Buchholz während des Krieges gemacht haben. Aber was John Blaue gemacht hat, das wissen wir nicht.«

»Er war bei den Vorpostenbooten.«

»Es wäre mir lieb, wenn wir mit jemand sprechen würden, der mit ihm gemeinsam bei der Marine gewesen ist.«

»Das sollte kein Problem sein«, sagte Pagels. »Ich kümmere mich darum.«

»Und außerdem gibt es noch diesen Doktor Trautwein ...«

»Den ersten Ehemann der Frau Blaue?«

»Ich könnte nachher gleich ...«

»Überlass ihn mir!«, fiel ihm Wilfried Pagels ins Wort. »Du warst nicht dabei, als Ruth Blaue von ihrer unglücklichen Liebesgeschichte erzählt hat. Sie hat dem Mann überhaupt keine Vorwürfe gemacht, aber nach allem, was sie gesagt hat, muss der Kerl ein ungeheures Arschloch sein. Den nehme ich mir vor.«

* * *

Doktor Wolfgang Trautwein hatte seine Praxis am Neuen Wall in Hamburg. Der Neue Wall war eine der besten Einkaufsstraßen der Stadt. Wer hier eine Arztpraxis besaß, der hatte es geschafft. Jetzt, zehn Jahre nach der Kapitulation, waren die Spuren des Krieges fast vollständig verschwunden. Lediglich das Eckhaus am Jungfernstieg war noch nicht wieder aufgebaut. In dem erhalten gebliebenen Erdgeschoss waren ein Eisladen, ein Laden für Bestecke und ein Strumpfparadies.

Wilfried Pagels hatte es sich nicht nehmen lassen, den Arzt in seiner Praxis aufzusuchen.

»Haben Sie einen Termin mit dem Herrn Doktor?«, fragte die Blondine am Empfang.

Pagels schüttelte den Kopf.

»Oder sind Sie Privatpatient?«

»Kriminalpolizei«, sagte Pagels laut und deutlich, sodass man es auf jeden Fall durch die offenstehende Tür auch im Wartezimmer hören konnte. »Es geht um eine Mordermittlung.«

Die blonde Schönheit starrte Berger erschrocken an. »Ich werde sehen, was ich für Sie tun kann«, hauchte sie und verschwand im Zimmer des Arztes.

Wilfried Pagels hatte nicht die Absicht, am Empfang stehen zu bleiben. Er setzte sich in das Wartezimmer und sah sich herausfordernd um. Keiner der Wartenden erwiderte seinen Blick.

Die Sprechstundenhilfe kam zurück. »Der Herr Doktor hat jetzt einen Moment Zeit für Sie«, sagte sie.

Doktor Trautwein begrüßte ihn mit Handschlag. »Das kommt mir im Augenblick sehr ungelegen«, sagte er. »Sie sehen ja, das ganze Wartezimmer ist voller Patienten.«

»Mord kommt meistens ungelegen«, erwiderte Pagels.

»Mord?« Der Mediziner lächelte ungläubig. »Was habe ich mit Mord zu tun?«

»Das wird sich herausstellen«, erwiderte Pagels. »Fest steht jedenfalls, dass Sie mit Ruth Blaue, der damaligen Ruth Heine, verheiratet gewesen sind. Fest steht auch, dass Sie zu Frau Heine eine sexuelle Beziehung auch weit über die Scheidung hinaus unterhalten haben.

Möglicherweise bis zum heutigen Tag.« In dem Augenblick, als er dies gesagt hatte, begriff Pagels, dass er jetzt zu weit gegangen war. Aber die Bemerkung hatte gesessen. Pagels hatte das Gefühl, dass auf einen Schlag alle Überheblichkeit des Arztes verschwunden sei. Und ganz offensichtlich war dem Mann klar geworden, dass der Polizist sich nicht mit ein paar knappen Bemerkungen würde abspeisen lassen.

»Bitte nehmen Sie doch Platz«, sagte Trautwein.

Sie nahmen Platz.

»Darf ich Ihnen einen Kaffee anbieten?«

War das die reine Höflichkeit, oder wollte der Mediziner Zeit gewinnen? Pagels schüttelte den Kopf.

Trautwein sagte: »Um mit dem Ende der Geschichte anzufangen: Nein, meine Beziehung zu Ruth Heine dauert nicht bis heute an. Ich habe sie nach dem Krieg nur noch ein einziges Mal gesehen. Das muss Anfang 1946 gewesen sein. Da hatte ich diese Praxis hier gerade erst eröffnet. Sie ist bei mir aufgetaucht, und ich hatte das Gefühl, dass sie die alte Beziehung wieder aufleben lassen wollte. Aber darauf bin ich nicht eingegangen. Zum Glück. Sonst hätte ich am Ende auf diesem schäbigen Sofa mit ihr geschlafen, auf dem sie später ihren Mann erschlagen hat.«

Pagels ließ sich nicht anmerken, wie wichtig diese Aussage war. »Was hatte Ruth Heine Ihnen bedeutet?«, fragte er.

»Sie hat mich ruiniert«, sagte Trautwein.

Pagels sah Trautwein überrascht an. Wer eine Arztpraxis am Neuen Wall besaß, war doch sicher nicht ruiniert.

»Sie glauben mir nicht«, stellte Trautwein fest, »aber genau so war es.«

»Das müssen Sie mir bitte erläutern.« Bis jetzt war Pagels davon ausgegangen, dass genau im Gegenteil der Mediziner Ruth Heine ruiniert hatte.

»Als ich die Ruth kennengelernt habe, hatte ich zunächst einen sehr positiven Eindruck von ihr. Sie war eine hübsche, junge Frau, hochintelligent, sehr belesen. Ich hatte den Eindruck, dass sie eine gute Partnerin für mich sein würde. Mir hatte damals eine wissenschaftliche Karriere vorgeschwebt. Ich hatte ein hervorragendes Examen gemacht, war als Assistenzarzt in Eppendorf angestellt, und ich hatte den Eindruck, dass mir der Weg zum Erfolg weit offenstand. Das war auf einen Streich alles vorbei.«

»Erzählen Sie«, sagte Pagels.

»Ich habe nicht geahnt, dass sie – dass sie in sexueller Hinsicht so abartig veranlagt war. Sie hatte geschlechtlichen Verkehr mit einer Hausangestellten ihrer Eltern. Sie hatte eine sexuelle Beziehung zu einer Nachbarin.«

»War sie lesbisch?«, fragte Pagels.

»Nein, das würde ich nicht sagen. Sie wollte Sex in jeder Form. Alles Ungewöhnliche faszinierte sie. Sie fand interessant, was andere Menschen einfach nur grauenvoll finden. Sie hat mir immer wieder die Einzelheiten eines Flugzeugunglücks in Halberstadt erzählt. Sie hat auch immer wieder von den Grausamkeiten während der Oktoberrevolution geredet, die sie natürlich nicht miterlebt hatte. Diese Dinge hatte sie in Büchern gelesen. In Büchern, die sie in ihrem Alter einfach nicht hätte lesen sollen.«

»Als Sie beide sich kennengelernt haben, war sie zwanzig Jahre alt«, stellte Pagels fest.

»Die Bücher hatte sie lange vorher gelesen. Da muss sie so etwa vierzehn Jahre alt gewesen sein. – Sie war vollkommen abartig und vollkommen charakterlos. Wenn sie etwas erreichen wollte, dann hat sie alles dafür eingesetzt, ohne irgendwelche moralischen Bedenken. Ihrem Vater hat sie Geld gestohlen. Als ich das gemerkt habe, hat sie gesagt: ›Das merkt er nicht bei seinem vielen Geld. Das fällt überhaupt nicht auf.‹ Mir hat sie eine Uhr gestohlen. Mit dem Geld, was sie dafür gekriegt hat, hat sie einen Ausflug finanziert, zu dem sie mich eingeladen hat. – Das sind nur ein paar kleine Beispiele aus dem reichen Schatz meiner Erfahrungen.«

»Wenn das so gewesen ist«, sagte Pagels, »warum haben Sie dann nach der Scheidung nicht einen klaren Schlussstrich gezogen?«

»Das war ein Fehler«, gab Trautwein zu. »Ja, später habe ich eingesehen, dass das ein Fehler gewesen war. Ich hatte die Beziehung langsam ausklingen lassen wollen. Ich hatte gedacht, dass ich auf diese Weise die gestörte, junge Frau nicht verletzen würde. Aber es hat nicht funktioniert. Ich habe wohl gewusst, dass sie sich herumtreibt und dass sie weiterhin Geld stiehlt, aber das war alles ohne Grund. Sie hätte jederzeit zu ihren Eltern zurückkehren können, und das hat sie am Ende ja schließlich auch getan. Ihre Eltern haben sie wieder aufgenommen.«

»Es ist also nicht so gewesen, dass Ruth Blaue gestohlen hat, um Ihnen ein angenehmes Leben zu ermöglichen?«

»Hat sie das gesagt?«

Pagels gab keine Antwort.

»Das ist vollkommen absurd. Ich stamme aus einer Ärztefamilie. Ich würde nicht sagen, dass meine Eltern reich sind, aber sie haben jedenfalls immer ein sehr gutes Einkommen gehabt, und wenn die Notwendigkeit bestanden hätte, dann hätten sie mir selbstverständlich unter die Arme gegriffen. Es wäre niemals nötig gewesen, mich mit Geld zu unterstützen, schon gar nicht mit Geld, das auf so dubiose Weise verdient wurde.«

»Aber Sie haben Geld angenommen?«

Trautwein zuckte mit den Achseln. »Sie hat mich eingeladen. Sie hat mir auch Sachen gekauft. Ob sie mir direkt Geld gegeben hat, das weiß ich nicht mehr. Möglich ist es. Aber ich habe das alles nur zugelassen, weil ich sie nicht verletzen wollte.«

»Und Sie haben sie weiterhin sexuell ausgenutzt, weil Sie sie nicht verletzen wollten?« Obwohl Pagels sich um Sachlichkeit bemühte, klang das jetzt ein bisschen gehässig.

»Wenn man es so formuliert«, erwiderte Trautwein, »dann klingt es ziemlich böse. Aber es ist nicht böse gewesen. Es ist nicht böse gemeint gewesen. Ich habe nur das Beste gewollt. Und schließlich ist die Geschichte dann ja auch zu Ende gegangen. Die Ruth hat einen Mann gefunden, der zu ihr passte. Sie hat ihn geheiratet, und das war das Ende der Geschichte.«

Das klang etwas zu forsch, etwas zu bestimmt. Aber Pagels beschloss, nicht weiter nachzuhaken. Er sagte: »Wenn Sie Ruth Blaue charakterisieren sollten, wie würden Sie sie beschreiben?«

Trautwein überlegte kurz. »Sie war ein frühreifes Kind, das auf irgendeine Weise vorzeitig abwegig auf die Sexualität hingelenkt worden ist. Dadurch war sie offenbar isoliert und fremd im eigenen Elternhaus. Das hat dazu geführt, dass sie übertrieben viel gelesen hat, auch Dinge, die sie in ihrem Alter noch gar nicht richtig verstehen oder einschätzen konnte. Sie hat früh alle moralischen Hemmungen verloren. Möglicherweise durch verdorbene Literatur. Sie hat ungewöhnliche suggestive Fähigkeiten. Geradezu hypnotische Fähigkeiten, mit denen sie Männer dazu bringt, das zu tun, was sie will. Einmal hat sie gesagt: ›Da ich in Wirklichkeit keine Männer brauche, sind sie mir durch ihren Trieb untertan.‹«

»Und also waren Sie ihr Untertan?«

»Nein!« Das klang geradezu empört.

»Nein?«

»Ich war ihr Opfer. Dadurch, dass sie straffällig geworden ist, und zwar an meinem Arbeitsplatz, am Universitätskrankenhaus Eppendorf, hat sie mich vollkommen unmöglich gemacht. Sie wurde natürlich entlassen, und mein Vertrag wurde nicht verlängert. Damit war meine wissenschaftliche Karriere am Ende.«

»Frau Blaue hat ausgesagt, dass sie einer großen Verschwörung auf die Spur gekommen sei. Dass ihr damaliger Arbeitgeber, der Doktor Seel, beabsichtigte, in Polen Milzbranderreger zu verteilen. Was wissen Sie davon?«

»Ist das eine ernst gemeinte Frage?«

»Herr Doktor Trautwein, Sie können davon ausgehen, dass jede Frage, die ich Ihnen stelle, ernst gemeint ist.«

»Von dieser sogenannten Verschwörung weiß ich nur das, was mir die Ruth damals erzählt hat. Das war natürlich vollständiger Quatsch. Sie hatte sich eine Welt aus Fantasie, Unwahrheit, Selbstbetrug und Lügen zusammengestrickt, die mit der Realität nichts zu tun hatte.«

»Es gab also keine derartige Verschwörung?«

»Es gab keine derartige Verschwörung.«

Wolfgang Trautwein

Ich brauche eine kleine Pause«, sagte Doktor Trautwein zu seiner Sprechstundenhilfe.

»Aber im Wartezimmer sind doch noch …«

»Zehn Minuten, mehr nicht.« Dumme Gans, dachte Trautwein. Er eilte davon.

Bis zur Binnenalster war es nur ein Katzensprung. Trautwein überquerte den Jungfernstieg und ging am Ufer der Alster in westliche Richtung. Als er kurz anhielt, um sich eine Zigarette anzuzünden, stellte er fest, dass seine Hände noch immer zitterten. Nur keine Panik, versuchte er sich zu beruhigen. Es ist ja nichts passiert, dachte er.

Aber es war etwas passiert. Die Polizei war bei ihm in der Praxis aufgetaucht, und es war ganz klar, dass sie die Beziehung zwischen Ruth und ihm unter die Lupe nehmen würden. Ruth Trautwein. Für ihn war sie immer noch Ruth Trautwein. Die Scheidung war eine reine Formalie gewesen, aus beruflichen Erwägungen unabdingbar. Er war weiter mit ihr zusammen gewesen. Er hatte sie weiter geliebt und ausgebeutet, und ihre Ehe mit diesem Seemann, die war doch wohl ein Witz. Die hatte er niemals akzeptiert.

Lange nach der Trennung, als Ruth längst mit ihrem Seemann zusammenlebte, war er ihr nachgestiegen. Er hatte herausbekommen, dass John Blaue mit seinem Schiff irgendwo in Ostasien war, und Ruth saß allein zu Hause. Er hatte sie aufgesucht, sie waren zusammen losgezogen, hatten die alten Zeiten wieder aufleben lassen und schließlich doch Abschied voneinander genommen, aber Wolfgang Trautwein hatte gewusst, dass dieser Abschied nicht für immer sein würde.

Im Krieg hatten sie den Kontakt zueinander verloren, und erst 1946, als er gerade seine Praxis am Neuen Wall aufgemacht hatte, da war Ruth plötzlich erschienen. Warum hatte er, dumm wie er war, dem Polizisten davon erzählt? Warum hatte er zugegeben, dass Ruth an die alten Zeiten hatte anknüpfen wollen? Sicher, er hatte behauptet, dass er sie abgewiesen habe, aber es würde für die Polizei doch ein Leichtes sein, herauszufinden, dass das nicht stimmte. In Wirklichkeit war es ganz anders gewesen. Ruth hatte ihm beschrieben, wo sie wohnte. Sie hatte gesagt, dass ihr Seemann noch immer nicht wieder zu Hause sei. Sie hatte gesagt, dass sie einsam sei, und dass er sie besuchen solle. Und er, er hatte zugestimmt. Natürlich hatte er zugestimmt.

»Komm in der Nacht«, hatte sie gesagt. »Ich wohne allein oben im Dachgeschoss. Auf der rechten Seite. Dies ist unser Haustürschlüssel.«

Und er, er hatte den Schlüssel genommen. Eine Affäre mit seiner Sprechstundenhilfe bewirkte dann allerdings, dass er Ruths Angebot zunächst nicht wahrnehmen konnte. Erst Monate später, als ihm klar geworden war, dass ihm die dumme Blondine im Bett auf die Dauer nicht ausreichte, hatte er sich auf den Weg nach Elmshorn gemacht.

Schließlich hatte er vor ihrem Haus gestanden. Es war stockdunkel. Nichts regte sich. Einen Augenblick lang hatte er gezögert, aber dann schließlich hatte er doch die Haustür aufgeschlossen und war leise, leise die Treppe nach oben geschlichen. Die Stufen knarrten. Er hatte auf halbem Wege einen Augenblick innegehalten und gelauscht, aber es war still im ganzen Haus. Schließlich war er nach oben gegangen. Die Tür auf der rechten Seite war unverschlossen. Er hatte sie geöffnet. Obwohl es mitten in der Nacht war, drang ein schwaches Licht durch das Dachfenster. Er erkannte Ruth. Da lag sie im Bett. Und im nächsten Moment begriff er, dass sie nicht allein war.

Er hatte nur eine undeutliche Erinnerung an seine Flucht. Er hatte sich nicht getraut, ein Taxi zurück nach Hamburg zu nehmen. Er hatte bis zum frühen Morgen auf dem Bahnhof Elmshorn ausgeharrt, bis der erste Zug nach Hamburg-Altona ging. – Danach war nichts passiert, absolut gar nichts. Bis jetzt dieser Polizist bei ihm aufgetaucht war.

Wolfgang Trautwein griff in seine Manteltasche. Da war noch immer jener unglückselige Schlüssel für das Haus in Elmshorn. Er packte ihn, holte aus und schmiss ihn, so weit er konnte, hinaus in die Alster.

* * *

Oktober 1955

Wilhelm Berger studierte die Akten, als Pagels ins Zimmer kam. Berger sah sofort, dass sein Partner gute Laune hatte. Ohne etwas zu sagen, ging er zur Wandtafel, auf der Roeder die Dreiecksbeziehung zwischen Ruth Blaue, John Blaue und Ernst Buchholz grafisch dargestellt hatte. Er strich das Dreieck durch und malte so kraftvoll ein neues Dreieck auf die Tafel, dass die Kreide zerbrach und er neu ansetzen musste: Ruth Blaue – John Blaue – Wolfgang Trautwein stand da jetzt. »So ist das gewesen«, sagte er.

»Wie kommst du darauf?«, fragte Berger erstaunt.

»Es liegt auf der Hand«, behauptete Pagels. »Es ist so offensichtlich, und wir haben es die ganze Zeit nicht gesehen. Aber heute, nach dem Gespräch mit dem Doktor Trautwein, da ist es mir überdeutlich geworden. Er ist derjenige, der über mehr als zehn Jahre hinweg eine sexuelle Beziehung zu Ruth Blaue unterhalten hat. Er hat sie ausgebeutet, er hat sie regelrecht ausgesogen, von ihrem Geld herrlich und in Freuden gelebt, und es war ihm völlig egal, dass sie inzwischen in der Gosse gelandet war. Aber dann hat sie John Blaue geheiratet, und die schönen Zeiten waren vorbei. Trautwein musste von nun an selbst arbeiten.«

»Ich sehe, dass dieser Mediziner geradezu dein Lieblingsschurke ist«, sagte Berger amüsiert. »Mich hat es auch massiv gestört, dass er sich mit seinem pseudopsychologischen Geschwätz eingemischt und Ruth Blaue nach Kräften angeschwärzt hat. Aber macht ihn das zum Mörder? Wo ist sein Motiv? Spätestens seit der Heirat von Ruth und John Blaue war die Beziehung beendet.«

»Das glaubst du«, sagte Pagels. »Ich bin mir sehr sicher, dass Doktor Trautwein die Beziehung zu ›seiner‹ Ruth entweder niemals abgebrochen hat oder aber nach dem Krieg sehr bald wieder aufgenommen hat.«

»Wie kommst du darauf?«

»Er hat sich verraten«, sagte Pagels. »Er hat zugegeben, dass Ruth Blaue ihn nach dem Krieg in seiner Praxis aufgesucht hat. Und in dem Zusammenhang hat er das schäbige Sofa erwähnt, auf dem John Blaue erschlagen worden ist. In meinen Augen ist das Täterwissen …«

»Ruth Blaue kann es erwähnt haben«, gab Berger zu bedenken. »Und dass John Blaue auf dem Sofa erschlagen worden ist, das stand wahrscheinlich in der Zeitung. Daher hat er das womöglich. Und vielleicht hat sie zu ihm gesagt: ›Komm doch zu mir auf mein Sofa‹, oder so etwas Ähnliches.«

Pagels schüttelte den Kopf. »Sie mag zwar ein kleines bisschen verrückt sein, aber sie hat Stil. Sie hätte niemals gesagt: ›Komm doch zu mir auf mein schäbiges Sofa!‹ Und das Sofa ist schäbig, aber das stand nicht in der Zeitung.«

»Dann weiß er es eben von früher«, beharrte Berger.

»Das kann er nicht von früher wissen. Ruth Blaue wohnte erst seit 1944 in dieser Wohnung im Dachgeschoss des Hauses in der Ollnsstraße.«

»Das ist mir zu vage«, sagte Wilhelm Berger.

»Dann gibt es noch eine Kleinigkeit«, sagte Pagels. »Das hab ich noch gar nicht erzählt. An der Ecke vom Neuen Wall ist so ein Eisladen …«

»Kenne ich.«

»Ja. Da habe ich mir ein Eis gekauft und gewartet, ob vielleicht noch irgendetwas passiert. Und es ist etwas passiert. Kaum hatte ich mein Eis bezahlt, da kam auch schon Doktor Trautwein eiligen Schrittes die Straße entlang. Er hat dann den Jungfernstieg überquert und ist am Ufer der Alster entlanggegangen. Nach links. Und dann hat er plötzlich einen kleinen Gegenstand aus der Tasche gezogen und in das Wasser geschmissen. Aus der Entfernung konnte ich es nicht sicher erkennen, was es war, aber ich würde vermuten, es war ein Schlüssel. Ein Haustürschlüssel.«

* * *

Bernhard Rogge hatte seinen alten Freund Wilhelm Berger zu sich eingeladen. »Es gibt etwas zu feiern«, hatte er gesagt, aber am Telefon nicht verraten, worum es ging. Noch in der S-Bahn hatte Berger über das neue Dreieck nachgedacht, dass sein Kollege Pagels an die Tafel gemalt hatte. Vielleicht war das eine Möglichkeit. Vielleicht hatte wirklich dieser Mediziner seinen Nachfolger in Ruth Blaues Bett beseitigt und dabei völlig übersehen, dass John Blaue inzwischen schon längst ausgebootet gewesen war. Aber wie passte diese Variante zu den bisherigen Aussagen von Ruth Blaue und Ernst Buchholz? Doch diese Überlegungen mussten warten. Jetzt galt es erst einmal, das Wiedersehen mit Bernhard Rogge zu feiern, seinem alten Kriegskameraden.

»Wie geht es dir?«, fragte Wilhelm Berger, während er dem früheren Kommandanten der *Atlantis* die Hand schüttelte.

»Nicht schlecht«, sagte Rogge. »Es geht mir nicht schlecht.«

Das war eine leichte Untertreibung. Den Rogges war es noch nie besonders schlecht gegangen. Sie wohnten in Groß-Flottbeck, Elbchaussee 243, auf der richtigen Seite der Elbchaussee also, hoch über dem Ufer der Elbe, und den Elbuferweg konnte man selbstverständlich durch den Garten über eine private Treppe bequem erreichen.

Elsbeth, die neue Frau Rogge, hatte schon Kaffee gekocht. »Mein Mann hat gesagt, Sie mögen ihn stark«, sagte sie.

Wilhelm lachte. »Daran hast du dich noch erinnert, Bernhard?«

»Es ist ja gar nicht so lange her«, erwiderte Rogge. »Gerade mal vierzehn Jahre. Und das mit dem Kaffee, das war einer der Vorteile des Piratenlebens: Von den Schiffen, die wir erbeutet hatten, hatten wir immer genug richtigen Kaffee.«

Das Piratenleben! Wilhelm Berger kam es vor, als läge das alles schon eine Ewigkeit zurück. Er nahm einen vorsichtigen Schluck. Zunächst konnte er nur feststellen, dass der Kaffee jedenfalls sehr heiß war. Aber stark war er auch, und er schmeckte sehr gut. »Echter Bohnenkaffee?«

Rogge nickte. »Inzwischen ist er ja wieder erschwinglich. Das Kilo kostet nur noch einundzwanzig D-Mark, und unser Einkommen ist ja auch ein wenig gestiegen.«

»Ja, das ist richtig.« Der Beamtengehälter sollten zum 1. Januar 1956 wieder erhöht werden. Wilhelm Berger hatte sich um die Einzelheiten nicht gekümmert; er hoffte, dass er dann ungefähr sechshundert DM bekommen würde.

»Die Kekse hat meine Frau selbst gebacken«, sagte Rogge.

»Die sehen sehr gut aus.« Berger nahm sich einen Keks, biss davon ab. »Und sie schmecken auch sehr gut«, fügte er hinzu.

Elsbeth Rogge sagte: »Bernhard, hast du unseren Gast überhaupt schon darüber aufgeklärt, warum du ihn eingeladen hast?«

Nein, das hatte er nicht. »Ich habe ein Buch geschrieben«, sagte er.

»Er übertreibt«, lachte Frau Rogge. »Er hat es gar nicht selbst geschrieben. Jedenfalls nicht allein. Die wesentliche Arbeit hat ein professioneller Schriftsteller für ihn gemacht. Wolfgang Frank. Aber sie stehen beide zusammen auf dem Titel.«

»Es war Arbeit genug«, brummte Rogge. »Und letzte Woche ist es jetzt endlich erschienen. Hier ist es.«

Wilhelm Berger nahm das Buch in die Hand. »Es sieht hervorragend aus«, sagte er. Der vollständige Titel hieß: *Schiff 16: Die 655 Tage Kaperfahrt des schweren Hilfskreuzers* Atlantis *in den sieben Weltmeeren. Nach den Unterlagen des Kommandanten Vizeadmiral a.D. Bernhard Rogge, berichtet von Wolfgang Frank*. Es war im Stalling-Verlag in Oldenburg erschienen, in Hardcover, und der in Schwarz, Rot und Weiß gehaltene Schutzumschlag zeigte einen stilisierten Schiffsbug in ruhiger See.

»Dieses Schiff«, sagte Rogge, »das sie für den Umschlag genommen haben, das ist tatsächlich die *Atlantis*. Sie haben das nach einem unserer Fotos gezeichnet.« Es war nicht zu übersehen, dass Bernhard Rogge stolz auf sein Werk war. Und er konnte zu Recht stolz sein. Wilhelm Berger war ein kleines bisschen neidisch. Warum hatte er selbst nicht seine Erlebnisse zu Papier gebracht?

Rogge erläuterte: »Der Schriftsteller, der Wolfgang Frank, den kannte ich schon vor dem Krieg. Jedenfalls seine Bücher. Eins davon, den *Novembersturm*, das hatten wir mit auf der *Atlantis*, in der Bordbibliothek. Hast du das mal gelesen?«

Wilhelm Berger schüttelte den Kopf.

»Und vor ein paar Jahren hat der Frank ein hervorragendes Buch über den U-Boot-Krieg geschrieben: *Die Wölfe und der Admiral*. Er war Kriegsberichterstatter im Stab von Dönitz, weißt du, er hatte den Überblick.«

Wilhelm Berger blätterte in dem Buch. Der Kapitän eines von der *Atlantis* versenkten Schiffes hatte ein Vorwort geschrieben. Rogge konnte stolz darauf sein. *Die Behandlung, die er uns angedeihen ließ, war korrekt und menschlich in jeder Einzelheit*, stand da. Ja, das war sicher richtig. Und doch …

»Du hast mich vor manchen Dummheiten bewahrt«, gab Rogge zu. »Du weißt ja, wie impulsiv ich sein kann. Später hast du mir gefehlt.«

»Ich hatte eher das Gefühl, dass ich dich gestört habe«, bemerkte Berger. »Es wäre nicht zwingend notwendig gewesen, mich auf die *Ketty Brøvig* zu schicken. Aber ich will nicht undankbar sein; auf diese Weise war der Krieg dann ziemlich schnell für mich zu Ende.«

»Ich hatte dich loswerden wollen«, gestand Rogge. »Deine moralischen Einwände gegen alles Mögliche fand ich damals nicht hilfreich. – Du weißt ja, dass wir versucht haben, den Krieg so anständig wie möglich zu führen. Du weißt auch, dass es dabei gelegentlich zu Irrtümern gekommen ist. Den schlimmsten Irrtum hast du nicht mehr mitbekommen ...«

»Die Sache mit dem Passagierdampfer«, sagte Wilhelm Berger.

Rogge nickte. »Er ist abgeblendet gefahren. Ein typisches britisches Schiff, haben wir gedacht. Aber es war ein Neutraler. Ich konnte doch nicht wissen, dass die Engländer den alten Kasten an Ägypten verkauft hatten. Ich konnte nicht wissen, dass er als Passagierschiff unterwegs war. Mit britischer Ladung zwar, deswegen sind sie auf Anweisung der britischen Admiralität ohne Positionslichter gefahren, aber eben doch ein neutrales Passagierschiff.«

Berger kannte die Zusammenhänge in groben Zügen.

»Es war vier Uhr morgens. Der Mond schien, und das Schiff war klar zu erkennen. Wir haben im Prinzip das gemacht, was die *Widder* damals gemacht hat. Auf knapp drei Kilometer Entfernung haben wir das Feuer eröffnet. Sechs Salven. Schon die zweite lag voll im Ziel. Das Schiff hat gestoppt. Es war die *Zam Zam*, früher *Leicestershire*, 8300 BRT, über dreihundert Menschen an Bord, gut zweihundert Passagiere, Männer, Frauen und Kinder. Und wir hatten dieses Schiff regelrecht durchsiebt. Du glaubst nicht, wie ich mich gefühlt habe, als ich das gesehen habe. Es war ein Albtraum. Und die ägyptische Besatzung – um nichts haben die sich gekümmert.

Haben nur daran gedacht, sich selbst zu retten. Die Boote waren weg. Die Passagiere schwammen allein im Wasser. Eine Mutter hatte ihre Schwimmweste ausgezogen und ihren kleinen Sohn draufgesetzt. Sie hielt das Kind mit den Händen fest. Natürlich gab es Haifische in dieser Gegend, aber wir haben Glück gehabt. Kein Haifisch hat sich gezeigt. Niemand ist ertrunken. Niemand ist ums Leben gekommen. Zwei Schwerverletzte hat es gegeben, das war alles.«

»Schlimm genug«, erwiderte Berger. Er hatte eine sehr genaue Vorstellung davon, wie Leute aussahen, die durch Artilleriebeschuss schwer verletzt waren. »Aber wo du es schon erwähnst: Was ist eigentlich aus dem Kommandanten der *Widder* geworden?«

»Zehn Jahre Haft hat er gekriegt,« sagte Rogge, »weil er nicht versucht hat, die Überlebenden zu retten. Er ist im Gefängnis gestorben.«

»Du hast Glück gehabt«, sagte Berger. »Du hast riesiges Glück gehabt.«

Bernhard Rogge widersprach nicht. Niemand hatte ihn vor Gericht gestellt. Kurz vor Kriegsende war er sogar zum Vizeadmiral befördert worden. *Des Teufels Admiral,* dachte Berger. Aber das sagte er nicht.

* * *

Wilhelm Berger hatte nicht damit gerechnet, dass seine Suche nach der verschollenen Geliebten von John Blaue Erfolg haben könnte. Umso überraschter war er, als er sie plötzlich am Telefon hatte. Sie hieß Nora Olafsen.

»Wir können uns treffen«, sagte sie.

»Kommen Sie am besten zu mir ins Präsidium«, schlug Berger vor.

Die Frau lachte. »Ich werde nicht nach Hamburg kommen. Wenn Sie mit mir sprechen wollen, müssen Sie schon zu mir kommen.«

»Und wo sind Sie?«

»Ich bin in Dänemark.«

Wilhelm Berger schluckte. Er hielt es für vollkommen aussichtslos, einen Dienstreiseantrag für eine Fahrt nach Dänemark zu stellen. Roeder würde vorschlagen, dass die dänische Polizei sich mit der Frau unterhalten solle, aber das war sinnlos. Selbst wenn die Dänen jemand nehmen würden, der gut Deutsch sprach, stand dennoch zu befürchten, dass er irgendwelche Feinheiten nicht mitbekommen würde. Und in diesem Fall ging es um Feinheiten.

»Sind Sie noch dran?«, erkundigte sich die Frau.

»Können Sie nicht nach Deutschland kommen?«, wollte Berger wissen. »Wenn wir uns zum Beispiel in Flensburg treffen würden, auf halbem Wege sozusagen …«

Die Frau unterbrach ihn: »Ich werde nicht nach Deutschland kommen.«

»Warum?«

»Das ist meine Sache. Nehmen Sie einfach an, dass ich gute Gründe dafür habe, es nicht zu tun. Wenn Sie mit mir reden wollen, dann müssen Sie zu mir kommen.«

Berger seufzte. »Das ist schwierig«, sagte er.

»Also offenbar nicht unmöglich«, entgegnete die Frau. »Ich schlage vor, wir treffen uns morgen Mittag in der Vor Frelsers Kirke in Kopenhagen. Wissen Sie, wo das ist?«

»Ja, natürlich.« Wilhelm Berger wusste, wo Kopenhagen lag, und wo immer in der dänischen Hauptstadt die Kirche mit diesem merkwürdigen Namen liegen mochte, er würde sie finden. »Aber die Zeit – das ist unmöglich. Ich kann nicht morgen Mittag in Kopenhagen sein. Nächste Woche Montag, das ließe sich einrichten ...«

»Morgen Mittag zwölf Uhr«, beharrte die Frau.

»Selbst wenn ich den frühesten Zug von Hamburg nehme, kann ich nicht morgen Mittag in Kopenhagen sein. Das ist technisch unmöglich.«

»Morgen Mittag zwölf Uhr – oder gar nicht.«

Was jetzt? Wilhelm Berger sagte kurzentschlossen: »Ich werde da sein. Woran erkenne ich Sie?«

Die Frau lachte. »Ich werde Sie erkennen«, sagte sie. »Wir treffen uns oben auf dem Turm der Vor Frelsers Kirke. Genau um zwölf Uhr. Ganz oben. Wir werden uns nicht verfehlen.«

Bevor Wilhelm Berger weiter nachfragen konnte, hatte die Frau aufgelegt. Ein Anruf bei der Deutschen Bahn bestätigte, was Berger schon befürchtet hatte. Die einzige Möglichkeit, den vorgesehenen Treffpunkt rechtzeitig zu erreichen, war eine Fahrt mit einem Nachtzug. Der D139 ging um 23:08 Uhr ab Hamburg Hauptbahnhof. Dann über Lübeck nach Großenbrode, von dort mit der Eisenbahnfähre nach Gedser auf Falster. Schließlich würde er um 6:55 Uhr in Kopenhagen ankommen.

»Wunderbar«, sagte Berger. »Ist das ein Schlafwagenzug? Was kostet das?«

* * *

Jemand, der nicht nach Deutschland kommen wollte, war auf jeden Fall verdächtig. Wilhelm Berger beschloss, vorsichtshalber die dänische Polizei einzuschalten. Aber er hatte kein Glück. Der Mann, mit dem sein Kollege Fehlandt vor dem Krieg zusammengearbeitet hatte, existierte nicht mehr.

»Der Mann ist ganz in Ihrer Nähe«, sagte der Däne am Telefon. »Er ist einer unserer Kollegen, die aus dem KZ Neuengamme nicht mehr zurückgekommen sind. Sie wissen ja wahrscheinlich, dass im September 1944 die gesamte dänische Polizei verhaftet und ins KZ gesteckt worden ist ...«

Das hatte Berger nicht gewusst. »Das tut mir leid«, sagte er, aber da hatte sein dänischer Kollege schon aufgelegt.

So ging Wilhelm Berger denn mit gemischten Gefühlen durch das morgendliche Kopenhagen. Offiziell war er auf Urlaub. Er hatte niemandem gesagt, dass er für einen Tag nach Dänemark fahren wollte. Seine Kollegen hätten ihn für verrückt erklärt. Die Sonne schien, und es würde ein wunderbarer Tag werden, wenn auch vielleicht etwas zu kühl. Berger hatte darauf verzichtet, eine warme Jacke mitzunehmen. Er hatte überhaupt kein Gepäck dabei, wollte sich nicht unnötig mit irgendetwas belasten. Und nun fror er.

Am *Københavns Hovedbanegård* hatte er fünfzig DM in Kronen umgetauscht, anschließend hatte er den Weg zur Vor Frelsers Kirke erkundet. Die Kirche war nicht weit vom Bahnhof entfernt. Sie lag auf der Insel Amager und war über eine Brücke bequem zu Fuß zu erreichen. Dieser Teil seiner Aufgabe war einfach. Problematischer fand er dagegen den Treffpunkt oben auf der Spitze des Kirchturms. Der Turm der Vor Frelsers Kirke hatte eine Außentreppe, die sich in nach oben hin immer enger werdenden Spiralen um den Turm wand. Wilhelm Berger war nicht schwindelfrei.

In einer Bäckerei bekam er ein belegtes Brötchen und einen Kaffee. Ein Mann, der sich neben ihn stellte, sprach ihn auf Dänisch an. Berger antwortete auf Englisch: »Sorry, but I do not speak Danish …« Der Mann rückte ein Stück weit von ihm ab.

Die Zeit verging unendlich langsam. Berger schlenderte durch die Innenstadt. Er umrundete mehrfach den Tivoli, aber von außen ließ sich nur ungefähr erahnen, was sich im Inneren des Freizeitparks befinden mochte. Der Gedanke schoss ihm durch den Kopf, dass er gern mit Dagmar und Susanne und Horst hier gewesen wäre. Sie hätten es tun sollen, vor dem Krieg. Sie hätten einfach nach Kopenhagen fahren sollen, genauso wie er jetzt. Man musste immer direkt tun, was man wollte. Jetzt war es zu spät. Dagmar war tot, Susanne unerreichbar in Amerika und Horst stand seinem Vater so kritisch gegenüber, dass an gemeinsame Urlaube gar nicht zu denken war.

11:45 Uhr. Berger betrat die Vor Frelsers Kirke. Einen flüchtigen Moment lang hatte er befürchtet, dass die Tür verschlossen sein könnte, aber das war natürlich Unsinn. Man konnte in die Kirche hinein, und dort war auch schon der Aufgang zum Turm. Berger stieg die steile, hölzerne Treppe hinauf, vorbei an den gewaltigen Glocken, und dann ging es ins Freie. Das Geländer war höher, als Berger befürchtet hatte, aber die enger werdende Aufwärtsspirale empfand er als furchteinflößend. Hier oben war niemand. War er zu spät gekommen? Ein Blick auf die Uhr – Nein, es war noch keine zwölf Uhr.

Die Frau sah er erst, als er ganz am Ende der Treppe angelangt war. Sie stand am Ende der obersten Windung, dort, wo es nicht mehr weiterging, und wo der Umgang so eng wurde, dass Wilhelm Berger nicht aufrecht stehen konnte. »Herzlich willkommen auf der Erlöserkirche«, sagte sie. Der Klang ihrer Stimme hatte nichts Herzliches an sich.

»Was für ein ungewöhnlicher Treffpunkt!« Wilhelm Berger konnte sich nicht erklären, warum sie ausgerechnet diesen Ort vorgeschlagen hatte.

Die Frau kam sofort zur Sache. »Sie wollten mit mir über John Blaue sprechen.«

Berger nickte. »Sie wissen wahrscheinlich, dass John Blaue ermordet worden ist«, sagte er. »Ich bin mit den Ermittlungen betraut, und ich bemühe mich herauszufinden, wer möglicherweise ein Motiv gehabt haben könnte, den Mann zu töten.«

Er erwartete eigentlich, dass die Frau jetzt den Geliebten Ruth Blaues ins Spiel bringen würde, aber das tat sie nicht. »Sie wollen wissen, wer ein Motiv für den Mord gehabt haben könnte?« Sie lachte. »Ich zum Beispiel«, sagte sie. Im nächsten Moment hielt sie eine Pistole in der Hand.

Wilhelm Berger zögerte nicht. Obwohl er tiefer stand und daher in einer ungünstigeren Position, trat er zu. Die Pistole flog in hohem Bogen durch die Luft; Berger hörte, wie sie unten auf das Kirchendach aufschlug und dann nach unten abrutschte. »Ich würde mich gern mit Ihnen in einer etwas entspannteren Atmosphäre unterhalten«, sagte er.

* * *

Pagels hatte tagelang herumtelefoniert, schließlich war es ihm gelungen, einen Seemann aufzutreiben, der mit John Blaue zusammen bei den Vorpostenbooten war. Jetzt saß ihm der Mann im Präsidium gegenüber.

»Am 1. Juli 1941 ging es für mich los. Ich wurde auf ein Vorpostenboot abkommandiert. V 307 *Württemberg,* 3. Vorpostenflottille. Unsere Flottille lag in Gotenhafen. Wir waren für die Sicherung der östlichen Ostsee zuständig. Der Krieg gegen Russland hatte ja damals gerade angefangen. Ich hatte natürlich gehofft, auf ein größeres Schiff zu kommen, aber daraus wurde nichts. Das Vorpostenboot war ein umgebauter Fischdampfer, 1914 in Bremerhaven gebaut. Wir hatten sechs Stunden Dienst, sechs Stunden Freiwache und dann wieder sechs Stunden Dienst.

Der Einsatz lief so, dass immer zwei unserer Boote gemeinsam vor der Küste patrouilliert haben. Vierzehn Tage lang waren wir auf See, aber es passierte nicht viel. Wir fuhren mit einer Geschwindigkeit von zehn Seemeilen pro Stunde hin und her. Falls feindliche Schiffe in Sicht kamen, sollten wir die melden. Aber es kamen keine feindlichen Schiffe. Die Baltische Flotte der Russen saß in Kronstadt fest. Wenn die zwei Wochen um waren, hatten wir eine Woche Landurlaub. In der Zeit wurde das Schiff wieder auf Vordermann gebracht. Wir hatten auch genügend Zeit für uns. Wir sind Tanzen gegangen und haben gesoffen, und dann ging es wieder raus auf See.«

»Und John Blaue?«, fragte Pagels.

»Der John Blaue, der war als Offiziersanwärter auf einem der anderen Boote. Schließlich wurden wir nach Norwegen versetzt. Er hatte sich wohl mehr angestrengt als ich, vielleicht auch die besseren Zeugnisse. Dass er der bessere Seemann war, glaube ich nicht. Er wurde noch häufig seekrank, ich nicht. Aber er hat das Kommando auf diesem Fischdampfer gekriegt, und ich war auch hier wieder nur der zweite Mann an Bord, 53. Vorpostenflottille in Stavanger, Norwegen.«

»Und Ihr Flottillenchef war der Korvettenkapitän Hans Kolbe«, sagte Pagels.

Der Seemann schüttelte den Kopf. »Unser Flottillenchef war Korvettenkapitän Dr. Zintgraf. Von einem Kolbe habe ich nie etwas gehört.«

Seltsam, dachte Pagels. »Aber lassen Sie uns über John Blaue reden«, sagte er. Alles andere konnte später geklärt werden.

»Der John Blaue«, sagte der Mann, »das war schon eine Marke.«

»Wie meinen Sie das?«, wollte Pagels wissen.

»Na ja, er war immer gut drauf, immer lustig, jemand, mit dem man gern zusammengearbeitet hat. Das war die eine Seite. Dass er auch eine andere Seite gehabt hat, das habe ich erst später mitgekriegt. Er war auch ein ziemlicher Weiberheld. Na ja, nicht in der Weise, dass er nun heute mit dieser und morgen mit jener geschlafen hätte, aber ganz gleich, wo wir auch im Einsatz waren, er hat immer sehr schnell Anschluss gefunden.«

Pagels ließ offen, ob er das nun als ein positives oder ein negatives Merkmal wertete.

»Und dann gab es diesen Vorfall in Stavanger«, sagte der Mann.

»Welchen Vorfall?«

»Na ja, wir lagen gerade im Hafen. Wir hatten Probleme mit der Maschine, und das Ersatzteil aus Deutschland war noch nicht eingetroffen. Also lagen wir da, und wer nicht unbedingt gebraucht wurde, der konnte natürlich an Land. Was die meisten auch gemacht haben. Ich hatte Wache. Nicht dass es viel zu bewachen gegeben hätte, das nicht. Alles war ruhig und friedlich. Ich bin also vor unserem Boot auf und ab gegangen, und da habe ich plötzlich drüben bei den Schuppen ein junges Mädchen gesehen. Komisch, hab ich gedacht. Denn das war ja Sperrgebiet, und da hatte sie nichts zu suchen. Na ja, ich hab gedacht, das gucke ich mir mal aus der Nähe an, aber als ich auf sie zugegangen bin, da ist sie verschwunden. Und als ich wieder in Richtung unseres Schiffes gegangen bin, da war sie – schwupps! – wieder da. Irgendwie hatte ich das Gefühl, dass sie Hilfe brauchte. Ich bin also wieder auf sie zugegangen und hab schon aus großer Entfernung gerufen: ›Brauchen Sie Hilfe?‹ Erst auf Deutsch und dann auf Plattdeutsch. Was anderes konnte ich ja nicht.«

»Und dann?«, fragte Pagels.

»Na ja, da bin ich wohl zu laut gewesen. Sie hat sich noch immer nicht getraut, zu mir herzukommen, aber dann sind zwei Norweger aufgetaucht, die haben sie geschnappt, und die haben sie dann mitgenommen.« Der Mann schwieg einen Augenblick, dann sagte er: »Ich hatte gedacht, das wäre das Ende der Geschichte, aber am nächsten Abend war sie wieder da. Ich bin wieder ganz vorsichtig auf sie zugegangen, und diesmal hat sie mich herankommen lassen. Und dann hat sie gesagt: ›Kennst du John Blaue?‹ Na ja, ich wusste nicht recht, wie ich darauf reagieren sollte, und da habe ich einfach gesagt: ›John Blaue? Wer soll das sein?‹ – ›Marine‹, hat sie gesagt. Und ich habe gesagt, dass ich mich mal erkundigen würde. Es war ganz offensichtlich, dass sie schwanger war. Sie hatte die eine Hand auf dem Rücken, die andere so seitlich gegen ihren Bauch gepresst. Sie war nach den paar Worten, die sie gesagt hatte, schon völlig außer Atem, und sie hat immer ängstlich auf ihren Bauch geguckt. Dann ist sie schließlich wieder weggegangen. Ich habe natürlich den John Blaue ansprechen wollen, aber dann habe ich gehört, dass er gar nicht da war. Sie hatten ihn mit der Bahn nach Oslo geschickt, er sollte sich um das

Ersatzteil kümmern. Am nächsten Abend, als ich wieder draußen gestanden habe, habe ich geguckt, ob das Mädchen wieder da war, aber sie kam nicht. Sie kam am übernächsten Abend. Und ich habe gleich gesehen, dass irgendetwas mit ihr ganz und gar nicht in Ordnung war. Ich bin zu ihr hingelaufen. Sie stand da, hat sich auf eine kleine Mauer gestürzt und gekotzt. Sie war schweißnass und hat fürchterlich gestöhnt, und ich hatte Angst, dass sie jetzt ihr Kind kriegt. Na ja, dann habe ich ihr gesagt, dass sie keine Angst haben soll, und dass ich Hilfe hole. Und dann bin ich losgelaufen und habe einen Arzt gesucht. Auf unseren kleinen Schiffen hatten wir natürlich keinen Arzt. Aber im Hafen lag auch ein größeres Schiff, die *Alstertor,* und die hatte einen Arzt.«

»Und den haben sie dann geholt«, mutmaßte Pagels.

»Ja, aber einfach war das nicht. Als ich dem erzählt habe, dass da draußen auf der Pier eine hochschwangere Frau sei, die jetzt gleich ihr Kind kriegen würde, da hat er gedacht, ich will ihn auf den Arm nehmen. Aber schließlich ist er dann doch mitgekommen, und ein paar andere Leute von der Besatzung der *Alstertor,* die den Aufruhr mitgekriegt hatten, die waren dann auch mit dabei. Na ja, und dann hat der Arzt natürlich gesehen, was los ist, und dann haben wir alle zusammen die Frau auf das Schiff gebracht, in den Sanitätsraum. Da waren Männer beim Kartenspielen. Und ich – ich musste ja eigentlich wieder zurück, ich hatte ja Wache, aber der Arzt hat gesagt: ›Nee, du wirst jetzt hier gebraucht. Zu dir hat sie Vertrauen. Du musst dabeibleiben.‹ Ja, und dann sind die anderen alle raus, und einer ist rübergelaufen zu meinem Boot und hat Bescheid gesagt, dass jemand anderes meine Wache übernehmen muss. Na ja, dann haben wir die Spielkarten vom Tisch gewischt und die Frau auf den Tisch gelegt und ihr die nassen Klamotten ausgezogen – es hatte ja ganz furchtbar geregnet den Abend – und dann musste ich der Frau die Hände halten und den Schweiß abwischen, während der Doktor sich darum gekümmert hat, dass das Kind geboren wurde. Wie doll sie meine Hände gedrückt hat, das habe ich erst hinterher gemerkt, als sie so merkwürdig weh taten. Na ja, ist alles glatt gegangen. War ein Mädchen. Ich habe es dann gebadet in warmem Wasser und aus Dreieckstüchern Windeln gemacht. Dann habe ich den kleinen Schreihals in Handtücher eingewickelt und der Mutter übergeben.«

»Und diese Frau war die Freundin von John Blaue gewesen?«, mutmaßte Pagels.

Der Mann nickte. »Das war nicht schön von ihm«, sagte er. »Ich meine, ich versteh das ja, wenn jemand ein bisschen Spaß haben will. Und im Krieg sowieso, da weiß man ja nie, ob man am nächsten Abend noch am Leben ist. Ich hab das ja auch nicht anders gemacht. Aber nicht ohne Präservativ. Das haben uns die Sanitäter eingebläut, und daran habe ich mich auch gehalten.«

»Manche Menschen sind rücksichtsvoller als andere«, sagte Pagels. »Was hat John Blaue gemacht, als er erfahren hat, dass er Vater geworden ist?«

»Was glaubst du, was er gemacht hat?«, konterte der Mann.

»Er hat vorgeschlagen, dass er sich scheiden lässt und die Frau heiratet«, schlug Pagels vor. Das wäre zumindest eine denkbare Variante gewesen, denn er hatte ja gewusst, dass Ruth Blaue keine Kinder kriegen konnte.

Der Mann schüttelte den Kopf. »Er hat gesagt, sie soll sich zum Teufel scheren«, sagte er.

»Und was ist dann geschehen?«

»Die Frau Blaue hat sich eingemischt. Ruth – heißt sie Ruth? – hat angefragt, ob sie irgendwie helfen kann. In finanzieller Hinsicht, hat sie wohl gemeint.«

»Das war ein ziemlich nobler Vorschlag«, sagte Pagels.

»Ja, das war es. Aber daraus ist nichts geworden. Und wenig später, da war das Kind tot.«

Pagels sah sein Gegenüber an, wartete auf eine Erläuterung. Aber der Mann zuckte nur mit den Schultern und sagte: »Mehr weiß ich nicht.«

* * *

Berger und Nora Olafsen saßen sich in einem kleinen Café gar nicht weit von der Vor Frelsers Kirke bei Tee und Kuchen gegenüber.

»Das vorhin, das tut mir leid«, sagte die Frau.

»Ist ja nichts passiert«, erwiderte Berger. »Aber Sie sollten nicht mit einer Pistole herumlaufen, wenn Sie nicht wissen, wie man damit umgeht.«

»Ich habe gedacht, ich wüsste es.«

»Das glauben viele. Sie fühlen sich sicher, wenn sie eine Waffe in der Hand halten. Aber die Pistole allein nützt gar nichts. Sie sind nicht bereit, sofort zu schießen. Sie glauben einfach, dass die Pistole so furchteinflößend sei, dass Ihr Gegner gar nicht erst versucht, sich zu wehren. Bis Sie dann reagieren, dauert es mehr als eine Sekunde. Und das ist eine Sekunde zu viel.«

»Ich wollte mit Ihnen sprechen«, sagte die Frau. »Aber ich hatte auch Angst. Daher habe ich die Pistole mitgenommen.«

»Warum hatten Sie Angst?«, wollte Berger wissen.

Sie sagte: »Ich habe schlechte Erfahrungen mit den Deutschen gemacht.«

»Mit einem ganz bestimmten Deutschen?«, vermutete Berger.

Die Frau schüttelte den Kopf. »Nicht nur mit ihm. – Aber als ich gehört habe, dass er tot ist, und dass ihn irgendjemand ermordet hat, da wollte ich unbedingt mit dem zuständigen Polizisten sprechen. Ich weiß nicht, wer ihn umgebracht hat, und natürlich weiß ich auch nicht, warum er es getan hat, aber was ich sehr wohl weiß, das ist, dass John Blaue ein großes Arschloch war, und dass es kein Verlust für diese Welt ist, wenn es ihn jetzt nicht mehr gibt.«

»Das ist ein sehr hartes Urteil«, sagte Berger.

»Ja, das ist es.« Sie nahm einen Schluck von ihrem Tee, und Berger hatte einen Moment lang das Gefühl, dass sie nichts weiter sagen wollte. Aber schließlich fuhr sie fort: »Es war in Stavanger. Er hat gesagt, er sei der Kommandant eines Kriegsschiffes. Er war ein lauter, fröhlicher Mensch. Er hatte Alkohol, er hatte Zigaretten und er hatte viele Freunde. Wir haben zusammen getanzt, wir haben zusammen getrunken, und irgendwann hat er mir erzählt, dass ich das schönste, beste, liebste Mädchen … Nun ja, Sie sind Polizist, Sie kennen diese Sprüche. Ich war jung und naiv. Ich habe tatsächlich geglaubt, dass er mich heiraten wollte. Dass er in Wirklichkeit selbst verheiratet war, das habe ich erst erfahren, als ich ihm erzählt habe, dass ich schwanger bin.«

»Dann hat er Sie im Stich gelassen«, mutmaßte Berger.

Die Frau schüttelte den Kopf. »Hat er nicht. Er hat weiter mit mir geschlafen. Er hat gesagt, dass er sich scheiden lassen wollte. Er hat gesagt, wenn das Baby käme, würde er sich um alles kümmern, ich brauchte mir keine Sorgen zu machen. Aber als es dann wirklich soweit war, da war er nicht da. Ich habe ihn gesucht, im Hafen, ich habe schließlich mein Kind auf irgendeinem deutschen Frachtschiff zur Welt gebracht. Die Matrosen wussten auch nicht, was sie mit mir machen sollten. Sie haben die norwegische Polizei angerufen, und was dann kam, das war die Hölle.«

»Was ist geschehen?«, fragte Berger.

»Natürlich hat jetzt jeder gewusst, dass ich das Kind von einem Deutschen habe. Die Deutschen waren nicht besonders beliebt in Norwegen, wie Sie sich vielleicht vorstellen können. Die Norweger haben mich behandelt wie eine Aussätzige. Das hätte ich alles ertragen, wenn ich mir nicht selbst wie eine Aussätzige vorgekommen wäre. Ich hatte nicht nur ein Kind von einem Deutschen bekommen, ich hatte obendrein ein Kind von einem deutschen Arschloch bekommen. Sie glauben gar nicht, wie ich mich geschämt habe.«

»Das Kind konnte nichts dafür«, sagte Berger.

»Nein, das Kind konnte nichts dafür. – John Blaue hat sich nie wieder gemeldet. Aber ganz offensichtlich hat er seiner Frau alles gebeichtet, und die hat mir einen Brief geschrieben und angeboten, dass sie sich um das Kind kümmert …«

»Ruth Blaue kann selbst keine Kinder kriegen«, warf Berger ein.

»Das tut mir sehr leid. Die Frau tut mir leid. Aber natürlich konnte ich ihre Hilfe nicht annehmen. Meine Eltern haben gesagt, ich sollte das Mädchen in ein Heim geben. Den Bastard, haben sie gesagt. Das habe ich nicht getan. Sie wollten mich nicht mehr bei sich zu Hause haben. Der Pastor hat mir ein Zimmer gegeben, wo ich mit dem Kind bleiben konnte. Jemand hat einen Stein durch mein Fenster geschmissen. Ich habe mich kaum noch aus dem Haus getraut. Ich war so verzweifelt.«

Wilhelm Berger wusste nicht, was er sagen sollte.

»Und dann ist die Kleine krank geworden. Sie hat einen dicken Hals bekommen und ganz entsetzlich gehustet. Ich habe nicht gewusst, was das war, und schließlich ist der Arzt gekommen, und er hat gesagt, dass es Diphtherie ist. Er hat auch gesagt, dass die Kleine Penicillin braucht, sonst stirbt sie. Aber er hatte kein Penicillin. Jedenfalls hat er mir keins gegeben. Er hat gesagt, die Deutschen hätten Penicillin. Ich sollte zu den Deutschen gehen. Aber die haben mir auch nicht geholfen. Sie haben gesagt, Penicillin ist knapp, und das wenige, was sie haben, das können sie nur an deutsche Soldaten abgeben. Und da ist meine kleine Tochter gestorben.«

Sie weinte.

Wilhelm Berger sagte: »Das ist eine ganz furchtbare Geschichte.«

»Ja. Ich konnte nicht länger in Norwegen bleiben. Ich wollte nicht länger in Norwegen bleiben, bei all diesen schrecklichen Menschen. So bin ich nach Dänemark gezogen. Vielleicht finde ich hier mein Glück. Vielleicht auch nicht. Niemand weiß, wo ich wohne. Ich habe immer noch Angst, dass die ›guten Norweger‹ hinter mir her sind. – Kann ich bitte meine Pistole wiederhaben?«

Berger schüttelte den Kopf. Als sie die Kirche verlassen hatten, hatte die Waffe unten im Gras gelegen. Er hatte sie aufgehoben und mitgenommen. Vielleicht würde er sie am Hafen ins Wasser schmeißen. Aber er würde sie ganz bestimmt nicht einer verzweifelten Frau aushändigen.

* * *

Pagels hatte den Mann, der angeblich John Blaues Vorgesetzter bei den Vorpostenbooten gewesen war, ins Präsidium gebeten. Er begrüßte den Korvettenkapitän mit Handschlag. »Ich freue mich, dass Sie gleich die Zeit gefunden haben, zu uns zu kommen«, sagte er.

»Das ist doch selbstverständlich«, murmelte Kolbe. Er wirkte nervös. Hatte das etwas zu bedeuten? Wahrscheinlich nicht. Die meisten Leute waren nervös, wenn sie zur Polizei kommen sollten.

Pagels sagte: »Darüber hinaus freue ich mich, einen Menschen kennenzulernen, der selbst in schwierigen Zeiten selbstlos genug ist, einem Freund einen fünfstelligen Betrag Geldes zu leihen, ohne dass dafür irgendwelche Sicherheiten hinterlegt worden wären.«

»John Blaue war mein Kamerad«, sagte Kolbe. »Wir waren zusammen bei der Kriegsmarine. Wir haben gemeinsam gefährliche Situationen durchgestanden. Das funktioniert nur, wenn einer jederzeit für den anderen eintritt. Das haben wir getan. Und ich sah keinen Grund dafür, warum wir das nicht auch weiterhin tun sollten.«

Pagels ließ sich die Papiere zeigen. Er prüfte sie eingehend.

»Ist irgendetwas nicht in Ordnung?«, wollte der Mann schließlich wissen.

»Herr Korvettenkapitän«, sagte Pagels, »die Papiere sind in Ordnung. Sie haben sie sehr gut gepflegt. Sie sehen aus, als ob sie ganz neu wären.«

»Ich bin ein ordentlicher Mensch«, sagte der Mann. Aber er konnte nicht verhindern, dass er rot wurde.

»Die Papiere sind in Ordnung«, sagte Pagels. »Aber alles andere nicht. Ich habe mich erkundigt. Sie sind nicht der Kommandeur der Vorpostenflottille in Stavanger gewesen. Sie sind überhaupt kein Kommandeur irgendeiner Vorpostenflottille gewesen. Die entsprechenden Akten sind bei der Marine erhalten geblieben. Ich habe die Unterlagen eingesehen. Alle Kommandeure sind namentlich bekannt. Ihr Name taucht nirgendwo auf.«

Der Mann schwieg.

»Etwas mehr werden Sie schon sagen müssen.«

Der Mann schwieg noch immer.

»Ich habe viel Zeit«, sagte Pagels.

»Also gut«, sagte der Mann schließlich, »ich werde alles sagen. – Kann ich bitte eine Zigarette bekommen?«

Pagels gab ihm eine Zigarette.

Der Mann zündete sie an und rauchte schweigend. Schließlich sagte er: »Die Papiere sind echt. Nur das, was da drinsteht, das ist falsch. Ich brauchte neue Papiere. Ich habe mich umgehört, und da habe ich von der *Rattenlinie Nord* erfahren. In Flensburg, wohin nicht nur die Regierung Dönitz, sondern auch sonst eine ganze Reihe anderer Nazis geflüchtet waren, da konnte man bei den zuständigen Dienststellen vorsprechen, und die haben einem gegeben, was man brauchte. Auf diese Weise bin ich zum Korvettenkapitän geworden, ohne jemals an Bord eines Kriegsschiffs gewesen zu sein. Ich war bei der Wehrmacht, bei der Standortkommandantur in Stavanger.«

Der Mann machte eine Pause.

»Eine schöne Stadt«, sagte Pagels auf gut Glück. Er hatte keine Ahnung, wie es in Stavanger aussah.

»Es war kein schlechter Ort zum Leben«, sagte der Mann. »Selbst im Krieg nicht. In Stavanger war ja kaum Krieg. Norwegen war von den Deutschen besetzt, und damit war eigentlich der Kampf zu Ende. Aber dann ist ganz plötzlich der Krieg zu mir gekommen.«

»Der norwegische Widerstand?«, mutmaßte Pagels.

Der Mann nickte. »Der norwegische Widerstand – aber nicht so, wie Sie jetzt vielleicht denken. Eine ganze Reihe von Norwegern war nach England geflüchtet, und einige von denen hatten sich vom Geheimdienst anwerben lassen, vom SOE. Und die Engländer hatten gewusst, dass in einer Fabrik in Norwegen Schweres Wasser produziert wurde …«

»Was ist Schweres Wasser?«, unterbrach ihn Pagels.

»Deuteriumoxid«, sagte der Mann. »Es wird bei der Herstellung von Atomwaffen verwendet. Aber das habe ich damals natürlich nicht gewusst. Es gab ja noch gar keine Atomwaffen. Ich habe einfach nur gewusst, dass die Engländer mit zwei Lastenseglern eine Gruppe von Saboteuren nach Norwegen gebracht hatten. Die Gleitflugzeuge hatten im schlechten Wetter eine Bruchlandung gemacht. Ein Teil der Männer war dabei umgekommen, einige hatten überlebt.«

»Und wie kommen Sie ins Spiel?«

»Ich war zuständig«, sagte der Mann. »Ich war der zuständige Offizier. Die gefangenen Männer waren ins Gefängnis nach Stavanger gebracht worden. Die norwegischen Agenten trugen bei ihrer Festnahme englische Uniformen und mussten daher als Kriegsgefangene behandelt werden. Die Gestapo hat davon nichts wissen wollen. Es dauerte keine vierundzwanzig Stunden, bis die Herrschaften bei mir aufgelaufen sind und die Herausgabe der Gefangenen gefordert haben. Ich habe widersprochen.«

»Das war mutig von Ihnen«, sagte Pagels. »Es war nicht so leicht, der Gestapo zu widersprechen.«

»Es hat nichts genützt«, sagte der Mann. »Sie haben mir Hitlers Kommando-Befehl vorgehalten. Ich kannte den

Befehl nicht. Sie haben mir eine schriftliche Kopie vorgelegt. Sinngemäß stand darin, dass Mitglieder feindlicher Kommandos der Gestapo zu übergeben seien und ohne Gerichtsverfahren erschossen würden. Sie haben mir beschrieben, was alles aus dem Wrack des Gleitflugzeuges geborgen worden war. Schneeschuhe, Zelte, Rucksäcke, große Mengen von Lebensmitteln, norwegische Lebensmittelkarten, norwegisches Geld, woraus sich ableiten ließ, dass die Männer sich als Zivilisten durchschlagen sollten. Sie hatten Funkgeräte, Sprengstoff und sonstiges Sabotagematerial dabei. Und es gab eine Landkarte, auf der ein Ort namens Vemork mit blauer Tinte markiert war. Der Name sagte mir nichts. Der Offizier der Gestapo hat mir erklärt, dass dort eine Fabrik liege, in der kriegswichtige Dinge produziert würden. Es sei ganz offensichtlich die Aufgabe dieser Männer gewesen, sich als Zivilisten an die Anlage heranzuschleichen und sie in die Luft zu sprengen. Die Männer trugen zwar englische Uniformen, aber unter den Uniformen trugen sie Zivilkleidung. Damit sei die Sache klar, und ich hätte die Agenten sofort an die Gestapo zu übergeben.«

»Der Kommando-Befehl stand eindeutig im Widerspruch zur Haager Landkriegsordnung«, bemerkte Pagels.

»Vielleicht ja, vielleicht nein«, erwiderte der Mann. »Ich bin kein Jurist, und ich hatte auch kein Exemplar der Haager Landkriegsordnung zur Hand, in dem ich hätte nachschlagen können. Aber ich habe mich geweigert, die Leute auszuliefern.«

Pagels starrte den Mann an. »Und das haben Sie überlebt?«, fragte er.

»Ja, das habe ich überlebt. Es war eine absurde Situation. Allem Anschein nach herrschte eine völlig entspannte Atmosphäre. Niemand hat irgendwelche Drohungen ausgestoßen, niemand ist laut geworden. Aber da war ich auf der einen Seite, da waren fünf Mann von der Gestapo auf der anderen Seite. Niemand brauchte irgendetwas auszusprechen. Die Drohung stand auch so deutlich sichtbar im Raum.«

»Was geschah dann?«

»Der Offizier hat mich gefragt, ob er bitte mal telefonieren dürfe. Ja, natürlich durfte er telefonieren. Was hätte ich sonst sagen sollen? Er hat direkt bei General Wilhelm Rediess angerufen, dem Befehlshaber der Gestapo in Norwegen. Er hat kurz geschildert, wie die Situation war. Dann hat er mir den Hörer übergeben. Selbstverständlich hat der General verlangt, dass die Häftlinge an die Gestapo ausgeliefert werden müssten, und zwar sofort. Alle Häftlinge. Auch die Verwundeten. Und es stehe nirgendwo geschrieben, dass die Gefangenen vor ihrer Hinrichtung nicht gründlich verhört werden dürften.«

»Das war das Ende«, sagte Pagels.

Der Mann nickte. »Die Gestapo hat die Männer gefoltert. Sie haben mit den Verwundeten angefangen, aber die waren so schwer verletzt, dass sie überhaupt keine Aussagen mehr machen konnten. Also hat die Gestapo sie vergiftet und sich dann den anderen Gefangenen zugewandt. Die haben sie dann zunächst einmal in ein Konzentrationslager nördlich von Oslo gebracht. Ein deutscher Offizier hat ihnen versprochen, dass sie als Kriegsgefangene behandelt würden, aber sie haben sie dann doch erschossen.«

»Das ist eine Tragödie«, sagte Pagels. »Was ich aber nicht verstehe, das ist, warum Sie untergetaucht sind und Ihren Namen haben ändern lassen. Ihnen kann doch niemand einen Vorwurf machen.«

»Das ist nicht so«, erwiderte der Mann. »Die Agenten hatten in dem Konzentrationslager Kontakt zu norwegischen Gefangenen, und denen haben sie die Geschichte erzählt, soweit sie ihnen bekannt war. Sie haben auch erzählt, dass sie zuerst von der Wehrmacht gefangengenommen worden seien, und dass ich sie dann an die Gestapo übergeben hätte. Sie kannten meinen Namen. Das habe ich schon gewusst, als ich noch in Norwegen war. Und ich habe gewusst, wenn die Norweger mich kriegen oder die Engländer, dann geht es mir an den Kragen. Daher meine Flucht.«

»Wie sind Sie mit John Blaue in Kontakt gekommen?«

»Wir haben zusammen gesoffen«, sagte der Mann. »Ich war verzweifelt. Ich war vollkommen am Ende. Ich war für den Tod dieser Menschen verantwortlich, und ich hätte doch nichts tun können, um sie zu retten. Und es gab niemanden, mit dem ich darüber reden konnte. Meine Familie zum Beispiel, die durfte niemals davon erfahren. Am Ende habe ich mit John Blaue darüber geredet. Er hat gesagt, dass er mich verstehe. Dass er selbst ein ziemlich krummer Hund gewesen ist, das habe ich nicht gewusst. Dass er ein norwegisches Mädchen geschwängert und sie dann mit dem Kind sitzen gelassen hat, das habe ich erst später herausgefunden. Minderjährig ist sie gewesen. Zum Kotzen.«

»Aber dennoch haben Sie John Blaue schließlich vierzehntausend Reichsmark geliehen?«

»Geliehen – das ist eine lustige Umschreibung. Ich hatte keinen Kontakt mehr zu ihm, aber er hat mich gefunden. Und dann hat er mich erpresst. Er wollte fünfzigtausend Reichsmark haben, aber die hatte ich nicht. Das hat er schließlich eingesehen und sich mit den vierzehntausend zufriedengegeben. Ich habe sie hinterher von Ruth Blaue zurückgefordert. Und schließlich habe ich sie dann auch bekommen.«

»Dann war es also ein glücklicher Zufall, dass John Blaue gestorben ist. Sonst hätte er immer weiter Geld von Ihnen gefordert.«

»Das hat er ja getan«, rief der Mann. »Er hat mir eine Frist gesetzt, bis zu der ich das fehlende Geld auftreiben sollte. Aber das war völlig unrealistisch. Ich habe all meine Freunde gefragt, aber mehr als ein paar tausend Reichsmark konnte ich nicht zusammenbetteln. Wir hatten ein weiteres Treffen vereinbart, und da hätte ich dann um einen weiteren Aufschub bitten müssen. Aber dazu ist es nicht mehr gekommen.«

»Da haben Sie wirklich Glück gehabt«, behauptete Pagels.

Dr. Hans Kolbe

Da war sie wieder, diese entsetzliche Angst. Der Mann, der nicht Doktor Hans Kolbe hieß, saß bei Nagel *auf den unbequemen Holzbänken, nippte von Zeit zu Zeit an dem großen Glas Astra, das der mürrische Kellner ihm gebracht hatte, und dachte darüber nach, wie es nun weitergehen würde. Seine Tarnung war aufgeflogen. Dieser Polizist, dieser Pagels, hatte auf Anhieb festgestellt, dass seine Papiere falsch waren. Der Polizist hatte es mit der Feststellung bewenden lassen und war damit zufrieden gewesen, dass er ihm lang und breit auseinandergesetzt hatte, wie es dazu gekommen war, dass er sich diese Papiere besorgt hatte.*

Hans Kolbe – er war sich besonders schlau vorgekommen, dass er den Namen eines Marineoffiziers verwendet hatte, der im Ersten Weltkrieg bei den Vorpostenbooten der kaiserlichen Marine gedient hatte. Es hatte nichts genützt. Der Polizist hatte ihn zwar nicht nach seinem wirklichen Namen gefragt, aber es dürfte eine Kleinigkeit für ihn sein, herauszufinden, wer damals in Stavanger dieses unselige Dokument unterschrieben hatte. Und dann? Er würde seinen richtigen Namen wieder annehmen müssen. Er konnte eine Namensänderung beantragen, aber ob die bewilligt würde, war zweifelhaft. Auf jeden Fall würde es endlos lange dauern, und bis sein Antrag entschieden war, hätten die Norweger ihn längst gefunden.

Das war nicht das einzige Problem, das er hatte. Viel schwerwiegender war, dass er tatsächlich erwogen hatte, John Blaue, diesen widerlichen Erpresser, aus dem Weg zu räumen. Er hatte sich im Südpol *in Elmshorn ein Hotelzimmer genommen und hatte angefangen, das Haus, in dem John Blaue wohnte, zu beobachten. Er hatte festgestellt, dass die Haustür nachts nicht immer verschlossen war. Und selbst wenn sie verschlossen sein sollte – das Schloss würde sich mit einem ganz normalen Sperrhaken ohne große Probleme öffnen lassen.*

In der Nacht, in der er zur Tat schreiten wollte, war die Haustür offen gewesen, sodass er ohne Schwierigkeit in das Haus gelangte. Die Wohnungstür im Erdgeschoss war allerdings verschlossen. Dasselbe galt für die Wohnung im ersten Stock. Bevor er weiter nach oben steigen konnte, hörte er plötzlich, dass dort leise eine Tür geöffnet und wieder geschlossen wurde, und dann kam jemand die Treppe herunter.

Wer immer das sein mochte, er wollte jedenfalls nicht bemerkt werden. Er hatte kein Licht gemacht, und er schlich so leichtfüßig die Treppe hinunter, dass die Holzstufen nur ganz leise knarrten. Für eine Flucht war es viel zu spät. Der angebliche Hans Kolbe lehnte sich in der dunkelsten Ecke gegen die Wand und hielt den Atem an. Der Unbekannte oder vielleicht auch die Unbekannte ging an ihm vorüber, ohne ihn zu bemerken. Als die Person verschwunden war, brach der falsche Korvettenkapitän sein Vorhaben ab. Er wartete noch einen Moment lang, dann schlich er ebenfalls die Treppe hinunter und machte sich aus dem Staub.

Er hatte nichts Unrechtes getan, wenn man einmal von dem unerlaubten Eindringen in das fremde Haus absah, aber er konnte es nicht beweisen. Und jetzt war John Blaue tot, und er, er hatte nicht nur ein wunderbares Mordmotiv, sondern er war obendrein zur fraglichen Zeit in der Nähe des Tatortes gewesen.

Vielleicht war dieses Bier, das er jetzt in aller Ruhe austrank, für lange Zeit das letzte Bier, das er in Freiheit trinken konnte.

November 1955

Als Wilhelm Berger die Haustür aufschloss, hörte er Stimmen aus seiner Wohnung. Es waren unbekannte Stimmen, und sie kamen aus seinem Wohnzimmer. Eine Frau sagte: »Bist du mit dem Schweinefutter fertig?«

Ein Mädchen antwortete: »Ja, Michael füttert schon.«

»Hast du die Schularbeiten für Montag fertig?«

»Fast alle.«

Darauf eine Männerstimme: »Was heißt fast alle?«

»Das Rechnen mach ich morgen.«

»Am Sonntag? So weit kommt das noch. Du gehst jetzt rauf in deine Kammer. Bis zum Abendbrot hast du die Aufgaben fertig, ich seh sie mir noch an!«

Wilhelm Berger öffnete die Wohnzimmertür. Da saßen Horst und Michael vor dem neuen Rundfunkgerät, das er sich gekauft hatte. Geheimnisvoll grün leuchtete das magische Auge.

Horst sah seinen Vater an, legte den Finger auf die Lippen.

Im Radio sagte der Sprecher: *Ja, der Mutter ist es aufgefallen, dass Karin heute so merkwürdig ist. Aber dass sie in Wirklichkeit krank ist, weiß noch keiner. Wann werden sie es merken? Nun – hören wir, wie die Geschichte weitergeht …*

Horst stand auf und ging zu seinem Vater in die Küche. »Schulfunk ist das«, sagte er. »Die Wiederholung. Michael geht ja inzwischen zur Schule, aber da hören Sie die Sendungen nicht. Er ist ganz begeistert vom Schulfunk. *Neues aus Waldhagen* heißt das, was er jetzt hört. – Und dein neues Radio, das findet er natürlich auch ganz toll.«

»Ja«, sagte Wilhelm. »Das ist ein *Loewe-Opta Venus*.« Es hatte über dreihundertfünfzig DM gekostet, aber inzwischen waren die Einkommen gestiegen, und Wilhelm Berger hatte das alte Gerät, eine Art Volksempfänger, durch ein modernes Radio ersetzt. »Schön, dass ihr da seid«, fügte er hinzu.

»Ja, wir wollten dich besuchen. Es gibt nämlich etwas Neues.« Er tat geheimnisvoll.

»Etwas Positives?«

Horst nickte. »Etwas Neues aus Amerika«, sagte er. »Von Susanne. Es war unglaublich schwierig, sie zu finden. Sie ist mehrfach umgezogen, und in Amerika gibt es kein solches Meldesystem wie bei uns. Aber gestern habe ich sie endlich erwischt. Am Telefon.«

»Wie geht es ihr?«, wollte Wilhelm wissen.

»Es geht ihr gut. Wir haben nur ganz kurz miteinander gesprochen. Ein Ferngespräch nach Amerika ist ja so wahnsinnig teuer. Aber jedenfalls hat sie gesagt, dass wir in Kontakt bleiben sollen, und dass ich dich grüßen soll.«

»Das ist eine wunderbare Nachricht.« Wilhelm Berger strahlte.

»Ja, das ist es. – Übrigens werden wir dich jetzt wahrscheinlich häufiger besuchen. Michael ist ganz fasziniert von deinem Radio. Weißt du eigentlich, dass man damit auch Polizeifunk hören kann?«

»Das ist verboten.«

»Aber es funktioniert«, stellte Horst Berger fest.

Wilhelm Berger fand, dass sein Sohn geradezu erholt aussah.

* * *

Das Telefon läutete. Es war spät am Nachmittag, und Wilhelm Berger war zu Hause und hatte keinen Dienst. Er nahm den Hörer ab. »Berger.«

»Kommissar Berger?« Die Stimme des Anrufers hatte einen deutlich amerikanischen Akzent.

»Ja, bitte?«

»Sie haben sich mit einer Frage an den englischen Hohen Kommissar gewandt, die auch für uns von einigem Interesse ist. Ich würde mich in diesem Zusammenhang gern einmal in Ruhe mit Ihnen unterhalten.«

Wilhelm Berger schaltete sofort. »Über Anthrax?«, fragte Berger.

»Nicht am Telefon!«, fiel ihm der Amerikaner ins Wort. »Wir treffen uns an einem sicheren Ort. Fahren Sie jetzt sofort mit der U-Bahn bis zur Station St. Pauli Landungsbrücken. Dort warte ich auf Sie.«

* * *

Station Landungsbrücken. Wilhelm Berger war nicht der Einzige, der an dieser Stelle ausstieg, bei Weitem nicht. Aber während die anderen Fahrgäste über die Treppe nach unten eilten, in Richtung Hafen, blieb Berger allein zurück.

Nein, nicht ganz allein. Ein Mann, der im Schatten hinter einer der Stahlstreben gestanden hatte, ging auf ihn zu. »Guten Abend, Herr Berger«, sagte er. Es war der Amerikaner. »Kommen Sie«, sagte der Mann.

Wilhelm Berger hatte erwartet, dass sie hinuntergehen würden auf die Landungsbrücken, aber der Mann wandte sich in die Gegenrichtung. Sie gingen die Helgoländer Allee hinauf, bogen ab in einen kleinen Pfad, der rechts den Abhang hinaufführte, und im nächsten

Augenblick standen sie am Fuß des Bismarck-Denkmals. Berger wunderte sich, dass außer ihnen niemand hier zu sein schien. Sicher, es war inzwischen fast dunkel geworden, aber soweit er sich erinnerte, war er an dieser Stelle noch nie allein gewesen.

Im nächsten Moment begriff er, warum sie unter sich waren. Im Schatten der Bäume stand jemand, und wenn Berger sich nicht täuschte, hatte der Mann eine Maschinenpistole in den Händen. Eine amerikanische M3 mit dem charakteristischen langen Stangenmagazin für dreißig Schuss. Berger fragte sich, wie es der Mann schaffen wollte, unliebsame Zuhörer oder Zuschauer von ihrem Treffpunkt fernzuhalten, ohne einen Schuss abzugeben. Wobei es mit der M3 ziemlich schwierig war, einzelne Schüsse abzugeben. Die Waffe war nur für Dauerfeuer eingerichtet.

»Hier entlang!«

Der Amerikaner führte Wilhelm Berger um das Denkmal herum, bis sie schließlich zu einer schweren Eisentür gelangten, die Berger bisher noch nie wahrgenommen hatte. Sie war verschlossen, aber der Amerikaner hatte den passenden Schlüssel. Er öffnete die Eisenklappe und leuchtete mit einer starken Taschenlampe ins Innere des Denkmals, dann winkte er. Berger sollte ihm folgen.

Berger hatte gewusst, dass das Denkmal hohl war und während des Krieges als Luftschutzbunker genutzt worden war. Die hölzernen Bänke, die hier vermutlich einmal gestanden hatten, waren verschwunden. Der kahle Beton des verwinkelten Bauwerks schuf eine unheimliche Atmosphäre, zumal der Strahl der Taschenlampe immer nur Teile der Umgebung erfasste. Als sie im Zentrum des Denkmals angekommen waren, richtete der Mann die Lampe nach oben, und Berger sah jetzt, dass die Wände und die Decke keineswegs aus kahlem Beton bestanden. Über ihm prangte ein riesiger Reichsadler, und darunter hatte jemand mit altertümlicher Schrift geschrieben: *Nicht durch Reden und Majoritätsbeschlüsse werden die großen Fragen der Zeit entschieden, sondern durch Eisen und Blut.*

»Das stammt nicht von Hitler«, sagte der Amerikaner. »Bismarck hat das gesagt.«

»Vielleicht war er betrunken«, erwiderte Berger. Er schätzte es nicht, wenn man ihn mit irgendwelchen Äußerungen deutscher Politiker konfrontierte und automatisch unterstellte, dass er damit einverstanden sei, was diese gesagt hatten.

Der Amerikaner sah Wilhelm Berger einen Augenblick lang prüfend an. Dann sagte er: »Gut. Kommen wir zum Grund unseres Treffens. Es geht um Biowaffen. Wir glauben, es verantworten zu können, Ihnen zumindest einen groben Einblick in unsere Erkenntnisse zu geben.«

»Dafür bin ich Ihnen sehr dankbar«, sagte Berger.

»Während des Zweiten Weltkriegs arbeitete Amerika an der Atombombe. Natürlich mussten wir davon ausgehen, dass in Deutschland Forschung in derselben Richtung betrieben wurde. Inzwischen wissen wir, dass wir recht hatten.«

»Deutschland hat keine Atombombe gebaut«, sagte Berger. »Zumindest ist das mein bisheriger Wissensstand.«

»Sagen wir so: Amerika hat das Wettrennen zur Atombombe gewonnen. Inzwischen besitzen wir sogar eine noch wesentlich effektivere Waffe, die Wasserstoffbombe, und damit sind wir auf absehbare Zeit die stärkste Militärmacht der Welt. Auf diese Weise ist der Frieden der Welt gesichert.«

»Wie schön«, sagte Berger. Er hielt nichts von Atombomben. Er glaubte nicht, dass sie den Frieden sicherer machten.

»Im Zweiten Weltkrieg war keineswegs klar, wer das Rennen gewinnen würde. Agenten der britischen SOE haben mit großem Einsatz und nach mehreren vergeblichen Anläufen schließlich die Schwerwasser-Produktion für das deutsche Atomprojekt in Norwegen unterbunden. Außerdem wurde eine Spezialeinheit des US-Geheimdienstes eingerichtet. Die Kernaufgabe dieser ALSOS-Mission bestand darin, das Ausmaß der deutschen Vorbereitungen für den Bau einer Atombombe zu klären. Das war jedoch nicht ihre einzige Aufgabe. Zusätzlich sollte die ALSOS-Mission herausfinden, inwieweit Deutschland sich auf eine biologische Kriegsführung vorbereitet hatte. Diese Frage ließ sich sehr leicht beantworten. Das deutsche Biowaffen-Programm war ausschließlich defensiv ausgerichtet. Dies ging auf mehrere Anweisungen zurück, die Adolf Hitler persönlich erteilt hatte.«

»Das freut mich zu hören«, sagte Berger.

»Ein gewisser Heinrich Kliewe war für Fragen der Bio-Waffen zuständig. Er hat die Anweisung Hitlers ignoriert und eine ganze Reihe interessanter Experimente angestellt. Er hat die gemeinsame Wirkung von chemischen Kampfstoffen und Milzbrandbakterien untersucht. Er hat verschiedene Möglichkeiten getestet, Bomben mit Anthrax-Sporen zu kontaminieren. Er hat damit experimentiert, pestinfizierte Ratten von Flugzeugen abzuwerfen. Da Hitler aber trotz der angeblich vielversprechenden Möglichkeiten seine Meinung bezüglich der Bio-Waffen nicht änderte, wurde Kliewe schließlich Mitglied der sogenannten *Arbeitsgemeinschaft Blitzableiter* zur Abwehr von Biowaffen.«

Berger nickte.

»Ich will Sie nicht mit den Einzelheiten langweilen. Fest steht jedenfalls, dass bei einer Sitzung der *Arbeitsgemeinschaft Blitzableiter* am 22. Juli 1943 ein gewisser Dr. Hans Seel behauptet hat, dass er schon in den Jahren 1932 bis '33 an einem Biowaffen-Projekt gearbeitet hatte, bei dem er in großem Umfang Typhus-Bakterien in Polen ausgebracht hat. Angeblich hatte er auf diese Weise achtzigtausend Fälle von Typhus in Polen ausgelöst und dadurch die Wehrkraft des Landes entscheidend geschwächt.«

»Dann ist es also doch wahr!«, rief Berger. »Unsere Zeugin hat zwar von Milzbrand und nicht von Typhus geredet, aber es war ihr Vorgesetzter Doktor Hans Seel, der 1932/33 behauptet hat, mit diesen Dingen gearbeitet zu haben.«

»›Behauptet hat‹ ist wahrscheinlich der richtige Ausdruck«, sagte der Amerikaner. »Wir haben keinen Beweis dafür, dass diese Aktion tatsächlich stattgefunden hat. Das Einzige, was wir wissen, das ist, dass es in Polen 1932/33 eine erhöhte Zahl von Typhus-Fällen gegeben hat.«

»Sie meinen, dieser Dr. Seel war nur ein Scharlatan?«

»Vielleicht ja, vielleicht nein. Wir haben natürlich inzwischen auch in der medizinischen Fakultät der Universität Hamburg und am Universitätskrankenhaus Eppendorf Erkundigungen eingezogen. Hans Seel war Privatdozent und Leiter des durch Drittmittel finanzierten *Forschungsinstituts für Klinische Pharmakologie*. Was er dort genau erforscht hat, weiß angeblich niemand. Fest steht, dass er ein Nazi der ersten Stunde war.«

»Und was macht dieser Dr. Seel heute?«, fragte Berger.

»Das würden wir auch gern wissen. Hans Seel hat sich leider frühzeitig in die Ostzone abgesetzt. Er lehrt heute an der Humboldt-Universität in Berlin. Was er dort genau macht, entzieht sich unserer Kenntnis.«

»Ich bin Ihnen sehr dankbar für diese Auskunft«, sagte Berger.

Der Amerikaner wiegelte ab. »Wir helfen, wo wir können«, sagte er. »Aber ich muss Sie natürlich darauf hinweisen, dass diese Informationen vertraulich sind. Wenn Sie damit an die Öffentlichkeit gehen sollten, würden wir alles dementieren.«

»Ich gehe damit nicht an die Öffentlichkeit«, versprach Berger.

Der Amerikaner nickte.

Im Lichte der Taschenlampe machten sich Berger und der Amerikaner auf den Weg zum Ausgang. Noch einmal leuchtete der Amerikaner nach oben, und Wilhelm Berger warf einen letzten Blick auf die unglaublichen Wandgemälde. Direkt über ihm stand: *Wir sind nicht auf dieser Welt, um glücklich zu sein und zu genießen, sondern um unsere Schuldigkeit zu tun.* Dann folgte er dem Amerikaner durch den engen Gang zur Treppe nach draußen.

Ruth Blaue hatte versucht, ihre Schuldigkeit zu tun. Sie hatte die Wahrheit gesagt, aber niemand hatte ihr geglaubt. Weder die Vorgesetzten noch die Reichsregierung. Nicht einmal der eigene Ehemann hatte zu ihr gestanden. Und als sie vor Gericht ein letztes Mal versucht hatte, die Wahrheit über die verbotenen Aktivitäten in Eppendorf an die Öffentlichkeit zu bringen, da hatte man sie belächelt. Sie hatte nach ihrer ersten Vernehmung durch Roeder nie wieder Bezug darauf genommen.

* * *

»Es ist alles falsch«, sagte Berger. »Es ist alles falsch, was wir bisher angenommen haben.«

»Was ist falsch?«, fragte Pagels.

»Alles. Wir haben bisher geglaubt, dass sowohl Ruth Blaue als auch Ernst Buchholz uns die Hucke vollgelogen haben. Das haben sie aber nicht. Jeder von ihnen hat die Wahrheit gesagt. Jeder von ihnen hat genau das ausgesagt, was er für die Wahrheit gehalten hat. Und die Differenzen zwischen den beiden Aussagen, die kommen dadurch zustande, dass keiner der beiden einen vollständigen Überblick über das gehabt hat, was geschehen ist.«

»Jetzt mal langsam«, bremste ihn Pagels. »Wie kommst du darauf?«

»Indem ich die Aussagen der Ruth Blaue überprüft habe. Ruth Blaue haben wir für die größte Lügnerin gehalten. Wir haben uns jeden der Punkte, die sie ausgesagt hat, einzeln vorgenommen. Du bist bei diesem Arzt am Neuen Wall gewesen. Er hat bestätigt, dass Ruth Blaue für ihn auf den Strich gegangen ist.«

»Das hat er nicht«, warf Pagels ein.

»Er hat es sinngemäß zugegeben. Weiter. Ich bin in Halberstadt gewesen ...«

»Großartig«, sagte Pagels.

»Was sollte ich denn machen? Wir haben beide versucht, die offenen Fragen telefonisch zu klären. Das hat nicht funktioniert. Also bin ich schwarz über die Grenze gegangen, nach Halberstadt gefahren und habe dort mit dem Leiter des Museums gesprochen. Der Flugzeugabsturz hat sich tatsächlich so abgespielt ...«

»Leichen sind vom Himmel gefallen?«

»Nein, das nicht direkt. Aber ein großes Flugzeug ist 1917 bei Halberstadt abgestürzt, und darüber ist selbstverständlich im Elternhaus von Ruth Blaue gesprochen worden. Das hat sich ihr eingeprägt, so als ob sie es selbst erlebt hätte.«

Pagels sah Berger skeptisch an. Er hatte das Gefühl, dass Ruth Blaue sich im Laufe ihres Lebens eine ganze Menge Dinge eingeprägt hatte, von denen sie schließlich überzeugt war, dass sie sie selbst erlebt hätte.

»Dann die Geschichte mit der Revolution. Die Aufständischen haben die Heine'sche Wurstfabrik geplündert, und als schließlich die Soldaten irgendeines Freikorps nach Halberstadt einmarschiert sind, um die Ordnung wiederherzustellen, da ist mit einem Maschinengewehr geschossen worden. Zwar nicht sehr lange, aber es ist geschossen worden.«

»Und die umgestürzten Straßenbahnen«, bemerkte Pagels. »Was ist mit Ruth Blaues umgestürzten Straßenbahnen?«

»Es gab Straßenbahnen in Halberstadt«, wich Berger aus. »Halberstadt war eine der ersten Städte, die eine eigene Straßenbahn gehabt haben. Was mit der Straßenbahn während der Revolution 1918 passiert ist, das habe ich nicht in Erfahrung bringen können.«

Pagels wies mit dem Daumen nach unten.

»Dann die Geschichte mit der Verschwörung am Universitätskrankenhaus«, fuhr Berger unbeirrt fort. »Ich habe mit einem Vertreter des amerikanischen Geheimdienstes gesprochen …«

»Selbstverständlich nach Absprache mit dem Staatsanwalt oder wenigstens mit Roeder?«

»Selbstverständlich nicht. Die Amerikaner haben Beweise dafür, dass dieser Doktor Hans Seel, für den Ruth Blaue gearbeitet hat, schon 1931/32 mit Biowaffen experimentiert hat. Zumindest hat er das später schriftlich angegeben.«

»Anthrax?«, wollte Pagels wissen.

»Typhus. Und er hat angegeben, dass er Typhusbakterien in Polen zum Einsatz gebracht hat.«

Pagels sah Wilhelm Berger prüfend an. »Typhus ist nicht Anthrax«, sagte er.

»Das kommt auf dasselbe hinaus. Ruth Blaue hat recht gehabt. Und es war vollkommen richtig von ihr, die Korrespondenz dieses verbrecherischen Wissenschaftlers nicht weiterzuleiten. Und es war vollkommen richtig von ihr, sich an die höchsten Stellen in Berlin zu wenden, um diese Dinge zu unterbinden.«

»Ausgerechnet mit Hilfe von Hugenberg«, bemerkte Pagels.

»An die Nazis wollte sie sich nicht wenden. Und dass sie in dieser Angelegenheit nach Berlin gefahren ist, das hat der Doktor aus dem Neuen Wall bestätigt. Dass sie nichts erreicht hat, ist naheliegend. Das hat sie ja selbst zugegeben.«

»Ein halber Punkt für dich«, musste Pagels zugeben. Aber er wusste natürlich, dass diese Aussagen sehr viel mehr wert waren als nur einen halben Punkt. »Und warum Hugenberg? Das war doch vollkommen aussichtslos.«

»Sie hat es jedenfalls versucht, Wilfried. Und an wen hätte sie sich sonst wenden sollen? An die Institutsleitung? An den Universitätspräsidenten? Sie musste doch davon ausgehen, dass die alle von diesen Experimenten gewusst haben. Dennoch sind sie nicht eingeschritten. Ruth Blaue musste also annehmen, dass sie sie auch gebilligt haben.«

»Na schön. So könnte es gewesen sein.«

»Weiter: Ich bin in Dänemark gewesen. Ich habe mit der jungen Frau gesprochen, die in Norwegen das Kind von John Blaue gekriegt hat. Auch in dieser Angelegenheit stimmt alles, was Ruth Blaue ausgesagt hat. Sie war bereit, die Kosten für das Kind zu übernehmen. John Blaue hat sich um nichts gekümmert.«

»Du bist um die halbe Welt gereist, um Entlastungsmaterial für Ruth Blaue zu sammeln«, stellte Pagels fest. »Ich bin der Meinung, dass du diese Anstrengungen nicht aus reiner Wahrheitsliebe auf dich genommen hast, sondern dass du persönlich in einer Weise von Ruth Blaue beeindruckt bist, die über das Dienstliche weit hinausgeht. Aber lassen wir das einmal außer Acht. Nehmen wir einmal einen Moment lang an, dass alles so gewesen ist, wie du sagst. Nehmen wir außerdem an, dass alles, was Ruth Blaue und Ernst Buchholz in den Vernehmungen ausgesagt haben, im Großen und Ganzen die Wahrheit war.«

»Ich bin überzeugt, dass es die Wahrheit war. Die Wahrheit, so wie die beiden sie verstanden haben.«

»Einverstanden. Jetzt haben wir aber ein kleines Problem. Unsere beiden Verdächtigen sind unschuldig. Aber in ihrer Wohnung liegt eine Leiche. Das ist so ein Szenario, wie es in den klassischen Kriminalromanen gern konstruiert wird. Ein unlösbares Problem, das der Detektiv am Ende aber elegant löst. Jetzt bin ich gespannt, wie du dieses Problem löst. Ich denke, du wirst nicht im Ernst behaupten können, dass der angeblich selbstmörderisch veranlagte John Blaue sich selbst mit der Axt den Schädel eingeschlagen hat?«

»Nein, natürlich nicht.«

»Wer dann? Natürlich gibt es eine ganze Reihe weiterer Personen, die sich zur Tatzeit in dem Haus in der Ollnsstraße aufgehalten haben. Die haben logischerweise kein Alibi im engeren Sinne. Sie wohnen in dem Haus. Aber wahrscheinlich haben sie geschlafen. Und damit kommen wir zurück zu unserem Rätsel des verschlossenen Raumes oder vielmehr des verschlossenen Hauses, in dem sich das Verbrechen abgespielt hat.«

Wilhelm Berger schüttelte den Kopf. »Das Haus war nicht verschlossen«, sagte er.

»Wie kommst du darauf?«, fragte Pagels verblüfft.

»Ich habe es selbst erlebt. Als ich das erste Mal nach Elmshorn gefahren bin, um mit Ruth Blaue zu sprechen, da war sie nicht zu Hause. Es hat niemand geöffnet. Schließlich habe ich gemerkt, dass die Haustür nicht verschlossen war. Ich bin in das Treppenhaus gegangen und habe laut gerufen, bis mich jemand gehört hat.«

»Und du glaubst wirklich, dass auch nachts niemand die Haustür abgeschlossen hat?«

»Ich kann es nicht beweisen, aber ich bin mir ziemlich sicher. Nicht nur war die Haustür nicht verschlossen, als ich da war, sondern die Tür zum Garten stand weit offen, und auch dort war kein Mensch zu sehen. Jeder Einbrecher hätte ohne Mühe in das Haus gelangen können. Jeder Mörder auch.«

»Das ist clever konstruiert«, sagte Pagels. »Mir ist natürlich klar, dass du als freiwilliger Verteidiger der Angeklagten oder von mir aus auch der beiden Angeklagten nicht beweisen musst, wer John Blaue getötet hat, sondern dass du nur berechtigte Zweifel daran erwecken musst, dass die beiden Angeklagten die Täter gewesen sind. Aber natürlich bist du kein Anwalt, sondern du bist Polizist. Und ich glaube, ich kenne dich gut genug, um sagen zu können, dass du mit diesem Ergebnis nicht zufrieden bist. Ich denke, für dich reicht es nicht aus, dass es möglicherweise der Briefträger oder der Schornsteinfeger gewesen sein könnte. Wen hast du also im Verdacht?«

»Ich kann nichts beweisen«, musste Berger zugeben.

»Das musst du auch nicht. Dies ist eine ganz zwanglose Unterhaltung, und du kannst einfach sagen, was du denkst. War es am Ende doch das andere Dreieck? War es der Arzt? Der hätte deine offene Haustür übrigens gar nicht gebraucht. Der hatte einen Schlüssel.«

»Es war nicht der Arzt«, sagte Berger. »Ich weiß, das wäre dein Lieblingskandidat.«

»Aber du glaubst nicht, dass Doktor Trautwein es getan haben könnte?«

Berger schüttelte den Kopf. »Es ergibt keinen Sinn«, sagte er. »Er hätte Ruth Blaue haben können, ohne deswegen irgendjemand umzubringen. Sie hat ihn aufgesucht. Sie hat sich ihm angeboten. Sie hat ihn immer noch geliebt.«

»Obwohl er ein Arschloch ist«, sagte Pagels.

»Das ist eine subjektive Bewertung«, erwiderte Berger.

»Die trotzdem zutrifft«, bemerkte Pagels.

»Doktor Trautwein war nicht der Täter. – Nein, es gibt einen anderen Verdächtigen, und zwar den angeblichen Korvettenkapitän. Du hast selbst gesagt, dass John Blaue den Mann erpresst habe. Er hat zugegeben, dass Blaue fünfzigtausend Reichsmark von ihm haben wollte, und die konnte er ihm nicht geben. Die hatte er nicht. Aber John Blaue hatte ihn in der Hand. Der Mann hatte Angst um sein Leben. Wenn die Norweger herausfanden, wo er sich versteckt hielt, dann war er in Lebensgefahr. Daher hat er kurzen Prozess gemacht und John Blaue beseitigt. Der zeitliche Rahmen passt genau. Blaues Ultimatum war beinahe abgelaufen. Und die Ausführung der Tat passt jedenfalls besser zu ihm als zu der Poetin oder dem Bildhauer.«

»Poetin?«

»Ruth Blaue schreibt Gedichte. Wusstest du das nicht?«

Nein, das hatte Pagels nicht gewusst.

»Gehen wir die Ereignisse am Abend vor der Tat einmal der Reihe nach durch. Ernst Buchholz schläft in seinem Zimmer. Ruth Blaue hat auf irgendeine Weise ihren Mann dazu gebracht, ein starkes Schlafmittel einzunehmen. Sie glaubt, dass sie ihn damit umgebracht hat. Sie legt sich schlafen. Der Korvettenkapitän dringt in das Haus ein, geht in die Wohnung der Blaues. Er findet John Blaue auf dem Sofa liegend, beschimpft ihn. John Blaue antwortet nicht. Ernst Buchholz wacht auf, greift aber nicht ein. Er bleibt im Bett liegen, wartet ab. Der Korvettenkapitän nimmt die Axt und schlägt John Blaue den Schädel ein.«

Pagels schüttelte den Kopf.

Berger ließ sich nicht beirren. »Der Korvettenkapitän verlässt das Haus. Unmittelbar danach wacht Ruth Blaue auf. Sie entdeckt ihren toten Ehemann auf der Couch. Sie erschrickt natürlich. Sie geht davon aus, dass Ernst Buchholz der Täter ist. In dem Augenblick kommt der Bildhauer ins Zimmer. Er glaubt zwangsläufig, dass seine geliebte Ruth ihren Mann erschlagen hat. Sowohl Ernst Buchholz als auch Ruth Blaue sprechen nicht über das, was hier ihrer Meinung nach geschehen ist. Sie konzentrieren sich auf das, was jetzt getan werden muss. Sie beseitigen die Blutspuren und schaffen die Leiche weg. Jeder glaubt, dass er genau weiß, was passiert ist, aber sie sprechen niemals darüber. Und so kommt es, dass sie bei den Vernehmungen ein kleines bisschen von der Wahrheit abweichen, um jeweils den geliebten Freund und Partner zu schützen.«

»Eine faszinierende Deutung«, sagte Roeder. »Am liebsten würde ich jetzt das tun, was in den großen Kriminalromanen immer passiert. Ich würde alle Verdächtigen hier zusammenrufen und dann in einem großen Finale die Wahrheit ans Licht bringen.«

»Dafür gibt es keine rechtliche Grundlage«, sagte Pagels.

»Ich weiß. Deshalb machen wir etwas anderes. Wir nehmen uns den Bildhauer noch einmal vor. Ernst Buchholz. Der lügt am schlechtesten. Wir machen einen Lokaltermin im Haus der Lügen. Wenn es wirklich so gewesen ist, wie wir jetzt glauben, dann werden wir es herausfinden.«

Berger seufzte. »Die Zeit wird knapp«, sagte er. »Nur noch eine Woche bis zur Verhandlung.«

* * *

Am nächsten Morgen hatten sich alle in dem Haus in der Ollnsstraße versammelt. Roeder hatte sich vorher noch einmal vergewissert, dass die Wohnung im Dachgeschoss noch leer stand. Das war der Fall. Frau Heine war vor einigen Jahren verstorben, Waltraud Sievert war längst ausgezogen. Nur Ruth Blaues Vater lebte noch im Erdgeschoss. Roeder hatte ihm klargemacht, dass sie bei dem Lokaltermin auf keinen Fall gestört werden wollten, und da es sowieso nicht um seine Tochter ging, sondern nur um den Bildhauer, konnte man davon ausgehen, dass er sich an die Anweisung hielt.

Als Ernst Buchholz hereingeführt wurde, blickte Berger überrascht auf: »Wie sehen Sie denn aus?« Er hatte ein großes Pflaster auf der Stirn.

»Ich bin die Treppe heruntergefallen«, murmelte Buchholz.

Berger sah ihn ungläubig an. »Wie ist das passiert?«

»Ich hab wohl nicht aufgepasst.«

Danner sagte leise: »Ich habe davon gehört. Es könnte ein Selbstmordversuch gewesen sein.«

Ernst Buchholz schüttelte den Kopf. Dann sah er sich unsicher im Raum um.

Die Wohnung hatte sich verändert. Das Mordsofa war verschwunden; stattdessen stand allerlei Gerümpel herum. Es gab keinen Tisch mehr, aber den brauchten sie auch nicht. Pagels und Berger stellten die Stühle im Kreis auf, wischten den Staub von den Sitzflächen, und dann setzten sie sich. Roeder verteilte Lichtpausen der früheren Vernehmungsprotokolle. Ein scharfer Geruch von Salmiakgeist breitete sich aus. Pagels stand auf und öffnete das Fenster. Dann bückte er sich. »Guckt mal, was ich gefunden habe!«

Es war eine norwegische Krone von 1946. Roeder warf einen Blick auf die Münze. »Die hat keine Bedeutung«, entschied er.

Wilhelm Berger biss sich auf die Lippen. Er war sich nicht so sicher. Nora Olafsen fiel ihm ein und ihre unerklärliche Angst. War sie hier im Haus gewesen? Sollte er diesen Punkt ansprechen? Er entschied sich dagegen. Jetzt nicht. Vielleicht später, dachte er.

Roeder räusperte sich. »Herr Buchholz, erzählen Sie uns bitte, was sich in der Mordnacht tatsächlich abgespielt hat.«

Ernst Buchholz nickte. Er schien in Gedanken versunken.

Berger blickte zur Seite. Alles in Ordnung. Pagels war bereit zum Mitschreiben. Danner hatte sich den besten Platz gesichert. Er lehnte völlig entspannt in seinem Sessel, hatte die Augen halb geschlossen und hörte zu.

»Am Mittwochabend, also an dem Abend vor der Tat«, sagte Buchholz, »da sind Frau Sievert und Weinhold und ich im *Südpol* beim Tanzen gewesen ...«

»Die beiden Blaues waren nicht mit dabei?«, unterbrach ihn Roeder.

»Nein, die waren nicht dabei. Als wir nach Hause kamen, ist Weinhold gleich ins Bett gegangen. Auf dem Weg ins Bad habe ich Ruth, also Frau Blaue, getroffen, und wir haben eine ganze Weile miteinander geredet. Dabei kam auch zur Sprache, dass John Blaue beseitigt werden sollte.«

Berger erwischte sich dabei, dass er an seinen Nägeln kaute. Ruth Blaue und Ernst Buchholz hatten den Mord geplant, daran führte kein Weg vorbei. Aber hatten sie ihn ausgeführt? Das war eine andere Frage.

»Hatten Sie schon öfter darüber gesprochen?«, wollte Roeder wissen.

»Ja.« Ernst Buchholz war rot geworden.

»Wer hat dieses Thema aufgebracht?«

»Das weiß ich nicht mehr. Es lag schon länger sozusagen in der Luft. Und am Dienstag, am 12. November also, hatte Ruth sich mal wieder über ihren Mann beklagt und gesagt, dass es einfach unerträglich sei mit ihm. Er war in Köln gewesen, und er hatte Schnaps mitgebracht. Ruth sagte, sie wüsste schon genau, wenn er nachher betrunken sei, dann werde er gemein zu ihr sein.«

»Was hat sie damit gemeint?«, wollte Pagels wissen.

»Sie hat gemeint, dass er sie zum Geschlechtsverkehr zwingen würde.« Ernst Buchholz hielt inne, so als ob er erwartete, dass Pagels noch weiter nachfragen würde, aber Pagels hatte im Augenblick keine weiteren Fragen.

Der Bildhauer fuhr fort: »Am Mittwochvormittag, am 13. November, habe ich dann John Blaue dabei überrascht, wie er Waltraud Sievert umarmt hat …«

»Die Hausangestellte?« Davon war bisher nicht die Rede gewesen.

»Ja. Ich habe das nicht kommentiert, sondern so getan, als ob ich nichts gesehen hätte, und den Bodenraum wortlos wieder verlassen.«

»Waltraud Sievert wohnte aber nicht gemeinsam mit Ihnen im Dachgeschoss?«

»Nein, sie wohnte unten bei den Heines.«

»Kam es öfter vor, dass die Frau Sievert nach oben zu den Blaues gekommen ist?«

»Nein. – Zumindest habe ich das nicht bemerkt.«

Pagels sah Roeder an. Als der nicht weiter nachhakte, fragte er: »Diese Umarmung – war das nur so eine freundschaftliche Umarmung, oder glauben Sie, dass da mehr im Spiel gewesen ist?«

»Es war eine erotische Umarmung«, sagte Buchholz. »Am Nachmittag habe ich das Ganze der Ruth Blaue erzählt.«

»Und was hat die dazu gesagt?«, wollte Berger wissen.

»Nicht viel. – Offenbar war sie an derartige Dinge schon gewöhnt. Am Abend, bevor wir zum Tanzen gegangen sind, haben wir wieder alle gemeinsam gegessen. Da habe ich dann gemerkt, dass John Blaue ziemlich nervös gewesen ist.«

»Wie hat sich das geäußert?«

Ernst Buchholz zuckte mit den Achseln. »Wie soll ich das beschreiben? Nervös eben.«

Das passte, dachte Wilhelm Berger, das passte genau. John Blaue hatte den Korvettenkapitän unter Druck gesetzt. Er war nervös, weil er nicht wusste, wie der Mann weiter reagieren würde.

»Nach der Rückkehr vom Tanzen sind Weinhold und ich in unser gemeinsames Schlafzimmer gegangen und haben uns ins Bett gelegt. Ich habe noch etwas Alkohol getrunken, und dann bin ich eingeschlafen. Aber einige Zeit später bin ich wieder aufgewacht, weil ich das Gefühl hatte, dass eine Tür geöffnet und geschlossen worden war. Ich hörte zunächst nichts, aber dann bemerkte ich plötzlich, dass offenbar Frau Blaue allein in das angrenzende Bad gekommen war. Ich hörte sie weinen.«

»Und Weinhold?«

»Der hat geschlafen. – Als das Weinen gar nicht aufhören wollte, bin ich schließlich zu ihr hingegangen ...«

»Zu ihr ins Bad?«, fragte Roeder.

»Nein. Ich habe sie durch die Tür gefragt, was los sei. Und als sie gemerkt hat, dass ich wach bin, da hat sie mich gefragt, ob ich bitte zu ihr herüberkommen könnte. Da ist es dann zu einer Aussprache zwischen uns gekommen, und im Laufe des Gesprächs kamen wir überein, John Blaue umzubringen.«

»Und wo war John Blaue währenddessen?«

»Der hat geschlafen.« Ernst Buchholz warf Wilhelm Berger einen fragenden Blick zu, so als wollte er ergründen, ob der Polizist ihm das abnahm. Berger nahm ihm das nicht ab, aber das spielte im Augenblick keine Rolle. Buchholz sollte seine Geschichte zu Ende erzählen.

»Wir haben also folgenden Plan gefasst«, sagte Buchholz. »Wir wollten uns am nächsten Abend treffen ...«

»Diese Diskussion war also am Mittwoch, den 13. November?«

»Ja. Das heißt, nein, wahrscheinlich doch nicht. Wahrscheinlich war es schon nach Mitternacht. Jedenfalls hat

Ruth dann den Gedanken ins Spiel gebracht, dass wir ihren Mann erschlagen sollten. Ich habe nachgefragt, wie sie sich das vorstellte, aber so genaue Vorstellungen hatte sie offenbar nicht. Sie hat nur gesagt, er sollte erschlagen werden, wenn er eingeschlafen war.« Wieder machte Ernst Buchholz eine Pause. Als Roeder nichts sagte, fuhr er fort: »So hatte ich mir das nicht vorgestellt. Ich habe ihr gesagt, dass ich bereit sei, ihren Mann zur Rede zu stellen, aber dass das eine Auseinandersetzung von Mann zu Mann sein müsste ...«

»Die verdammte Ritterlichkeit der Jagdflieger«, murmelte Pagels.

»Was?«, fragte Roeder irritiert.

»Nichts. Machen Sie weiter.«

»Eine Auseinandersetzung von Mann zu Mann«, wiederholte Buchholz. »Was dann passieren würde, das war völlig offen. Und ich habe mir nicht vorgestellt, dass John Blaue am Ende tot sein würde. Vielleicht hätte ich das in dem Moment sagen sollen, aber das habe ich nicht getan. Aber jedenfalls, die Ruth, die hat wohl geahnt, was ich gedacht habe, und sie hat gesagt, wenn ihr Mann betrunken sei, dann verfüge er über unglaubliche Kräfte. Das könnte ich mir gar nicht vorstellen, wie brutal er dann sei. Deshalb sei die einzige Möglichkeit, ihn im Schlaf zu erschlagen.«

Wilhelm Berger versuchte, sich in die Situation hineinzuversetzen. Er versuchte sich vorzustellen, dass zum Beispiel die Frau seines Kollegen Pagels, die er so gut wie gar nicht kannte, ihn überreden wollte, ihren Mann im Schlaf zu erschlagen. Es war ein vollkommen absurder Gedanke. Aber natürlich hatte er auch keine Liebesbeziehung zu ihr.

»Ich fand das keine gute Idee«, fuhr Ernst Buchholz fort. »Ich habe gesagt, dass ich mit John Blaue reden wollte, wenn er nüchtern sei. Aber Ruth hat gesagt, dann würde alles nur noch schlimmer. Als sie gesehen hat, dass ich nicht mitmachen wollte, da hat sie schließlich gesagt, sie wollte das alles allein mit ihrem Mann abmachen.«

»Das alles?«, wollte Berger wissen. »Was hat sie sich darunter vorgestellt?«

»Das hat sie nicht gesagt. Es wurde überhaupt nicht über Einzelheiten gesprochen. Das heißt, das stimmt nicht. Wir haben darüber gesprochen, was nach der Tat geschehen sollte. Die Frau Blaue hat vorgeschlagen, dass wir ihren Mann nach seinem Tod in den Seesack stecken sollten und ihn dann irgendwo in einen Teich schmeißen.«

»Das heißt, der Mord war also beschlossene Sache?«

»Für mich nicht.«

»Aber für Ruth Blaue?«

Ernst Buchholz nickte. »Wir haben eine ganze Weile hin und her diskutiert. Schließlich entstand der Plan, ihn in der Werkstatt zu vergraben, in dem Anbau hinter dem Haus. Das ist einfach nur so ein Schuppen ohne richtigen Fußboden.«

»Und dann?«

»Ich bin dann anschließend in mein Zimmer zurückgegangen. Ich war sehr aufgeregt. Ich habe noch kräftig von dem Schnaps getrunken, den John Blaue mitgebracht hatte, und schließlich bin ich dann doch eingeschlafen. – Am Donnerstagmorgen, am 14. November also, war ich völlig verkatert. Aber gleich nach dem Frühstück bin ich dann doch in meine Werkstatt gegangen und habe angefangen, ein Loch zu graben. Wenig später kam Ruth dann auch dazu. Wir haben nicht viel miteinander geredet. Ich habe einfach weitergearbeitet, und Ruth hat mir dabei zugesehen. Dann hat sie schließlich das Beil in die Hand genommen, das da lag. Wir haben uns angesehen, und dann haben wir uns zugenickt. Und dann hat die Frau Blaue das Beil wieder an die Wand gelehnt und ist nach oben gegangen. – Ja, und dann habe ich dieses Beil nachher mit nach oben genommen und in die Blaue'sche Wohnung gebracht. Ich hab es in den Zwischenraum rechts neben die Truhe gestellt. – Ja, Frau Blaue war auch da, und sie hat gesehen, dass ich das gemacht habe.«

Wilhelm Berger seufzte leise. Damit wurde seine Deutung der Ereignisse immer unwahrscheinlicher. Ernst Buchholz und Ruth Blaue hatten tagelang den Mord an John Blaue vorbereitet. Sie hatten das Beil bereitgestellt. Und dann sollte ausgerechnet in dem Augenblick, wo es so weit war, ein anderer aufgetaucht sein und den John Blaue erschlagen haben? Nein, das glaubte er nicht.

»Dann bin ich in meine Werkstatt zurückgegangen. Ich habe alle Vorhänge zugezogen und weitergegraben …«

»Das Grab für John Blaue«, stellte Roeder fest.

»Darüber habe ich in dem Augenblick nicht nachgedacht. Das Loch war nicht so groß wie ein normales Grab; John Blaue würde ja im Seesack stecken, dafür brauchte man viel weniger Platz als für einen Sarg. Aber als ich das Loch ausgehoben hatte, das hat so bis gegen Mittag gedauert, da wurde mir auf einmal klar, was wir hier vorhatten, und dass ich sozusagen schon im Voraus den Totengräber gespielt habe. Das hat mich schlagartig zur Besinnung gebracht. Ich bin in die Wohnung der Blaues nach oben gegangen, es war inzwischen kurz vor dem Mittagessen. Ruth war allein oben. Ich habe zu ihr gesagt: ›Das ist unmöglich, was wir vorhaben.‹ Und sie hat gesagt: ›Wie du meinst, Ernst.‹ Und anschließend haben wir alle zusammen zu Mittag gegessen, also die

Eheleute Blaue, Waltraud Sievert, Weinhold und ich. Am Tisch herrschte eine sehr gespannte Stimmung, aber der Konflikt kam nicht zum Ausbruch. Weinhold hat das alles mit seiner Unterhaltung überbrückt. Er hat gar nichts von der Spannung bemerkt. Er hat ein sonniges Gemüt. Ich hatte gewaltig Skrupel, und ich war überhaupt nicht in der Lage, John Blaue anzusehen.«

Auch das war nachvollziehbar.

»Nach dem Essen habe ich dann zu Trautel gesagt …«

»Wer ist Trautel?«, wollte Pagels wissen.

»Waltraud Sievert. Wir haben immer Trautel zu ihr gesagt. – Also jedenfalls habe ich zu ihr gesagt, dass ich in der Werkstatt ein Loch gegraben hätte. Sie sollte sich nicht darüber wundern, ich wollte da Kartoffeln einkellern. Anschließend wollte ich dann das Beil wieder zurück in die Werkstatt bringen. Es war aber nicht mehr da, wo ich es hingestellt hatte. Ich habe nicht weiter nachgeforscht, sondern bin in die Werkstatt zurückgegangen, und ich habe die ganze Zeit darüber nachgedacht, was ich denn nun tun könnte. Wie ich von den Blaues wegkommen könnte.«

Davon war bisher noch nicht die Rede gewesen. Ernst Buchholz hatte also über eine Flucht nachgedacht. Über eine Flucht vor Ruth Blaue.

»Ja, und dann bin ich wieder in meine Werkstatt gegangen, um das Loch wieder zuzuwerfen. Das ging aber nicht, weil sich in dem Loch inzwischen Wasser gesammelt hatte. Ich konnte es nur vielleicht zu zwei Dritteln zuwerfen; dann musste ich es erst einmal so stehen lassen, um abzuwarten, bis das Wasser wieder versickert war.«

»Und was geschah dann?«, fragte Roeder.

»So zwischen fünf und sechs Uhr nachmittags habe ich dann noch einmal mit Ruth geredet. Ich habe sie gefragt, wo ihr Mann sei. Daraufhin hat sie gesagt, er sei bei seiner Freundin ...«

»Bei wem genau?«, wollte Pagels wissen.

»Das weiß ich nicht, das hat sie nicht gesagt. Jedenfalls habe ich dann gesagt, dass hier einer zu viel an Bord sei, und dass ich weggehen wollte. Darauf hat sie geantwortet: ›Also willst du mich doch im Stich lassen.‹ Mit dieser Feststellung hat sie mich sehr getroffen, aber es half nichts. Ich habe versucht ihr klarzumachen, dass es gar keine andere Lösung geben konnte, als dass ich weggehe. Und alles das, was wir geplant hätten, das müsste wieder auf Null gestellt werden. Auch die gespannte Stimmung zwischen John Blaue und mir, die sich daraus ergeben hatte, dass ich ihn mit der Trautel erwischt hatte, die müsste abgebaut werden. Ich habe gesagt, das Einfachste wäre es doch, wenn Ruth sich scheiden ließe.«

Das wäre in der Tat das Einfachste gewesen. »Und vorher ist keiner von Ihnen auf diese Idee gekommen?«, fragte Roeder.

»Ihr Mann hat das immer abgelehnt.«

»Also haben die beiden auch über Scheidung gesprochen?«

»Das weiß ich nicht sicher, aber zumindest hatte Ruth das behauptet. Aber wenn der John ein Verhältnis mit der Trautel hatte, dann sollte es doch auf jeden Fall möglich gewesen sein, eine Scheidung durchzubekommen.«

Roeder nickte. Wilhelm Berger war sich nicht so sicher, ob ein bloßes Umarmen einer anderen Frau als Scheidungsgrund ausreichen würde.

»Ruth wollte dann von mir wissen, wie ich mir meine Zukunft dachte. Das wusste ich nicht. Ich hatte keine konkreten Zukunftspläne. Die wichtigste Frage war für mich natürlich zunächst einmal, wo ich in Zukunft leben sollte. Ich habe zu ihr gesagt, wenn sie sich mit ihrem Mann nicht gütlich einigen könnte, dann könnte sie ja zu mir ziehen. Frau Blaue hat gesagt, ich hätte recht, das sei eine gute Idee.«

Das wäre jedenfalls die Lösung gewesen, die Wilhelm Berger in einer solchen Situation angestrebt hätte.

»Nach dieser Unterredung ging ich davon aus, dass der Mordplan aufgegeben war. Ich war sehr erleichtert ...«

Wilhelm Berger war auch erleichtert. Die beiden hatten den Mord geplant, aber den Plan dann doch aufgegeben. Es konnte doch alles so gewesen sein, wie er es sich vorstellte.

»Wir haben dann gemeinsam zu Abend gegessen, also die Eheleute Blaue, Weinhold und ich. Dabei hat sich dann herausgestellt, dass Weinhold am nächsten Tag verreisen wollte. Ich weiß nicht mehr genau, ob er nach Leipzig oder Dresden wollte, jedenfalls wollte er in die Ostzone fahren. Davon, dass John Blaue auch am nächsten Tag verreisen wollte, war bis zu dem Zeitpunkt noch nicht geredet worden. Zumindest hatte ich nichts davon erfahren. Nach dem Abendessen sind Weinhold und ich gleich ins Bett gegangen. Ich habe geschlafen.«

Jetzt kam es darauf an. Berger kaute wieder an den Nägeln. Danner sah ihm belustigt zu.

»Am 15. November, etwa gegen zwei Uhr in der Nacht, hat die Ruth mich geweckt. Sie hat an meine Zimmertür geklopft und hat gesagt: ›Komm mal raus, Ernst.‹ Ich hab mir einen Trainingsanzug angezogen und bin dann zu ihr auf den Flur gegangen. In der Bodenkammer war es dunkel; Frau Blaue stand neben der Bodentür. Ich hab das Licht im Badezimmer eingeschaltet. Dann ist Frau Blaue mit mir zusammen ins Bad gegangen. Sie war furchtbar aufgeregt, und sie hat gesagt: ›Ich habe es getan. Ich habe John umgebracht. Ich bin völlig am Ende. Hilf mir, Ernst! Ich kann nicht mehr.‹«

Das war's, wusste Wilhelm Berger. Kein rettender falscher Korvettenkapitän, kein rettender Arzt, keine betrogene Mutter. Ruth Blaue hatte ihren Mann erschlagen. Was jetzt noch kam, hatte keine Bedeutung mehr.

»Ich war natürlich entsetzt. Als sie mir erzählt hat, dass sie ihren Mann erschlagen hat, da war meine erste Reaktion, dass ich gesagt habe: ›Ich geh in die Ostzone, ich mach das nicht mit.‹ Sie hat mich nur angesehen. Sie hat nicht geglaubt, dass ich weglaufen würde. ›Warum hast du das getan?‹, habe ich gefragt. ›Wir hatten doch besprochen, dass wir es nicht tun sollten.‹ Daraufhin hat sie gesagt, dass es wieder einen heftigen Streit gegeben hätte, und sie hätte es doch schließlich auch für mich getan.«

»Für Sie?«, fragte Pagels nach.

»Ja, das hat sie behauptet. Ich war vollkommen entsetzt. Ich wusste nicht mehr, was ich machen sollte. So, wie sie das jetzt darstellte, war der Mord nicht ihre, sondern meine Schuld. Ich habe gesagt: ›Ich mache Schluss, ich bringe mich um.‹ Daraufhin hat Ruth erwidert: ›Das ist Blödsinn, dann bringe ich lieber mich selber um.‹ Als ich darauf nicht reagierte, da hat sie gesagt, dann wäre schon besser, wenn wir uns beide umbringen würden. ›Das ist keine Lösung‹, habe ich gesagt. ›Ruth, das ist keine Lösung!‹«

Wenn es wirklich so gewesen war, dachte Berger, wenn es wirklich ungefähr so gewesen war, dann wäre dies genau der Moment gewesen, an dem Ernst Buchholz die Polizei hätte rufen müssen. Wenn Frau Blaue ihren Mann im Streit erschlagen hätte, dann wäre das jedenfalls kein Mord gewesen.

»Wir haben dann beschlossen, den ursprünglichen Plan in die Tat umzusetzen. Wir sind zusammen in das Zimmer gegangen, wo John Blaue lag. Er lag nackt auf der Couch, hatte eine Decke über dem Kopf. Das Zimmer war unordentlich, so als ob es einen Streit gegeben hätte. Der Teppich war von der Couch aus beiseitegeschoben, vielleicht weil jemand darauf ausgerutscht war. Ich habe mich über Blaue gebeugt und festgestellt, dass er tot war. Dann haben wir den Seesack geholt. Wir wollten die Leiche in den Sack stecken, aber das ging nicht. Also haben wir sie erst zusammengeschnürt und eine Regenhaut um den Kopf des Toten gebunden, und dann ging es. Ein Bein musste ich noch mit Gewalt in den Seesack drücken, weil er sonst nicht zuging. Dann habe ich den Sack mit der Leiche auf den Rücken genommen und ihn in die Werkstatt getragen. Anschließend bin ich dann regelrecht zusammengebrochen.«

Kein Wunder, dachte Berger.

»Schließlich habe ich mich aufgerafft und bin wieder nach oben gegangen. Da hatte Ruth das Zimmer schon in Ordnung gebracht und die Blutspuren weggewischt. Wir haben dann die blutverschmierte Wäsche und die Kleidungsstücke in den Zwischenraum zwischen Boden und Dach gestopft, um sie später zu beseitigen. Dann ging ich mit Frau Blaue in ihr Zimmer. Sie hat sich voll angezogen auf ihr Bett gelegt, und wir haben dann noch einmal besprochen, wie es weitergehen sollte. Sie wusste, was wir tun mussten. Sie wollte sagen, ihr Mann sei in die Ostzone gefahren, und ich wüsste angeblich von nichts.«

»Und die Leiche im Seesack, die lag noch immer in Ihrer Werkstatt?«, fragte Roeder. »Neben der halboffenen Grube?«

»Ja, natürlich. Das war ja alles in keiner Weise vorbereitet. Ich bin dann am Freitagmorgen, also am 15. November, erst einmal mit dem Fahrrad losgefahren und habe mir die Situation angesehen.«

»In Klein-Nordende?«

»Nein. Von Klein-Nordende war da noch gar nicht die Rede. Ich hatte gedacht, wir könnten die Leiche in die Krückau schmeißen, aber das ging nicht. Am Sonnabend habe ich mich dann weiter in der Gegend umgesehen, aber auch die Tongrube in Lieth war nicht geeignet. Schließlich sind wir dann auf den Teich in Klein-Nordende gekommen. Ich bin dann losgefahren und habe mir die Geschichte angesehen. Ich musste doch wissen, von wo aus ich am besten an den Teich herankommen konnte. Und dann haben wir am nächsten Tag gemeinsam die Leiche weggebracht. Wir haben sie auf das Fahrrad gepackt. Ich habe geschoben, und Ruth Blaue hat den Sack festgehalten, damit er nicht herunterfiel. Ich weiß nicht mehr, ob wir irgendwelchen Leuten begegnet sind. Wahrscheinlich nicht. Es regnete ganz wahnsinnig. Fest steht jedenfalls, dass niemand uns gefragt hat, wo wir mit dem Sack hinwollten. So haben wir dann den Seesack mit John Blaue im Kiessee in Klein-Nordende versenkt.«

»Das war am Montag, am 18. November?«, fragte Pagels zur Sicherheit. »Dreieinhalb Tage nach dem Mord?«

»Ja.«

Roeder fragte: »Und dann haben Sie einfach so weitergelebt, als ob gar nichts passiert wäre?«

»Ja, das haben wir.«

»Wie haben Sie das ausgehalten?«, fragte Berger.

»Gar nicht«, erwiderte Ernst Buchholz. »Wir haben es nicht ertragen, weiter in derselben Wohnung zu wohnen, und weiter mit seinen Eltern zusammen zu plaudern und mitunter gemeinsam zu essen, so als ob gar nichts passiert wäre. Wir sind so schnell wie möglich ausgezogen.«

»Und damit war das Thema dann für sie beide erledigt?«

Ernst Buchholz schüttelte den Kopf. »So etwas ist niemals erledigt. Es hat mich Tag und Nacht gequält. Und es gab keinen Menschen, mit dem ich darüber sprechen konnte. Die Ruth ist immer ausgewichen, wenn ich die Tat zur Sprache gebracht habe. Wir hatten nichts geplant für den Fall, dass die Polizei den Toten finden würde und feststellen würde, dass das John Blaue war. Ich hatte große Angst. Besonders als im letzten Jahr, 1954 also, die Waltraud Sievert zu uns in den Schwarzwald gekommen ist und unbedingt mit Ruth sprechen wollte. Ich habe nicht gehört, was die Waltraud gesagt hat, aber ich habe wohl bemerkt, dass die Ruth hinterher nervös gewesen ist. Aber als ich sie gefragt habe, da hat sie nur gesagt, es sei alles in Ordnung.«

* * *

Als Ernst Buchholz wieder in seine Zelle zurückgebracht worden war, sagte Roeder: »Das ist eine schöne Geschichte, und das meiste davon stimmt wahrscheinlich. Aber dass sie so schnell wie möglich aus der Wohnung in Elmshorn ausgezogen sind, das ist nicht richtig. Der Mord ist im November 1946 passiert. Anderthalb Jahre später hat Ruth Blaue eine Vermisstenanzeige aufgegeben. Als du dann plötzlich bei ihr aufgetaucht bist, Wilhelm, da ist ihr offenbar klar geworden, dass die Polizei jetzt eine Verbindung zwischen dem Verschwinden John Blaues und der Leiche im Kiessee gezogen hat. Und nun ist es nicht das schlechte Gewissen, das sie veranlasst hat, aus Elmshorn wegzuziehen, sondern es ging darum, ihre Spuren zu verwischen. Es ist eine Flucht. Sie sind sofort nach deinem Besuch verschwunden.«

»Sie hat sich mit mir verabredet«, gestand Berger.

»Sie hat mit dir gespielt«, sagte Pagels, »wie mit so vielen anderen.«

»Ernst Buchholz und sie haben sich damals ordnungsgemäß abgemeldet und in Buchholz in Dithmarschen wieder angemeldet«, sagte Berger. Das hatte er inzwischen überprüft.

»Es war eine Flucht«, sagte Pagels. »Es war ganz eindeutig eine Flucht.«

Wilhelm Berger seufzte. Wie man es auch drehte und wendete, es gab keine Chance, dass irgendein Dritter als Täter infrage kam. Die wichtigste Information, die er aus dieser Vernehmung mitgenommen hatte, war die, dass Ernst Buchholz es nicht schaffte, mit seiner Schuld, wie groß oder klein die auch immer gewesen sein mochte, fertig zu werden. Es war klar, dass der Mann eine psychologische Betreuung brauchte. Sofort.

»Ich habe den Staatsanwalt informiert«, sagte Roeder, als Wilhelm Berger ihn darauf ansprach. »Er wird sich darum kümmern.«

Aber es war zu spät. Am Mittwoch, den 9. November 1955, nahm sich Ernst Buchholz das Leben, indem er sich mit einer Rasierklinge die Halsschlagader aufschnitt.

* * *

Cain

Wer bist Du, Mensch, was siehst Du mich so an,
So tief verstört und so von Schmerz zerrissen?
Du hast das Schlimmste, sagst Du, was es gibt, getan
Und hast vor Gottes Zorn entfliehen müssen …

Ich kam von Himmelshöhen auf die Erde,
Um Gottes Wunderwerke hier zu loben.
Nun ich Dich sah, fühl ich erschreckt, ich werde
Den Weg nicht wiederfinden, meinen Weg nach oben.

Du bist verflucht? Nun gut, so sei ich's auch,
Gefährtin Dir und Teil an Deinem Leide,
Und Dir ergeben bis zum letzten Hauch.
Bis dass wir sühnend endlich alle beide

Vereint in Wesenswandlung Frieden finden
Und diesen Fluch mit Liebe überwinden.
Gott kennt der Menschen Herz und ihre Pfade.
Sein ist die Tat – und sein ist auch die Gnade!

»Dieses Gedicht hat sie dem Vorsitzenden kurz vor der Urteilsverkündung überreicht«, sagte Pagels. Er war als Einziger bei der gesamten Gerichtsverhandlung dabei gewesen. Roeder und Berger waren indessen damit beschäftigt, in Hamburg den Prozess gegen eine andere Frau vorzubereiten, von der der Staatsanwalt geäußert hatte, sie sei eine Frau ohne jeden moralischen Wert. Es schien absolut sicher nachgewiesen zu sein, dass sie ihrem Gatten im Schlaf wieder und wieder Salzsäure ins Ohr geträufelt hatte, dass er fast daran gestorben wäre. Aber nun hatte ihre Zellengenossin aus dem Untersuchungsgefängnis, eine Landstreicherin, behauptet, sie habe die Taten begangen. Das war unmöglich. Aber es musste bewiesen werden.

Berger nahm das Gedicht der Ruth Blaue in die Hand, las es Zeile für Zeile. Das klang wie Byron, dachte er. Das war ganz offensichtlich auch beabsichtigt. Warum sonst hatte sie *Cain* und nicht *Kain* geschrieben?

»Der Richter ist nicht darauf eingegangen«, sagte Pagels.

Berger sagte: »Ruth Blaue sieht sich selber wie einen dieser Byron'schen Helden.«

»Vielleicht kannst du mir, der ich Byron nicht gelesen habe, erklären, was das sein soll«, sagte Pagels.

»Spätromantik ist das. Sogenannte Schwarze Romantik. Der Byron'sche Held ist eigentlich eine Art Antiheld, intelligent und egoistisch. Er kämpft nicht für irgendwelche edlen Ziele und auch nicht zum Wohl der Allgemeinheit, sondern er kämpft für sich selber. Seine Person geht ihm über alles. Er ist in gewisser Weise arrogant. Das macht ihn zum Außenseiter, aber das stört ihn nicht; im Gegenteil: Er ist stolz darauf. In dieser Rolle sieht Ruth Blaue sich. Was geschehen ist, das musste geschehen. Das ist nicht ihre Schuld. Die Verantwortung liegt bei Gott, der zugleich gut und böse ist: *Sein ist die Tat – und sein ist auch die Gnade!*«

Pagels zögerte. »Du hältst noch immer zu ihr«, stellte er fest. »Ich halte nichts von Rache, das weißt du. Aber ich glaube auch, dass das Gericht unter den gegebenen Umständen keine andere Möglichkeit hatte, als die Frau wegen Mordes zu verurteilen.«

»Aber warum hat sie das getan?«

»Das liegt auf der Hand«, sagte Pagels.

Berger schüttelte unwillig den Kopf. »Das mag vordergründig alles richtig sein, aber das reicht mir nicht aus. Ich will diese Frau verstehen. Ich will begreifen, wie es zu den Ereignissen vom November 1946 gekommen ist. Und wenn man das begreifen will, dann darf man nicht mit seiner Betrachtung erst im Herbst 1945 anfangen.«

»Das hat das Gericht auch nicht getan«, sagte Pagels.

* * *

Nein, das hatte das Gericht nicht getan. Die Presse berichtete am nächsten Tag unter der Überschrift: *Landgericht Itzehoe verurteilt Ruth Blaue zu lebenslänglicher Freiheitsstrafe* Einzelheiten der Urteilsbegründung. Berger zitierte erbost:

»Zur Begründung für ihre zweite Eheschließung mit John Blaue gab die Angeklagte an, sie habe schon lange mit ihm zusammengelebt. Nach Kriegsausbruch sei es so schwer gewesen, Doppelzimmer zu bekommen. Da habe man sich zur Heirat entschlossen. Ein ungewöhnlicher Heiratsgrund, eine befremdende Lebensauffassung, die umso peinlicher wirkt, als sich diese Frau heute so religiös und so ›reingeistig‹ geben will. Es ist schon ein Hochmut, der Grauen erregt, wenn sie sich in ihrem Gedicht als ›vom Himmel herabgestiegen‹ bezeichnet.«

»Jedenfalls hat der Journalist ganz offensichtlich das Gedicht gelesen«, stellte Pagels fest.

Wilhelm Berger zerknüllte die Zeitung und warf sie in den Papierkorb. Er hatte sich die alten Vernehmungsprotokolle noch einmal vorgenommen und den Satz unterstrichen, den er für entscheidend hielt: *Als ich sechs Jahre alt war, war meine Mutter nicht mehr meine Mutter.* Aber weiter war er nicht gekommen.

Ruth

Ja, natürlich habe ich John Blaue umgebracht. Alles, was die Polizisten konstruiert haben an komplizierten Dreiecksverhältnissen, ist großer Unsinn. Es hat nie ein Dreieck Ruth Blaue – John Blaue – Ernst Buchholz gegeben, und schon gar kein Dreieck Ruth Blaue – John Blaue – Wolfgang Trautwein. Es gibt nur eine handelnde Person in diesem Drama, und das bin ich. Es gibt nur eine Person in meinem Leben, die wirklich zählt, und das bin ich.

Das habe ich begriffen, als ich sechs Jahre alt war. Das habe ich begriffen, als ich zum ersten Mal vergewaltigt worden bin. Wer mich missbraucht hat? Das spielt keine Rolle. Die Figuren, die damals entscheidend für mich und mein weiteres Leben waren, sind tot und vergessen.

Ich bin zu meiner Mutter gelaufen. Ich habe ihr alles erzählt. Und was hat sie gesagt? »Kind, du spinnst.« Das war der wirkliche Schock. Ich habe mich an meine Mutter gewandt, weil ich Hilfe brauchte, und ich habe sie nicht bekommen. Die wichtigste Vertrauensperson in meinem Leben hat mich im Stich gelassen. Von diesem Tag an war meine Mutter nicht mehr meine Mutter. Sie kannte den Mann, der mich vergewaltigt hatte. Sie hat ihm alles erzählt; er hat mich verprügelt und weitergemacht. Ich konnte nicht weg, ich konnte nirgendwo hin.

In diesem Moment habe ich begriffen, dass ich allein stehe auf der Welt. Dass ich zwar alles haben kann, was ich will, aber dass ich es nur kriege, wenn ich es mir selbst nehme. Ich habe alles eingesetzt, was mir an Mitteln zur Verfügung stand. Meine Jugend, meine Schönheit, meine Sexualität. Ich habe meinen Vater dazu gebracht, die Stelle in Halberstadt aufzugeben und nach Hamburg zu ziehen, das war mein erster Schritt.

Ich habe im Krankenhaus gearbeitet, und dort habe ich den Mann meiner Träume kennengelernt, den Mann, den ich haben wollte. Wolfgang Trautwein war damals ein junger Mediziner. Er war intelligent genug, um weit nach oben zu kommen. Ich war achtzehn Jahre alt, er war zehn Jahre älter als ich, ich wollte ihn haben, und ich habe ihn bekommen. Wir haben im selben Jahr geheiratet.

Ich habe für ihn gelogen und betrogen. Als es aufgeflogen ist, hat er sofort die eheliche Lebensgemeinschaft beendet. Für ihn wie für mich war das eine reine Formalie. Wir haben uns weiter geliebt, ich bin schwanger geworden. Trautwein hat sich von mir scheiden lassen. Als ich mein Kind verloren habe, hat man mir erzählt, dass ich niemals wieder ein Kind haben könne. Ich habe für Wolfgang gebettelt und mich prostituiert. Ich habe gewusst, dass er mich ausnutzt. Ich habe gewusst, dass er mich betrügt. Aber das war unwichtig. Ich wollte ihn haben, und ich habe ihn gehabt. Ich habe nie aufgehört, ihn zu lieben.

Als ich ihn schließlich doch verloren habe, habe ich John Blaue kennengelernt. Er war ein ganz anderer Mensch als Wolfgang. Er war ein netter Kerl, aber er war mir geistig weit unterlegen. Ich habe ihn behandelt, wie man eine Puppe behandelt. Ich habe dafür gesorgt, dass er sein Examen als Steuermann macht, ich habe dafür gesorgt, dass er anschließend an Land geblieben ist, ich habe dafür gesorgt, dass sein Fuhrunternehmen, der Blaue-Blitz, auch funktioniert hat. Ich habe ihn geliebt. Er war die zweite Liebe in meinem Leben.

Er war mir nicht treu. Er ist zu den Mädchen in St. Pauli gegangen. Er hat während des Krieges in Norwegen ein Kind bekommen. Ich war ihm auch nicht treu. Aber was bedeutet Treue? Die heilige Ehe? Ist der Trauschein eine Art Besitzurkunde, die man bei der Eheschließung erhält? Für mich nicht.

Nach dem Krieg trat dann Ernst Buchholz in mein Leben. Es war Liebe auf den ersten Blick. Es war wie damals bei Trautwein, nur umgekehrt. Ich war einunddreißig, er war einundzwanzig. Jetzt war ich die reife, erfahrene Partnerin. Ich habe ihm Wärme gegeben. Ich habe dafür gesorgt, dass er seine Kunst verkaufen konnte. Ich habe ihn gelenkt, und er hat sich lenken lassen.

Aber da war immer noch John Blaue. Von mir aus hätte alles so weitergehen können, wie es war. Wir hätten nebeneinander her leben können, wenn er meine Beziehung zu Ernst akzeptiert hätte. Das hat er aber nicht. Er hat Streit angefangen. Die Erfüllung meiner ehelichen Pflichten, wie er es nannte, darauf hat er bestanden. Und als ich mich geweigert habe, hat er mich gezwungen. Das war der zweite Vergewaltiger in meinem Leben. Das war das zweite Mal, dass ich völlig die Kontrolle über mein Leben zu verlieren drohte. Das habe ich nicht hingenommen.

Das Gericht hat nicht begriffen, was es heißt, vergewaltigt zu werden. Das Gericht hat sich auf technische Details zurückgezogen. Habe ich mich bis zuletzt gewehrt? Ich habe mich nicht bis zuletzt gewehrt, den sonst stünde ich heute nicht hier. Wenn er mich bei der Vergewaltigung getötet hätte, hätte ich vielleicht Recht bekommen. Aber vielleicht auch nicht. Vielleicht hätten sie es als eine Art Unfall abgetan und die Akten geschlossen. Habe ich schon gesagt, dass der Richter ein Mann war? Dass die Geschworenen sämtlich Männer waren?

Im Grundgesetz heißt es: Die Würde des Menschen ist unantastbar. *Ich habe meine Würde behalten. Ich habe die Kontrolle über mein Leben behalten. Ich habe acht glückliche Jahre mit Ernst Buchholz zusammen im Schwarzwald verbracht. Ich habe auch nach der Verhaftung nie die Fassung verloren. Ich habe nur gesagt, wie es war. Ich habe gesagt: »Schuld waren andere.« So ist es, und dabei bleibe ich.*

Dieser Text kommt nicht in mein Tagebuch. Ich habe ihn nur für mich aufgeschrieben. Ich werde ihn jetzt vernichten.

Nachwort

Der Mordfall Ruth Blaue ist von Jürgen Roland in der Fernseh-Reihe *Stahlnetz* unter dem Titel *Das Haus an der Stör* verfilmt worden. Es ist ein eindrucksvoller Film. Das Haus, in dem sich der Mord abgespielt hat, liegt in Elmshorn in Schleswig-Holstein. Das Haus kann nicht an der Stör liegen, denn durch Elmshorn fließt die Krückau. Das Haus liegt auch nicht an der Krückau, sondern etwa einen Kilometer vom Fluss entfernt.

Was die Fakten bezüglich des Mordfalls angeht, ist das Buch von Klaus Alberts (2011), *Die Mörderin Ruth Blaue. Schleswig-Holsteins rätselhafter Nachkriegsfall*, die entscheidende Quelle. Auszüge aus zahlreichen Vernehmungen und aus dem psychologischen Gutachten sind im Wortlaut wiedergegeben und auch die 51-seitige Urteilsbegründung am Ende des Mordprozesses ist als Faksimile komplett abgedruckt. Dazu gibt es zahlreiche Fotos.

In der vom NDR verfilmten Reihe *Wenn Frauen morden* gibt es eine Sendung mit dem Titel *Madonna oder Mörderin – Ruth Blaue*. Das Manuskript stammt aus dem Jahre 2008. Die Sendung hält sich strikt an die Tatsachen und bietet eine Reihe von Detailinformationen, die in dem Buch von Klaus Alberts fehlen.

Weitere Angaben zum Mordfall Ruth Blaue und zum Prozess stammen aus den entsprechenden Ausgaben des *Hamburger Abendblatts*. Aus dem *Hamburger Abendblatt* stammen auch die Angaben über die Nachkriegsgeschichte des ehemaligen Gauleiters von Hamburg, Karl Kaufmann.

Die Journalistin Gerda Harnack hat nach Gesprächen mit Ruth Blaue im Jahre 1986 ein Buch veröffentlicht mit dem Titel: *Madonna oder Mörderin? Zeugnisse über das Leben und Sterben der Ruth Blaue*. Darin findet sich unter anderem auch ein Foto von Ruth Blaues Buchladen, der *Blauen Stube* in Elmshorn. Das Buch enthält auch zahlreiche Äußerungen Ruth Blaues aus ihrer Haftzeit.

Im Rahmen der Vernehmungen hat Ruth Blaue eine größere Anzahl von unwahrscheinlichen Behauptungen aufgestellt. Eine betrifft den Flugzeugabsturz in Halberstadt 1917; dieser Absturz hat tatsächlich stattgefunden. Ein zweiter strittiger Punkt waren die Vorgänge bei der Novemberrevolution 1918 in Halberstadt. Klaus Alberts schreibt zu diesem Thema: *Die Ortschronik berichtet für den 9. November 1918 über einen friedlichen Arbeiterumzug, mehr passiert in Halberstadt nicht.*

Das stimmt nicht ganz. Die Wurstfabrik der Familie Heine, zu der Ruths Vater gehörte, wurde von den Arbeitern geplündert (*Die Novemberrevolution 1918 in Halberstadt und ihre Lehren,* herausgegeben von der Kreisleitung Halberstadt der Sozialistischen Einheitspartei Deutschlands, 1968), und beim Einsatz eines Freikorps zur Niederschlagung des Aufstandes ist mit einem Maschinengewehr geschossen worden (K. Heinrich Heine, 1981: *Damals in Halberstadt,* S. 178).

Am unwahrscheinlichsten klang die Behauptung von Ruth Blaue, dass der Arzt Hans Seel, dessen Briefe sie unterschlagen hatte, schon 1931/32 Agenten nach Polen geschickt habe, die auf den Bahnhöfen Zahnstocher mit

Milzbranderregern verteilt haben sollten. Diese Aussage wird inzwischen durch zwei unabhängige Quellen bestätigt (Ehrhard Geißler, 1999: *Biologische Waffen – nicht in Hitlers Arsenalen. Biologische und Toxin-Kampfmittel in Deutschland von 1915-1945* und John D. Hart, 2005: *The ALSOS Mission, 1943-1945: A Secret U.S.Scientific Intelligence Unit*, in: International Journal of Intelligence and CounterIntelligence, 18:3, 508-537). Allerdings hatte es sich in Wirklichkeit nicht um Anthrax-, sondern um Typhuserreger gehandelt. Wie weit es sich bei den Angaben, die Doktor Hans Seel 1943 gemacht hat, möglicherweise um Übertreibungen handelt, lässt sich nicht nachprüfen. Fest steht offenbar, dass es in den Jahren 1931/32 eine große Typhusepidemie in Polen gegeben hat (K. Kreuder-Sonnen, 2018: *Wie man Mikroben auf Reisen schickt*).

Wenn man davon ausgeht, dass die Anschuldigungen von Ruth Blaue berechtigt waren, dann ist sie damit in der Tat in einen Hexenkessel geraten. Ihre Versuche, diese Aktivitäten durch Unterschlagung von Briefen zu unterbinden, und als das nichts half, in Berlin bei Hugenberg vorstellig zu werden, erscheinen dadurch in einem völlig anderen Licht.

Rätselhaft bleibt der Korvettenkapitän a.D. Hans Kolbe, der im Krieg John Blaues Vorgesetzter als Befehlshaber der Flottille von Vorpostenbooten gewesen sein soll und der seinem Untergebenen 1946 großzügig einen Kredit von zirka vierzehntausend Reichsmark gegeben haben soll. Eine Recherche im Internet zeigt jedoch, dass kein Hans Kolbe während des Zweiten Weltkriegs Befehlshaber irgendeiner Flottille von Vorpostenbooten gewesen ist. Der fragliche Kredit ist viel zu niedrig, als dass man davon hätte einen Lastwagen kaufen können. Dafür wären über fünfzigtausend Reichsmark erforderlich gewesen.

Meine Polizisten sind frei erfunden. Alles, was sie in diesem Buch erlebt haben, hat sich in dieser Weise nicht abgespielt.

John Blaues Freundin in Norwegen hieß nicht Nora, und sie war auch keine Norwegerin. Dass Ruth Blaue der Frau Geld angeboten hat, stimmt aber. Und es stimmt auch, dass ihre kleine Tochter an Diphtherie gestorben ist.

Die Schilderung der Situation im gesprengten U-Boot-Bunker beruht auf der Ortsbeschreibung von Michael Grube. Die Beschreibung der Geburt eines Kindes im Hafen von Stavanger stützt sich auf ein Tagebuchfragment, das Martin Dehnert im Internet veröffentlicht hat. Das Innere des Hamburger Bismarck-Denkmals ist von Jörn Lindner *Das Bismarck-Denkmal – Koloss auf hohlen Füßen* im Internet dargestellt worden.

Die Beschreibung des Vorgehens der Engländer gegen den Naumann-Kreis basiert auf einem Bericht im *Spiegel* vom 21. Januar 1953.

Das Zitat aus dem NWDR-Schulfunk stammt aus der Sendung *Karin hat Scharlach* aus der Reihe *Neues aus Waldhagen* vom November 1955.

Ernst Buchholz (in Wirklichkeit Horst Buchholz) war Jagdflieger. Sein Einsatz beim Jagdgeschwader 51 lässt sich gut anhand des Romans nachvollziehen, den sein Staffelkapitän Günther Stedtfeld über seine eigenen Kriegserlebnisse geschrieben hat (*Jäger und Gejagte*, 1962). Die dargestellten Ereignisse lassen sich anhand der Chronik des Jagdgeschwaders 51 »Mölders« von Gebhard Ader und Werner Held (1993) zeitlich einordnen; sie beschreiben den auf S. 142-144 dargestellten Zeitabschnitt von August 1943 bis März 1944.

Den Einsatz von Frauen bei der Flak in Bremen beschreibt Reinhold Thiel (1995) *Die bremische Flugabwehr im Zweiten Weltkrieg*.

Der Fliegermord von Neu Wulmstorf ist beschrieben in der Dokumentation von Dieter Pintatis (2015) *Der Lynchmord an dem amerikanischen Flieger Sergeant William H. Kane*.

Bezüglich des Einsatzes des Hilfskreuzers *Atlantis* wurde außer auf das erhalten gebliebene Kriegstagebuch der *Atlantis* (Bundesarchiv RM 100/14) auf das Buch von Wolfgang Frank und Bernhard Rogge (1955) *Schiff 16. Die Kaperfahrten des schweren Hilfskreuzers ATLANTIS auf den sieben Weltmeeren* zurückgegriffen. Im Internet kursieren Angaben über höhere Verluste bei der Beschießung der *Zam Zam*. Die Angaben Rogges sind jedoch durch zwei unabhängige Aussagen von Passagieren der *Zam Zam* bestätigt. Das Ende der *Ketty Brøvig* und das Schicksal der Gefangenen ist knapp dargestellt in Alan Payne (1973) *H.M.A.S. Canberra*.